# MÁQUINA DE ARMAS

# MÁQUINA DE ARMAS

WARREN ELLIS

novo século®

São Paulo 2014

| | |
|---|---|
| **Coordenação Editorial** | Mateus Duque Erthal |
| **Tradução** | Cinthia Alencar |
| **Preparação** | Caio Pereira |
| **Diagramação** | Natalli Tami |
| **Revisão** | Sílvia Cavicchio |

Texto de acordo com as normas do Novo Acordo Ortográfico da Língua Portuguesa (Decreto Legislativo nº 54, de 1995)

Dados Internacionais de Catalogação da Publicação (CIP)
(Câmara Brasileira do Livro, SP, Brasil)

---

Ellis, Warren
Máquina de armas / Warren Ellis ; [tradução Cinthia Alencar]. -- Barueri, SP : Novo Século Editora, 2014.

Título original: Gun machine.

1. Ficção policial e de mistério (Literatura inglesa) I. Título.

13-13888 CDD-823.0872

---

Índices para catálogo sistemático:
1. Ficção policial e de mistério:
Literatura inglesa 823.0872

2014
IMPRESSO NO BRASIL / *PRINTED IN BRAZIL*
Direitos cedidos para esta edição à
Novo Século Editora Ltda.
CEA – Centro Empresarial Araguaia II
Alameda Araguaia, 2190 - 11º andar - Bloco A - Cj. 1111
Alphaville Industrial - Barueri /SP - CEP 06455-000
Tel.: (11) 3699-7107 - Fax (11) 3699-7323
www.novoseculo.com.br
atendimento@novoseculo.com.br

*Para*
*Ariana e Molly*
*e*
*Lydia e Angela*
*e*
*Niki e Lili*

# UM

TOCANDO MAIS UMA VEZ a gravação do 911, a impressão que se tinha era de que a Sra. Stegman estava mais preocupada com o fato de o homem à porta de seu apartamento estar nu do que com a enorme espingarda que ele carregava.

Uma chamada ao 911 é como um sinal de alerta, que leva certo tempo da cauda do dinossauro até seu cérebro. A rede de informações do Departamento de Polícia de Nova York (o NYPD) é um pesado brontossauro que nem consegue ver os mamíferos ligeiros e bem mais evoluídos, isto é, os dados telefônicos, o wi-fi e a comunicação do setor financeiro, que passam voando por todo o território do 1º Distrito, bem debaixo de seu nariz.

Passaram-se uns sete minutos até que alguém percebesse que os detetives do 1º Distrito, John Tallow e James Rosato, estavam a cerca de oitocentos metros de um homem nu e armado com uma espingarda, e que faziam a chamada para que a polícia comparecesse ao local.

De dentro da viatura, Tallow baixou o vidro da janela do passageiro e cuspiu seu chiclete de nicotina na Pearl Street.

– Você não queria fazer isso – disse a Rosato, observando sem muito interesse um ciclista mensageiro vestindo lycra neon mostrar-lhe o dedo e o chamar de criminoso. – Está reclamando dos joelhos a semana toda e vem atender ao chamado de um apartamento no último andar de um prédio sem elevadores na Pearl.

Jim Rosato havia se casado recentemente com uma enfermeira grega. Rosato era metade irlandês, metade italiano. Rolava uma aposta no Distrito sobre qual dos dois lados prevaleceria no período de um ano. A enfermeira grega convenceu-o a melhorar a saúde com um programa emergencial, que incluía corridas antes e depois do plantão. Durante a última semana, Jim andava pelo Distrito com as duas pernas esticadas e uma cara de quem comeu e não gostou, falando para quem quisesse ouvir que seus joelhos haviam endurecido e que ele teria apenas alguns dias de vida.

Quando Rosato praguejava, o sotaque dublinense da mãe ressurgia do túmulo.

– Merrda. Como diabos você sabe disso?

O banco de trás da viatura era uma montanha de livros, papéis, revistas, alguns e-readers e um iPad rachado do mercado paralelo. Muitas vezes, um dos dois tinha de tacar coisas no porta-malas e abrir espaço para colocar um suspeito ali. Tallow lia muito.

Rosato girou o volante, cruzou o tráfego e parou a viatura ao lado do prédio da Pearl Street, uma construção achatada e cinza, um invólucro velho que agrupava alguns seres humanos. Quase todos os prédios daquele lado do quarteirão tinham passado, no mínimo, por uma reforma estética. O cinza ficava entre dois desses edifícios, como se duas trintonas cheias de botox escorassem uma senhora idosa. Muitos pareciam estar vazios e, mesmo assim, havia no local muitos rapazes vestindo bons ternos e gravatas de segunda com seus telefones colados ao ouvido, além de mulheres magricelas enviando torpedos com seus polegares pontiagudos.

O tiro veio de dentro do prédio velho fazendo com que todos fugissem, como um bando de flamingos.

– Essa ideia foi sua – murmurou Tallow, batendo a porta.

Na rua, Tallow tirava e colocava compulsivamente sua Glock no coldre sob o paletó. Rosato andava com as duas pernas esticadas em direção à porta do prédio.

Muitos policiais casavam-se com enfermeiras, Tallow sabia disso.

As enfermeiras entendiam aquele tipo de vida: turnos violentos, longos períodos de tédio, picos súbitos de adrenalina e sangue por todos os lados. Tallow quase riu ao entrar no prédio depois de seu parceiro capenga. Certificou-se de fechar a porta o mais silenciosamente possível e só depois tirou a arma do coldre.

O assoalho do corredor crepitava conforme caminhavam. Havia buracos no chão aqui e ali, revelando um suporte de jornais deteriorados. Tallow viu uma manchete dos anos 1950 que saía de um dos furos, localizado na parte sul. O papel de parede plástico estava engordurado e cheio de manchas de nicotina, o ar era quente e úmido, e o corrimão da escada parecia coberto de resina.

– Merrda – reclamou Rosato ao começar a subir os degraus.

Tallow conseguiu se esgueirar e passar, mas Rosato fez sinal para que voltasse. Rosato já estava naquela área havia muito mais tempo que Tallow, antes de se tornar detetive, o que lhe dava uma sensação de superioridade inata no trabalho das ruas. Tallow era muito imaginativo, Rosato costumava dizer. O Grande Jim Rosato era um policial das ruas.

A voz do homem pelado e armado ressoava pelas escadas. O atirador parecia descontente por causa de uma carta que fora jogada por baixo de sua porta naquela manhã comunicando-lhe que o prédio havia sido comprado por uma empreiteira e que ele teria o generoso prazo de três meses para procurar outra acomodação. O peladão armado explodiria os miolos de qualquer imbecil que tentasse tirá-lo de sua casa porque aquele era seu canto e ninguém poderia obrigá-lo a fazer uma coisa que ele não queria. Além disso, ele tinha uma espingarda. Não falou nada sobre estar nu. Tallow presumiu que ele estava irritado demais para se preocupar com roupas.

Pararam mais uma vez e olharam para cima.

– O desgraçado está no terceiro andar – Rosato sussurrou.

– O cara está fora de si, Jim. Escute. A voz dele está oscilando e ele está repetindo a mesma frase para si mesmo. Acho que devemos esperar até que alguém especializado em gente maluca chegue.

– Leia um de seus livrinhos de história para ele. Talvez ele desmaie e caia em cima de sua própria espingarda.

– É sério.

– Sei que é sério, merrda. Ainda não sabemos se aquele tiro atingiu alguém. – Rosato continuou andando e dobrou os dedos sobre sua arma, segurando-a para baixo, na altura das pernas.

Subiram sem fazer barulho. A voz ficava cada vez mais alta. Rosato parou antes de chegar ao terceiro andar, levantou a arma e subiu mais um degrau antes de anunciar, com um grito firme e preciso, que eram da polícia. Em seguida, subiu mais um degrau.

Dobrou os joelhos.

O atirador nu surgiu no topo da escada e começou a atirar para baixo.

O tiro dilacerou o lado esquerdo superior da cabeça de Jim Rosato. Ouviu-se um ruído de meleca sendo esmagada quando um punhado de seus miolos atingiu a parede da escadaria.

De onde estava, uns três degraus abaixo, à direita, Tallow conseguiu ver o olho de Rosato pendurado a uns dez centímetros da cabeça, ainda grudado à orbita por uma confusão de fios vermelhos. Naquele milésimo de segundo, Tallow imaginou que, em seu último momento de vida, James Rosato pôde ver seu assassino sob dois ângulos diferentes.

O olho de Rosato estourou na parede.

O ar pesado pulsava com os ecos da espingarda.

O barulho do assassino de Jim Rosato trocando o cartucho de sua arma parecia durar para sempre.

Tallow segurava com as duas mãos sua Glock, quatorze balas no pente e uma no cano. Apertou o gatilho uma vez sem se dar conta.

O assassino de Jim Rosato era um desses caras marombados que passaram para os hambúrgueres e longos dias no sofá. Seu corpo tremia todo. Tallow podia ver restos de músculos sob toda aquela flacidez. Era calvo no topo da cabeça, que parecia pequena demais para comportar o cérebro de um humano. O pênis repousava sobre suas bolas inchadas, fazendo-o parecer um clitóris. Tinha o nome Regina mal tatuado sobre o peito, estendendo-se de um mamilo peludo a outro. John Tallow não conseguia ver, naquele momento, razão alguma para não matar o filho da puta, então, atirou quatro vezes sobre o nome Regina e uma vez na cabecinha do gordo nojento.

O último tiro fez o cara que matou Jim Rosato cair para trás. Um fino jato de mijo descreveu o arco de sua queda. Bateu no chão, fez um movimento involuntário na tentativa de respirar e morreu.

John Tallow, paralisado, também tentou respirar. O ar estava pesado e amargo com tantos resíduos de pólvora e sangue.

Não havia mais ninguém no corredor. Tinha um buraco na parede atrás do homem morto. Talvez ele tivesse atirado ali só para chamar a atenção das pessoas. Talvez fosse apenas um maluco.

Tallow não quis mais saber. Desistiu de tudo.

As pessoas se perguntaram por que John Tallow, depois disso, parou de se esforçar em sua função de policial.

# DOIS

JOHN TALLOW FICOU paralisado enquanto os paramédicos levantavam, embalavam e levavam embora seu parceiro de quatro anos. Então, sentou-se silenciosamente nos degraus para que passassem o corpo do assassino de Rosato sobre sua cabeça e o levassem para o lado de fora do prédio.

Pessoas falavam com ele. Os tiros dos últimos minutos haviam atrapalhado sua audição e, além do mais, ele não queria saber de mais nada. Alguém lhe informou que a tenente estava indo dar a má notícia à esposa de Rosato. Ela gostava de fazer isso – a tenente – para tirar o peso das costas de seu pessoal. Ele a viu fazer a mesma coisa três ou quatro vezes nos últimos anos.

Algum tempo depois, o detetive percebeu que alguém tentava chamar sua atenção. Um policial uniformizado. Atrás dele, os técnicos forenses andavam por todos os lados como besouros.

– Este apartamento aqui – disse o policial.

– O quê?

– Verificamos todos os apartamentos para nos certificarmos de que tudo está em ordem. Mas neste aqui há um buraco de bala na parede e ninguém atende à porta. Você verificou este apartamento?

– Não. Espere, o quê? Aquele buraco está meio baixo. Não acredito que tenha acertado alguém.

– Bem, talvez o morador tenha saído para trabalhar. Embora isso o tornasse um tanto diferente dos outros em um prédio como esse, tão distante.

Tallow deu de ombros.

– Arrombe a porta, então.

– Está muito bem fechada. Não imagino que tipo de fechadura há por trás dela, mas a porta não quer ceder.

Tallow levantou-se. Sabia que prédios como aquele não eram nenhuma fortaleza. No entanto, se o policial disse que a porta não cedia, seria inútil repetir a tentativa. O problema não era a porta, mas o buraco. Ajoelhou-se para se aproximar do furo. Os revestimentos internos de locais como aquele nem podiam ser chamados de paredes. Eram, em sua maioria, divisões feitas com painéis de gesso. Antigamente, na época em que esses prédios eram abarrotados de pessoas, a sensação devia ser parecida com viver em uma colmeia.

O buraco estava a uns quinze centímetros do chão. Tallow espiou através dele. Tudo apagado. Mudou de posição para que a luz ambiente do corredor pudesse entrar. O policial o observava, carrancudo.

– Me dê a lanterna – pediu Tallow.

Tallow ligou-a e mirou a luz dentro do buraco. Objetos surgiram na escuridão, como se ele apontasse a luz para os dentes de um animal em uma caverna profunda.

– Me traga um arrombador – disse Tallow.

O policial desceu as escadas e Tallow se sentou de costas para a parede, ignorando os protestos da Polícia Forense. Aquilo seria usado contra ele mais tarde. O pessoal da Polícia Forense adorava reclamar e, se Tallow não os escutasse, eles encontrariam alguém que o fizesse.

Pensando bem, talvez naquele dia todos o deixariam em paz.

Tallow sentou-se e se lembrou de seu parceiro por um tempo. Pensou que nunca teve a chance de conhecer a mulher dele. Algo que evitou de todas as maneiras, para ser honesto. Recordou-se de ter ficado aliviado ao saber que Jim e ela se casariam durante as férias, e, assim, ele não poderia comparecer à cerimônia. Tallow havia decidido que nunca se casaria depois da única vez em que teve de dar a uma mulher a notícia de que o marido morrera em serviço com três tiros nas vísceras. Não tinha a menor vontade de estar num casamento ou de pensar em se casar. Não quis se sentar à mesa de Jim Rosato e pensar em se casar.

O policial subiu acompanhado de outro oficial e, juntos e insatisfeitos, trouxeram o êmbolo, mal pintado de preto sobre o metal azul.

Tallow continuou no chão e apoiou o polegar na madeira. Os policiais atingiram a porta com o instrumento. Ela cedeu um pouco, mas resistiu. Os homens entreolharam-se, balançaram o arrombador com mais força para trás e acertaram a porta mais uma vez. A madeira estilhaçou-se, mas a porta não se moveu.

Tallow levantou.

– Derrubem a parede.

– Tem certeza?

– Tenho. Assumo a responsabilidade. Derrubem.

O pesado instrumento atingiu a parede. Alguns baques surdos ressoaram dali. Os técnicos forenses xingaram as mães dos policiais por conta da poeira causada pelos golpes. Com outras três batidas mais curtas, o buraco ficou grande o bastante para que Tallow passasse. Mais dois baques. Ele ligou a lanterna emprestada e iluminou devagar o interior do apartamento.

O local estava cheio de armas.

Havia armas penduradas por todas as paredes. A seus pés, pôde ver uma meia dúzia delas. Ao se virar, segurando a lanterna na altura dos ombros, notou que havia armas penduradas na parede pela qual entrara. Algumas estavam arrumadas em fileiras, mas, na parede à direita, formavam complexas espirais. Havia ainda algumas no chão do outro lado da sala formando uma figura que ele não conseguia compreender. Estavam pintadas de forma grosseira.

Sentiu odores que não pôde identificar. Talvez de incenso. Almíscar. Pele ou couro de animal.

Padrões ondulados cor de chumbo do chão ao teto. No ar ligeiramente rançoso do local, Tallow sentiu-se como que num templo.

Não havia mais ninguém no apartamento além dele. Apontou a

lanterna para a entrada. A porta era reforçada por barras de metal e pesadas fechaduras. Viu o lampejo de uma luz de LED vermelha que saía de um dos mecanismos. Tallow não podia imaginar como alguém conseguiria adentrar aquele lugar pela porta, mas, definitivamente, um arrombador não seria suficiente. Cuidadosamente, o detetive caminhou pelo apartamento, verificando cada cômodo sem tocar em nada.

Havia armas em todos eles.

No quarto dos fundos, via-se um espaço entre as pesadas cortinas que cobriam a única janela. Um pequeno facho de luz passava pela abertura, iluminando o ambiente incrustado de armas. Pela claridade, dava para ver as partículas de poeira pairando no ar. Tallow conteve-se por um momento sem respirar. Em seguida, saiu do quarto silenciosa e vagarosamente.

Tallow quase sorriu quando colocou a cabeça para fora do buraco. Apontou para um dos técnicos e disse:

– Tenho uma coisa para mostrar.

# TRÊS

A SITUAÇÃO no edifício rapidamente transformou-se em caos. Quando os policiais começaram um tumulto com alguns detetives associados durante a investigação dos ocupantes do apartamento 3A, Tallow aproveitou a oportunidade para sair de fininho pelas escadas.

O sol já se escondia atrás dos longos setores cromados do distrito financeiro. Ele olhou para o céu pálido e, por um momento, se perguntou para onde o dia teria ido. Entrou no carro. Parecia vazio, mesmo estando ele no banco do motorista. Tallow pegou o tráfego pesado e seguiu para o leste, de volta às profundezas do 1º Distrito.

Quinze minutos mais tarde, estava estacionando em frente a seu café favorito, com mesinhas na calçada e ninguém reclamando de cigarros. Comprou um maço e um isqueiro descartável no estabelecimento da esquina, sentou-se em uma das mesas de metal com um copo grande de papelão cheio do venenoso café preto, acendeu o cigarro com mãos que ainda não tremiam e começou a se esforçar para sair do modo automático, permitindo que o mundo real voltasse à tona.

Foi deixando as coisas voltarem a si aos poucos. Foi percebendo lentamente um sutil beliscão em seu paletó, embaixo dos braços. Era o único terno sob o qual podia acomodar seu coldre de ombro, o que demonstrava que engordara na região do peito. Ao fechar os olhos por alguns minutos, sentiu pontadas de tensão no topo da cabeça. Tinha manchas de sangue seco pela pele.

Ainda aos poucos. O papelão rústico de que era feito o copo, desenhado com tinta biodegradável, anunciando o orgulho do estabelecimento em ser independente, uma impressão simples em negro que constituía uma declaração de autenticidade. A brilhante mesa de metal que refletia a luz exageradamente, tornando impossível que alguém se sentasse ali o dia todo, principalmente se estivesse usando um laptop, garantia que nenhuma pessoa se demoraria na calçada. O gosto de madeira e óleo presente no cigarro. Tragá-lo, a sensação de conforto no peito que ele lhe causava, deixando que a fumaça se esvaísse pelas narinas. O gosto de química que ficava na parte de trás da língua. O ato involuntário de beber o café, doce e encorpado, lavando o sabor do cigarro, evitando que sua cabeça ficasse leve demais. Tallow não fumava havia nove meses. Mas também não voltara ao vício, pelo menos não conscientemente. Aquilo era um tratamento medicinal. Ele jogaria fora o maço e o isqueiro assim que se levantasse da mesa, estava decidido.

Aos poucos. A música que vazava da porta do café em direção à rua. No estilo *glo-fi* do Brooklyn, não muito recente, crianças nos arredores de Park Slope imaginando estar nas praias da Califórnia. Duas garotas do outro lado do vidro, vestindo coletes de capuz de falcão e exibindo tatuagens inacabadas por todo o braço. As figuras nos braços de uma delas, mais incompletas, eram as melhores. A garota tinha pouco dinheiro, mas uma boa visão artística.

Atrás delas, uma impressora chacoalhava sobre um cavalete ao lado do balcão, uma máquina automática que cuspia um folheto sob demanda, o bilhete da loteria de Nova York ou uma compilação de fotos de redes sociais.

Aos poucos. Um ônibus passava ruidosamente com o display eletrônico de publicidade em sua lateral danificado por pixels apagados. Anunciava algo relacionado a gráficos digitais, mostrando versões diferentes de Arnold Schwarzenegger, uma delas aos vinte anos e outra aos trinta. Um automóvel andava impacientemente aos solavancos atrás dele, novinho em folha, embora mostrasse orgulhoso seus aerofólios dos anos 1950. Esportivo e cor de maçã do amor, conduzido por um homem de seus cinquenta anos que vestia camisa listrada de mangas longas cuidadosamente dobradas para revelar uma floresta de pelos acinzentados na parte anterior de seus braços.

Aos poucos. Jim Rosato estava morto. Nada era capaz de tirar aquele gosto de cobre grudado na língua de Tallow, como se tivesse aspirado um pouco do sangue atomizado de Jim quando o tiro arrebentou metade da cabeça do parceiro. Tallow bloqueou todo o resto, a imagem havia se formado, não conseguia ver mais nada além da morte do amigo num replay em alta definição.

Tallow engasgou com a fumaça.

– Sabia que você estaria aqui. Importa-se se eu me sentar?

Levantou os olhos. A tenente estava em pé do outro lado da mesa. Segurava um café. Tallow perguntou-se por quanto tempo ficou ali, remoendo a morte de Jim sem notar mais nada à sua volta.

– Por favor – respondeu ele.

Ao se sentar, ou mesmo estando em pé, ela se mexia como uma máquina, de maneira vagarosa e precisa, a cabeça e os ombros mal se moviam. Terno preto impecavelmente passado. As pernas realçadas pela calça de boca larga. Seu pai era alfaiate e a deixava deslumbrante com roupas sob medida a preço de custo. Tallow sabia que era preciso evitá-la nos dias em que vestia um terno novo, pois o pagamento da peça era um evento tradicional em que o pai a censurava por se tornar sua "principal cobaia".

A tenente observava Tallow com olhos perspicazes e glaciais, uma lente que o escaneava com precisão.

– Falei com a esposa de Jim – disse ela, retirando a tampinha de seu café com as unhas pintadas de esmalte claro.

– Omiti uma coisa quando nos falamos – falou Tallow. – O joelho dele não resistiu quando ele tomou posição. Aquelas corridas. Não queria que mencionasse isso a ela.

– Você também pode deixar isso de fora do relatório – sugeriu ela, tentando sorrir. A tenente tinha traços fortes e muito bonitos. Quando ela sorria, Tallow pensava ver a garotinha que existia por trás daquela expressão de durona, sob a eficiente cabeleira negra. – O tiro que você disparou será considerado justo, com certeza. Falei com algumas pessoas. Você ainda terá de passar por interrogatórios e apresentações formais, mas ninguém lhe causará problemas.

– Nem me preocupei com isso.

Os olhos dela tremularam sobre o rosto de Tallow, como se procurassem por algo. Sem encontrar o que buscava, suspirou desapontada e levou o café aos lábios.

Tallow deu uma última tragada em seu cigarro. Virou-se para a rua e jogou a bituca exatamente dentro do bueiro do outro lado da calçada. Bebeu um pouco de café para lavar aquele gosto da boca. A tenente mais uma vez o observava.

– Você não me falou nada sobre o apartamento que invadiu.

Tallow chupou as bochechas tentando encontrar em sua saliva mais sabor de café para encobrir o gosto desagradável de sua língua.

– Não há muito a dizer. Nunca vi nada parecido. Acredito que renderá uma boa notícia aos jornais quando for revelado.

Tallow notou que ela o observava novamente.

– O que é, Tenente? Estou fazendo algo de errado?

– Você me parece mais absorto do que eu gostaria. Mais do que o normal. Queria ter certeza de que você pode lidar com o que aconteceu hoje, John.

– Estou bem.

– É isso o que me preocupa. Eu quis que você e Jim fossem parceiros durante todos esses anos porque os dois se completavam na loucura. Um cuidava do outro. Não quero que se esconda em sua própria cabeça, olhando o mundo de binóculos lá de dentro. Você já agiu mal o suficiente neste último ano.

– Não estou entendendo.

– Está, sim. Você chegou à idade em que a avidez pelo trabalho já passou, dando lugar à chateação, o momento em que você se pergunta se não seria melhor parar de se preocupar tanto com essa merda e enrolar, esforçando-se o mínimo possível. Quero que se afaste por quarenta e oito horas, e isso é uma ordem. Volte como um detetive que me seja útil.

Ela parou por um instante e, em seguida, tentou esboçar de novo aquele sorriso.

– Sinto muito por Jim.

O sorriso não durou muito, e ela foi embora.

Tallow ficou cinco minutos brincando com outro cigarro entre os dedos. Devolveu-o ao maço. Colocou o pacote e o isqueiro no bolso. Entrou no café, dirigiu-se ao banheiro e vomitou na privada, com um grito baixo, o café e suas duas últimas refeições.

# QUATRO

JIM ROSATO COMENTOU, certa vez, que o apartamento de Tallow era o lugar em que ele descarregava tudo o que estava em sua cabeça.

Um dos quartos era cheio de livros, revistas e papéis. Não tinha porta e, como um dique arruinado, o fluxo de coisas impressas seguia rumo à sala, chegando embaixo da mesa sobre a qual ficavam dois laptops antigos e um drive externo. Duas caixas de som compridas saíam de sua superfície, como grandes faróis de navegação. O outro quarto era coberto até a metade por CDs, fitas cassete e vinis. No canto, havia uma espécie de armário tirado do lixo que lhe servia de guarda-roupa, mas a maioria das peças que deveriam estar penduradas ali ficava espalhada pelo chão.

Tallow entrou em casa com as revistas do dia debaixo do braço. Nem perto do monte que trazia no fim do mês havia uns cinco anos. Muitas de suas publicações favoritas haviam migrado para a web. Outras tantas haviam simplesmente desaparecido com o advento digital para nunca mais voltar.

Não as abriu, apenas as colocou sobra a primeira superfície firme que encontrou. Tirou o paletó, contorceu-se para se livrar do coldre de ombro. Pendurou-o no armário de roupas, jogou o paletó no chão. Sentou-se numa de suas duas cadeiras.

Tallow tentou se concentrar no apartamento cheio de armas. Em como um lugar podia se transformar naquilo. Mas só conseguia pensar no parceiro e único amigo de verdade tomando um tiro que arrancou um punhado de seus miolos.

Quarenta e oito horas. Tallow sabia que enlouqueceria ali dentro.

# CINCO

O SONO DE TALLOW foi perturbado por pesadelos em que aparecia uma luz cor de cobre. O celular colocado sobre uma pilha de livros ao lado de sua cama o acordou.

As mulheres que passaram pela vida do detetive já lhe haviam dito que, normalmente, ao acordar, ele parecia sofrer da síndrome de Tourette. Na primeira hora do dia, ele era incapaz de demonstrar qualquer senso de comunicação, paciência ou sociabilidade.

Tallow pegou o aparelho com violência e atendeu com um sonoro "O que é, porra?".

– Venha para o escritório.

– Puta que pariu! Me mandaram ficar quarenta e oito horas na merda da minha casa. Por que diabos está me acordando?

– A perícia já tem o resultado das amostras das suas armas. Desculpe, John, sei que lhe disse para descansar nos próximos dois dias, mas preciso de você aqui, agora.

– Merda. Está bem. Eu vou. Bosta. Me dê uma hora.

– Trinta minutos. E volte a ser um humano quando chegar aqui. Vou aliviar sua barra agora, mas, da próxima vez que falar comigo nesse tom, vou colocar um monte de merda a seu respeito no seu relatório pessoal.

– Certo. Está bem. Fique tranquila, Tenente. Já acordei. Está bem.

– Trinta minutos, Detetive.

* * *

Trinta e cinco minutos depois, ele estava tentando passar pelo corredor de simpatizantes que estava à frente da porta do Departamento de Homicídios no prédio do 1º Distrito, localizado em Ericsson Place. Demorou cerca de dez minutos entre palavras e apertos de mão constrangedores até chegar ao escritório da tenente. Jim sempre fora o mais popular. Ninguém sabia exatamente o que dizer a Tallow. Mas a maioria tentava alguma coisa. Foi doloroso.

A tenente estava com cara de poucos amigos.

– Eu disse trinta minutos.

Usava um terno de lã que o detetive nunca tinha visto antes, de cor cinza-ardósia.

– As pessoas ficaram me parando. Qual é o problema?

– Eu poderia começar com o fato de você ter deixado alguns peritos tão irritados que tive de lhes prometer mundos e fundos para que entregassem as amostras das armas ao turno da noite, uma garantia de que eu teria o exame de balística pronto para hoje. Mas não vou.

Tallow jogou-se na única cadeira que havia do outro lado da mesa da chefe, sem ter sido convidado. Era de plástico duro e nem um pouco convidativa para longas visitas à sala dela, precisamente a razão de ela estar ali.

– Bem, fico feliz por não querer encher meu saco com isso.

– Não comece – falou ela, irritada. – Não estou contente, John. Não deu para perceber?

– Desculpe – mentiu ele.

– Bem. A perícia analisou uma amostra das armas do apartamento da Pearl que você estourou. Chegaram há duas horas.

Ela pegou um pequeno maço de papéis presos por clipes, leu o que estava escrito no primeiro deles e jogou-o de volta em sua mesa.

– Não acredito na merda que você foi me arrumar, John.

– O que há de errado com as armas?

– O que há de errado com elas? Todas mataram pessoas.

Tallow podia detectar uma forte dor de cabeça surgindo na parte de trás de sua cabeça.

– Pode ser mais clara, Tenente?

Ela pegou os papéis novamente.

– Arma um: Bryco Modelo 38, calibre 32. Ranhuras anormais devido a interferência proposital no cano. Usada no homicídio de Matteo Nardini, Lower East Side, 2002. Aliás, esse homicídio não foi solucionado. Arma dois: Lorcin .380 semiautomática, quase totalmente modificada, o teste de balística confere com a bala disparada em Daniel Garvie, Avenue A, 1999. Sem solução. Arma três: Ruger nove milímetros, percutor riscado, Marc Arias, Williamsburg, 2007, não solucionado. Quer usar sua imaginação para a quarta?

– As amostras do apartamento foram colhidas aleatoriamente, certo? A perícia não as retirou de apenas um dos grupos de armas que estavam ali.

– Tudo aleatório.

Tallow levantou-se de repente. Os olhos não focavam nada em particular; andou em volta da cadeira, colocou as mãos nas costas do assento e voltou-se para a tenente.

– Isso é impossível.

– Não, John. Impossível é você ter descoberto ontem algo tão estranho e que poderia divertir qualquer outro departamento deste distrito por meses a fio. Até ontem, era apenas um dado curioso, mas não era problema nosso.

– Todas aquelas armas...

– É. Pelos indícios, você acaba de reabrir centenas de casos de homicídio e jogá-los bem na minha porta.

– Eu?

– Ah, sim. Você. A culpa é sua, Detetive Tallow. Foi você quem abriu o buraco naquela parede e enfiou a cabeça ali.

– Ah, por favor...

– Você entrou, então é o responsável. É a regra por aqui.

– Você não pode fazer isso.

– Pode apostar que sim. Você encontrou um lugar cheio de armas, e está sendo comprovado que cada uma delas foi usada para matar uma pessoa diferente. Você irá acompanhar todo o exame de balística e descobrir como essas armas foram parar naquele apartamento, o dono ou os donos delas, achar os culpados de cada um desses casos e colocar a corda no pescoço deles. Porque eu estou frita se deixar que alguém a coloque no meu.

Tallow quis atirar a cadeira para longe.

A tenente reparou na pressão de seus dedos.

– E o mais importante, nossa equipe já está muito reduzida. Acabei de perder meu melhor detetive em um tiroteio idiota que nunca deveria ter acontecido. Portanto, você está sozinho nessa até segunda ordem. Alguma pergunta?

Tallow apenas olhou para sua superior.

– Ótimo – disse ela, estendendo-lhe a papelada. Segurava o maço com o polegar e o indicador, chacoalhando-o e fazendo com que as folhas sibilassem. Tallow pegou-o. – Agora, pelo amor de Deus, vá para casa, troque de roupa e comece a trabalhar. Tem sangue no seu paletó.

Tallow examinou a si mesmo como se tivesse uma doença contagiosa. Havia uma mancha na manga esquerda de seu paletó. Partículas de Jim Rosato do lado esquerdo de seu corpo. Jim Rosato sempre ficava à sua esquerda. Jim nunca o deixava dirigir.

Tallow estava acordado há menos de uma hora, mas encontrou uma maneira de engolir seus pensamentos e saiu do escritório rapidamente.

# SEIS

NO CARRO, voltando de Ericsson Place, Tallow começou a fazer as contas. A cidade de Nova York tinha cerca de duzentos assassinatos sem solução por ano, o que, desde 1985, totalizava algo em torno de dez mil.

Das três amostras citadas pela tenente, o homicídio mais antigo datava de 1999.

Ele não sabia quantas armas havia no local. Duzentas? Mais de duzentas. Tallow disse a si mesmo que começaria com duzentas. No espaço de mais de uma década, tentar localizar duzentas mortes em meio a mais de mil crimes não resolvidos...

Tallow já havia visitado a Central de Propriedades, no Bronx, e caminhado pela penumbra dos corredores do porão onde as provas dos homicídios arquivados eram guardadas em baús marrons de um metro, empilhadas em quatro colunas, com números de referência pintados em preto em suas laterais. Tallow não pretendia ficar ali para sempre com os restos mortais das vítimas não vingadas de Nova York.

Precisava de um plano.

Ficar em seu apartamento naquela hora do dia não lhe pareceu a coisa certa a fazer, era como se procurasse se alienar. Ficou em frente ao grande espelho de bordas empoeiradas do banheiro observando a si mesmo e a seu terno. Tirou o paletó e a calça. Ponderou. Também tirou a gravata cinza, a camisa branca e todo o resto, empilhando tudo sob a pia com um dos pés. Sujeitou-se a um banho escaldante e doloroso, forçando-se a ficar debaixo da água que queimava sua pele, com as mãos espalmadas na parede para que se mantivesse ali, escorado e imóvel. Arrancando tudo aquilo de seu corpo.

Secou a pele latejante e foi para o quarto. Debaixo da cama, havia uma mala com um terno preto dentro. A roupa que vestia em funerais. Na sala, encontrou uma camisa verde escura e uma gravata preta fina. Seu velho coldre de cintura estava dentro de uma caixa da Amazon.com cheia de CDs (discos do melhor de Charly Blues que ele até esquecera que tinha) dois níveis abaixo da pilha de caixas que deixava no canto mais afastado. Tallow vestiu-o, afastou o paletó com as costas do pulso e colocou sua Glock no lugar. Levantou-a um centímetro e soltou-a novamente.

O terno acentuava sua magreza, o corpo se tornando quase esquálido quanto mais ele avançava nos trinta anos. Havia decidido que não se preocuparia com aquilo.

Tallow voltou ao mundo vestindo um terno de velório.

# SETE

O CAÇADOR ESTAVA PARADO na rua, observando-os levar embora seu grande tesouro.

Sabia que algo estava errado. O dia não havia começado bem. Estava com dificuldade de enxergar suas duas Manhattans e teve de se esforçar muito para focalizar aquilo que considerava a Nova Manhattan. Prédios no lugar das florestas. Automóveis no lugar de cavalos. Em alguns momentos, aquilo não o incomodava. Naquele dia, sentia-se um peixe fora da água e preocupava-se com seu estado de espírito. Talvez estivesse velho e seu cérebro não fosse mais tão flexível quanto era no passado. Uma vez a cada dois meses, acordava pensando se estava gravemente doente.

Certa vez, mais jovem, tomara cetamina e, durante a experiência, percebera que o primeiro efeito da droga foi eliminar sua preocupação em tomar cetamina. Nunca mais quis saber daquela perda de percepção em sua vida, entretanto, durante aqueles poucos dias, teve uma sensação ruim na boca do estômago de que havia passado semanas sem se importar em conseguir enxergar a Nova Manhattan.

O dia não tinha começado bem e, assim, seguiu para seu esconderijo, sumindo de vez em quando entre placas de sinalização e árvores, certificando-se de que estaria seguro. A caminhada demorou uma hora a mais do que de costume, principalmente por conta da dificuldade que tinha de avistar as câmeras de segurança e desviar delas. Às vezes, sua mente as transformava em elementos da Velha Manhattan, mas, naquele dia, nada estava a seu favor, nem mesmo seu cérebro.

Observava os homens e mulheres vestidos de azul levando seus tesouros para um veículo. Anos de trabalho iam desaparecendo.

Estava armado. Poderia tentar impedi-los. Ainda que não estivesse carregando uma pistola, afinal, era um caçador. Poderia acabar com eles de pés descalços se desejasse, ou construir uma arma com qualquer coisa que encontrasse pela frente. Mas seria visto.

Teve raiva. Partes da Nova Manhattan sumiram de seu campo de percepção. Podia sentir o cheiro de carvalhos, pinheiros e bétulas. Ouviu um bando de maçaricos alvoroçados e assustados abandonar o topo da árvore. As cascas do tronco acumulavam-se sobre as marquises dos prédios à sua frente, sob a luz que vazava das copas da floresta. Olhou para baixo e teve de reunir forças para conseguir transformar em calçada seca a grama molhada que via sob os pés. Uma salamandra de costas vermelhas, sem poder contar com as lâminas verdes e orvalhadas das plantas para se esconder, misturou-se à névoa e fugiu.

O caçador ficou parado, observando-os levar a última prova de sua existência. Além dos corpos.

# OITO

O PERÍMETRO do 1º Distrito tem a forma da ponta de uma flecha direcionada para o mar. Compreende 1,6 quilômetros quadrados de Manhattan. Tallow tinha de seguir em outra direção, para longe de sua área, o que nunca o deixava exatamente contente.

Naquele momento, Tallow sentiu que não tinha amigos em Ericsson Place. Ou talvez fosse mais correto dizer que qualquer ajuda que pudesse vir dali seria fruto de compaixão. Disse a si mesmo que o sentimento de compaixão só poderia levar a um trabalho mal feito, mas, só em pensar naquilo, seu estômago se revirava com a sensação de humilhação e ultraje. E, ao cogitar voltar ao apartamento da Pearl Street para interrogar os moradores, sentiu nojo. Então, ficou dez minutos com seu laptop aberto no ACRIS, o sistema de informações sobre registros on-line da cidade, e conseguiu o nome do dono do prédio e o endereço de seu escritório.

Seria um longo caminho até a parte alta da cidade. Pelas ruas estreitas, frias e escuras das entranhas do 1º Distrito, impregnadas pelo cheiro adocicado e de suor de carne de cordeiro e *shish kebabs* vindo dos ambulantes que se agrupavam desde cedo, montando seus carrinhos brilhantes e frágeis, e dos potes que usavam para urinar durante as dezesseis horas de trabalho.

Tallow não se sentia confortável no banco do motorista. Uma sensação constante e incômoda de estar do lado errado do veículo. Esperava que a longa jornada exercitasse um pouco a sua mente.

Passou por espeluncas que ofereciam divórcios em uma hora e pelas fachadas estranhamente simples que o vice-prefeito insistia em pedir ao orçamento que mantivesse sob vigilância por causa do tráfico de drogas. Passou pelo Marco Zero, naquela manhã tomado pelo som semelhante ao de tiros das lonas mal fixadas que se agitavam com o vento e pelas palavras ofensivas que os vendedores ambulantes soltavam ao tentar impedir que seus cartões-postais do Onze de Setembro voassem de suas mesinhas dobráveis para fora das cercas.

E, com isso, fossem parar em território alheio.

Tallow dirigia com o rádio de comunicação ligado. Preferiria ouvir música, mas aprendeu a gostar de escutar conversas entre policiais como pano de fundo de suas viagens. Então, rodava ouvindo sobre os crimes e como eram gerenciados. Policial no Bronx fora de serviço que, para sua infelicidade, se deparou com um assalto a uma loja de autopeças; ouviu que, ao pegar um dos criminosos, um segurança escolar pegou a arma que o oficial tinha deixado cair e revidou os tiros. Mãe e filha encontradas mortas a facadas em Sheepshead Bay, o oficial reportava que ambas estavam tão furadas e retalhadas que mais pareciam cobertores molhados e rasgados. O corpo de um rapaz desaparecido do Bronx encontrado no porta-malas de um carro roubado e abandonado em Long Island; os detetives que procuravam por ele com o intuito de acusá-lo de tentativa de homicídio tiveram seus comentários rapidamente abafados por transmissões vindas de Midtown, onde um cara ensopou de gasolina a ex-namorada grávida e ateou fogo à moça, aparentemente porque ela não quis lhe dar algo que ele queria.

*Porque tudo sempre tem a ver com o que as outras pessoas querem*, pensou Tallow enquanto passava pelo meio de Manhattan e seus corpos.

Estava no fim da West Fifties quando o tráfego foi ficando mais lento. Enquanto o carro andava a passos de tartaruga, o detetive viu uma mulher gorda de cabelos grisalhos, falsamente pintados de preto, ajoelhada em frente a uma das árvores doentes da calçada. Suas canelas, envoltas por meias de lã desbotadas, estavam sobre o baixo cercado de ferro forjado que circundava a terra dentro da qual a planta lutava para sobreviver. Havia uma coisa metálica saindo da nuca da mulher. Paramédicos e policiais agrupavam-se à sua volta, ocupados demais com sua situação para se preocupar com a pequena multidão de curiosos batendo fotos com seus celulares. Tallow percebeu que a pequena haste de metal havia entrado pela nuca da mulher e saía pela garganta, prendendo-a ao fino tronco da árvore.

Mais à frente, o trânsito ficou mais livre, revelando a ambulância dos paramédicos parada ao lado de uma enorme Chrysler Town & Country que invadira o meio-fio e sob a qual havia um rapaz e sua bicicleta. A roda traseira da bike parecia arrebentada, o pneu rasgara e o aro se abrira, formando uma letra C dentada. O ciclista estava em pedaços. Lycra neon lambuzada de carne.

Tallow notou que estavam faltando vários raios da roda. Viu alguns espalhados pela calçada. Descobriu onde estava o último deles. Um movimento estranho deve tê-lo arremessado na direção do pescoço da mulher como uma flecha perdida.

Pensou em abordar um dos profissionais para entender exatamente o que havia acontecido, mas, um segundo depois, percebeu que não seria necessário. Passou pela cena do acidente, distanciando-se da mulher morta que rezava aos pés de uma árvore de Nova York.

A quadra 500 da West 145th ficava bem longe dali, como Tallow pôde perceber quando finalmente chegou a seu destino. Sentia dores tensionais na parte superior das costas e posturais na parte inferior. Arrastou-se para fora da viatura como um caranguejo moribundo. Ao tentar endireitar o corpo, ossos estalaram ruidosa e assustadoramente dentro dele.

Respirou fundo e, para seu azar, aspirou um ar carregado de cocô de cachorro ao sol.

O escritório do dono do prédio era uma portinha espremida entre uma espelunca que se autodenominava hotel e um estabelecimento de comida caribenha e africana com a fachada pintada num tom de verde que, para Tallow, lembrava o de hospitais. Um garoto esguio de uns dezesseis anos, vestindo camisa retrô do Knicks, fumava um baseado na frente da portinha. Tinha uma cicatriz exposta e profunda que ia do canto da boca até uma parte de seu queixo. De perfil, parecia um boneco de ventríloquo. Era possível ver o contorno de um canivete no bolso de sua calça. O odor de chocolate e menta pairava na fumaça que saía da ponta de seu cigarro. Depois de mais uma olhada, Tallow decidiu que o garoto era uns dois anos mais novo do que pensara inicialmente.

– Você é tira – disse o menino sem lhe dirigir o olhar.

Desde seus primeiros dias nas ruas, Tallow se perguntava por que aquele tipo de conversa tinha de existir. Queria entender por que, de todas as coisas que eram passadas de geração em geração ou de pessoa a pessoa, a infeliz atitude de ser malandro com um policial para se sentir durão estava entre as principais e nunca era esquecida.

– Algum problema?

– Não se você estiver indo pra outro lugar.

Tallow escutou vozes comemorando do lado de dentro. O garoto tinha torcida. Tallow não sabia se estava realmente a fim de enfrentar aquilo. Preferia ficar na dele. Jim Rosato teria encostado a cabeça do moleque na parede sem pensar duas vezes.

Tallow deu alguns passos sem pressa em direção à portinhola. O garoto, ainda sem olhar para ele, bloqueou a entrada com o corpo enquanto tragava seu baseado. Chocolate e menta. Sabores infantis.

– Você vai para outro lugar.

Mais vozes. Tallow foi até bem perto do menino, que se moveu novamente para impedir sua passagem. Tallow curvou-se e foi de um lado para o outro com as mãos levantadas, numa dança constrangedora para tentar passar. O menino não conseguiu segurar o riso quando o detetive fez nova tentativa. A molecada de dentro do escritório gargalhava.

Tallow pisou com força no dorso do pé do pirralho, que guinchou e caiu para trás, contorcendo-se para agarrar o próprio pé.

– Meu Deus, desculpe – disse Tallow. – Você está bem?

O garoto falava coisas sem sentindo, gritando e tentando tirar sua imitação de Nike do pé inchado. Lá dentro, o grupo de meninos de treze ou quatorze anos ficou subitamente em silêncio. Um deles havia tirado a cadeira que ficava atrás da única mesa do local e brincava de girar. Tallow observou-o rodar vagarosamente até parar e, então, olhou um a um, examinando-os friamente.

– Foi um acidente. Estava tentando passar por ele e, sem querer, o machuquei. Vocês entendem o que quero dizer, né?

Uma voz forte bramiu dos fundos.

– Que diabos está acontecendo aqui?

– Polícia – informou Tallow.

Um homem largo de seus quarenta anos surgiu da parte dos fundos, uma das mãos no cinto. Podia ter sido jogador de futebol americano ou levantador de peso no passado, mas engordara, possivelmente nos últimos tempos, e usava calças que não se mantinham mais na cintura. Não estava preparado para mudar o estilo de suas roupas ou para usar suspensórios, por isso andava sempre com a mão no cinto para manter as calças na linha da cintura e acima da barriga. Aproximou-se.

– Que merda é essa, cara?

Tallow mostrou o distintivo.

– Procuro Terence Carman.

– Sou eu. Mas que merda é essa?

– O garoto aqui caiu. Não foi, crianças?

Os meninos não disseram nada.

Carman colocou os ombros para trás e entrou na sala gritando.

– Saiam daqui, seus bostinhas. Vamos, rápido, vão encher o saco de outro. Del, pare com esse maldito barulho e levante, parece um leitão pendurado no rabo de um cavalo selvagem, cara. Ajudem-no a levantar, vamos, saiam.

Saíram sem pressa, reclamando. Carman virou-se para Tallow encolhendo bem os ombros.

– São os filhos da minha irmã, cara. O que se pode fazer, eles têm de ficar em algum lugar. Merda, veja aquilo.

Tallow seguiu o olhar irritado do homem e abaixou para pegar a ponta de cigarro que abria um pequeno buraco marrom no tapete.

Carman observou-o.

– O senhor não vai conseguir nada com isso.

– Ainda não sei. O senhor é dono de um prédio residencial na Pearl Street?

– Sou, já imaginava que receberia visitas. Só não sabia que seria tão rápido.

Carman tentou pegar o baseado. Tallow puxou-o.

– Estou de mau humor. Acabei de dançar com seus pequenos parentes e, recentemente, tive de atirar em um de seus inquilinos com pedaços do cérebro de meu parceiro em meu paletó. Então, que tal se o senhor cooperasse aberta e amigavelmente comigo? Assim, não terei de colocar essa coisinha aqui no topo da montanha de merda que posso jogar na sua porta.

Carman fitou Tallow e cedeu. Parecia sucumbir por dentro, a pele em volta do pescoço enrugava-se como um tapete velho.

– Está bem, está bem.

Tallow encarou Carman por mais alguns instantes. Carman abateu-se mais ainda, desceu a porta da frente e, com esforço dramático, fechou-a e a trancou.

– Venha – disse ele, arrastando-se com profunda tristeza em direção à sala dos fundos.

Era um cubículo encardido. Prateleiras de metal cheias de fichários alinhavam-se em um dos lados. Duas poltronas esfarrapadas, uma mesa pequena com dois cinzeiros transbordando e algumas banquetas roubadas de estabelecimentos de donos ingênuos ou descuidados completavam o cenário. Carman dirigiu-se àquela que claramente era a sua poltrona e se jogou ali, uma das mãos em cada braço, as pernas levemente afastadas e totalmente cravadas ao chão. Tallow imaginou que aquele fosse o trono patriarcal no mundo de Carman.

Tallow amassou a ponta do baseado em um dos cinzeiros. Carman assentiu. O policial olhou para a banqueta mais próxima – o assento plástico cor-de-rosa mal coberto por uma espuma amarelada – e preferiu arriscar-se na outra poltrona. Ao se sentar, percebeu que um pouco do enchimento e, provavelmente, algumas molas não existiam mais. Ficou um pouco mais baixo que o proprietário e se perguntou se o próprio Carman não havia retirado a espuma.

– Então, o senhor matou Bobby Tagg – disse Carman, finalmente.

– Era esse o nome dele?

– O senhor não sabia o nome dele?

– Está tudo meio confuso, para ser honesto. Como foi, nós ligamos para você ou...?

– Claro que não. Foram meus inquilinos que me ligaram. Acho que todos eles. Merda, me ligaram antes de chamar vocês. Como se eu pudesse fazer alguma coisa com o Bobby Tagg rondando os corredores com a bunda pelada e chacoalhando sua maldita arma. E é claro que todos voltaram a me ligar quando o senhor eliminou aquele babaca maluco.

– Todos eles?

– Sem tirar nem pôr.

– Certo. Fale-me a respeito do inquilino do apartamento 3A.

– Nunca o vi.

Tallow lançou um olhar significativo para a bituca daquele estúpido cigarro sabor chocolate com menta amassado no cinzeiro.

– Chama isso de cooperação amigável?

– Não, não, sente-se. Eu vou explicar. Porque não quero encrenca para o meu lado e o senhor vai entender por quê. O aluguel do 3A é pago anualmente. Em dinheiro vivo. O que acontece é que, em março, alguém pede que eu vá lá e me pergunta, “Quanto quer para mais um ano no 3A?”. E eu respondo que é época de impostos e, então, cobro o preço do aluguel mais 20% por minha conta, arredondando para um número bonito e passo o valor para eles. No dia seguinte, deixam um envelope no chão com o dinheiro dentro. E não preciso mais me preocupar com o 3A por um ano.

– E isso nunca lhe cheirou a encrenca?

– Olha, as pessoas me procuram para alugar apartamentos pelas mais diversas razões. Tem gente que me paga quatrocentas pratas por mês só para ter um lugar para transar três vezes por semana na hora do almoço. Meu velho sempre me dizia, "Fazer muitas perguntas atrapalha os negócios".

– Com o que seu pai trabalhava?

– Com isso. Eu herdei. O prédio na Pearl Street está na família desde os anos 1950. Também herdei o cara do 3A. Seu trato começou com meu pai e isso também foi passado para mim.

– Então, seu pai o conheceu?

– Acho que sim.

Tallow afundou-se um pouco na poltrona.

– Então, quer dizer que seu querido pai pegou o último pagamento do aluguel há algum tempo?

– É. Aposentou-se. Foi para a Disney, morreu no brinquedo *It's a Small World*. – Carman olhou em volta do cubículo imundo que considerava seu reino com um sorriso sem graça. – É, não valeu nem um pouco a pena. Envolveu-se com prostitutas. E explosivos. Enfim. Não, meu velho morreu há muito tempo.

Tallow pegou seu caderno e uma caneta sentindo que teria de arrancar leite de pedra, mas, profissionalmente, viu-se obrigado a registrar a merreca que aquele encontro havia lhe rendido.

– Então, Sr. Carman. O senhor nunca conheceu o inquilino do 3A. Por um bom tempo, seu pai manteve um acordo com ele. De quanto tempo acha que estamos falando?

– Vinte anos, no mínimo. Sabe, eu não guardo nenhuma papelada que eu possa consultar.

– Entendo. O senhor já entrou no apartamento 3A?

Carman esfregou a nuca. Sorriu. Um sorriso menor, mas, dessa vez, mais sincero.

– Tentei uma vez. Quando comecei a tomar conta do prédio com meu pai ainda por perto. Eu era jovem e não sabia nada daquilo. Por isso, queria saber mais sobre o homem invisível, entende? Não consegui entrar. De alguma maneira, ele conseguiu emperrar a fechadura. Não havia trocado nada na porta, mas colocou ferrolhos ou outra merda dessas. Nunca entendi como ele entrava e saía do prédio. E na vez seguinte em que tentei entrar? Aí, sim, ele havia trocado a fechadura e colocado mais algumas. Comentei com meu pai, mas ele disse, "É o cara do 3A, deixa pra lá, não te interessa".

– Daquilo o quê? O senhor disse que ainda não sabia nada daquilo. Do que está falando?

– Como eu disse antes, fazer muitas perguntas atrapalha os negócios. Temos de aprender a não ficar perguntando coisas toda hora. Precisamos saber fazer a pergunta certa na hora certa.

– É mesmo?

– O senhor sabe bem disso, Detetive. Não é?

Carman sentou-se orgulhoso em seu trono e usou uma frase irônica que provavelmente vira em um programa de TV, oferecendo-a à visita como se mostrasse um bilhete de metrô antigo.

– Para quem o senhor está vendendo o prédio, Sr. Carman?

– Para uma empreiteira. Vivicy. É tipo uma instituição financeira, cuidam das coisas de dinheiro que ninguém entende direito e que nunca parecem completamente reais.

Tallow escreveu o nome Vivicy e parou por um momento. Girou a caneta em espiral como se quisesse dissipar a névoa em sua cabeça.

– Sr. Carman. Por que está vendendo o prédio? Por que a Vivicy está interessada em comprá-lo? E o senhor tinha intenção de informá-la a respeito do morador do 3A, que trancou tão bem a porta de seu apartamento a ponto de ninguém conseguir entrar?

Carman chupou os dentes. Tallow ficou com o olhar parado.

– Só estou vendendo porque eles me ofereceram uma quantia boa para eu me aposentar – disse Carman finalmente. – E não me refiro a ir para a Flórida, ficar doidão e me afundar ao tentar dinamitar um brinquedo do parque infantil e, ao mesmo tempo, explodir com ele. Quero um maldito iate em algum lugar, ter empregados, essas merdas.

– E?

– E o cara do 3A não é problema meu. Vão demolir aquele lugar e, se o maluco ainda estiver lá, não será problema meu, ele vai ter o que merece, que se dane. É isso o que quer saber, Detetive?

– Quando o senhor vai receber?

– Quando o prédio estiver vazio.

– Também lhe perguntei por que estão comprando seu prédio.

– É verdade, bem, não é a pergunta certa na hora certa. Foi o que disse meu velho no primeiro dia em que percebeu que eu era inteligente o suficiente para assobiar e chupar cana ao mesmo tempo. Disse, "o que você precisa saber sobre terras, filho, é que não se pode fazer mais delas. Então, se quiser ter um belo edifício no centro financeiro para manter seus aparelhos digitais e todo o seu tesouro dentro, bem, o centro financeiro não tem como construir mais terras para você colocá-lo ali. Por isso, é preciso encontrar um prédio velho, derrubá-lo e construir tudo do zero".

– Preciso dos nomes com quem o senhor está negociando na Vivicy.

Carman ficou tenso de repente.

– Por quê?

– Porque nada será demolido até que eu autorize. Seu prédio é cenário de um crime e nada vai ser modificado até que eu permita. Preciso dos nomes.

# NOVE

ESTAVA CADA VEZ MAIS DIFÍCIL encontrar telefones públicos em Manhattan, e o caçador raramente os via.

O caçador não desejava recorrer aos celulares pré-pagos. Se questionado sobre o assunto, seria forçado a admitir que ainda não estava completamente familiarizado com as grandes vantagens de seus parâmetros operacionais. Seria mais fácil ter acesso a uma conversa no celular do que grampear a linha de um telefone público qualquer?

Em certos dias, obviamente, tudo isso o irritava menos. O caçador não percebia, mas sua opinião em dias como aquele mudava como o vento. Em outros momentos, quando ouvia apenas carros e máquinas e o ruído de sapatos sintéticos caminhando pela calçada, não desejava nada além de viver na antiga Ilha de Manhattan dos lenapes.

As moedas que usaria para o telefone tilintaram em sua mão espalmada. Num momento, moedas, no outro, conchas. Concentrou-se, reprimiu sua percepção e moedas foram moedas tempo suficiente para que ele as enfiasse no pequeno orifício da máquina. Puxou pela memória o número do primeiro homem e o discou. O telefone fez um ruído que ele supôs significar que o número discado não funcionara. Buscou em outro canto da mente o telefone do segundo homem.

O caçador escutou a linha chamando, um clique e uma voz feminina dizer que a ligação seria transferida. *Uma gravação*, pensou. O século XXI parecia-lhe muito distante naquele dia. A linha chamou novamente, um som diferente.

No quarto toque, o outro homem disse:

– Andrew Machen.

– Reconhece minha voz?

Pausa gelada. E, depois de engolir em seco, o outro homem respondeu:

– Sim, reconheci sua voz. Como você, quer dizer, como posso ajudá-lo?

O caçador sorriu. Ainda o temiam.

– Sr. Machen, venho guardando umas coisas em um prédio na Pearl Street – o caçador deu a ele o endereço e o número do apartamento. – Minhas coisas foram descobertas pela polícia. Observei-os carregá-las para fora do edifício. Aquelas coisas me pertencem. E, de certa maneira, pertencem ao senhor também. São as ferramentas de meus negócios. Entende o que quero lhe dizer?

A respiração de Machen foi acelerando conforme o caçador falava. Agora, lutava para sentir os próprios pulmões e completar uma frase.

– O prédio. Estou comprando aquele prédio. Minha empresa o está negociando. A polícia matou uma pessoa lá. Ontem. Um dos moradores perdeu as estribeiras quando recebeu o aviso de despejo. O que tinha guardado ali?

– Pense um pouco. O que tenho guardado ali? Disse um minuto atrás.

– Ah, não. Ah, não. Não pode ser.

– E agora o senhor me diz que a culpa é sua. Que o senhor comprou o prédio em que eu guardava minhas coisas. Que o senhor causou a captura delas.

– Eu não sabia! Como poderia saber? O senhor não podia nos dizer nada! Inferno, o senhor não tinha que guardar aquelas malditas armas...

– O senhor não tinha direito algum sobre elas. Eram minhas. Eram sagradas. Foram responsáveis por feitos poderosos e não eram para ser levadas embora como um brinquedo usado depois do Natal.

O caçador sorriu ao dizer aquilo a Machen porque tinha a forte impressão de que esquecera a existência do Natal por semanas.

– Bem... O que posso fazer?

– Dê um jeito – disse o caçador, em voz baixa. – Tem de entender, Sr. Machen. Se os outros dois decidirem que o senhor se tornou um obstáculo para o sucesso dos planos deles, sabe o que serei obrigado a fazer.

O caçador desligou. Estava prestes a atravessar a rua, mas viu uma câmera de segurança pendurada na entrada do banco da esquina. Então, decidiu virar à esquerda, em direção a um beco, desaparecendo em sua floresta imaginária.

# DEZ

A VIVICY FICAVA nos dez últimos andares de um arranha-céu dos anos 1980 que se parecia com uma espaçonave na estação de lançamento. Uma embarcação que esperava, melancolicamente, desde a recessão daquela década, que alguém pudesse bancar sua ida ao espaço. Era estranhamente triste ver a poluição da cidade incrustada nas ferragens e nas torres de energia fixadas nos beirais do prédio como parte da decoração do arquiteto.

A data de seu lançamento já passara havia muito tempo, assim como ficaram no passado os longos almoços de executivos do centro financeiro. No meio da tarde, todos os que ainda caminhavam pela rua disparavam em direção a seus prédios, em pânico, mastigando o último pedaço de sua barrinha de cereais ou jogando fora rapidamente o cigarro fumado até a metade.

Tallow, de volta ao 1º Distrito, almoçou um cigarro enquanto observava o prédio. Havia feito uma ligação à Vivicy durante o longo caminho de retorno, mas decidiu que precisaria reforçar alguns pontos pessoalmente.

Dentro do edifício, a metáfora espacial continuava. Uma enorme nave-mãe com grandes canos de alumínio que serviam de pilares e com o chão de metal polido. *Magnésio ou algo do tipo*, pensou Tallow ao entrar; parecia de molas ou suspenso por barretes, pois seus pés levantavam um pouco a cada passo. O chão dos Mestres do Universo, que têm molas sob os pés enquanto caminham até o elevador pela manhã. Por dentro, o prédio não se parecia com um equipamento sem combustível em uma estação de lançamento abandonada, mas com algo que esperava ser abastecido com todo o dinheiro do mundo antes de partir para novos rumos.

Spots dourados tentavam lançar fachos constantes de luz sobre o hall. O fundo musical era eficiente. Enquanto esperava na fila da central de segurança, Tallow percebeu que a música chegava a um pequeno clímax de tempos em tempos. Uma transformação do tema de "Da Terra nascem os homens" em música de elevador, onde a parte orquestrada era modificada e a batida *motorik* de bandas alemãs Krautrock dos anos 1970 pairava por todos os lados. Quando os primeiros pilares metálicos foram erguidos, a música já soava como futurista, pensou Tallow.

O detetive passou pela segurança mostrando o distintivo. Os guardas, que usavam em suas camisas pretas logotipos bordados de uma firma chamada Spearpoint, acenaram para Tallow com a cabeça da maneira conspiratória e cooperativa dos que trabalham no ramo e se consideram irmãos e irmãs dos policiais. O detetive retribuiu o aceno apenas para facilitar a vida. Pegou o elevador com um homem que cutucava compulsivamente a base do polegar com dedos carcomidos. Fazia movimentos fortes o bastante para arrancar pequenos pontos vermelhos entre as manchas de velhas cicatrizes.

Tallow desceu no primeiro andar da Vivicy e, junto com um mensageiro carrancudo, dirigiu-se ao elevador que levava aos outros nove andares. O mensageiro rangeu os dentes. Pareciam placas de pavimentação se esfregando. No último andar do prédio, Tallow desceu e encontrou na parede próxima ao elevador um mapa bastante útil que mostrava a disposição dos escritórios. Esperou que a negociação entre o mensageiro e a irritada recepcionista esquentasse e entrou, esgueirando-se pela porta principal em direção ao centro do andar.

As pessoas levantavam os olhos para observá-lo enquanto ele caminhava pela parte central em direção ao escritório do canto, no qual estava interessado. Não o olhavam por muito tempo, pois, ao perceber que não se tratava do predador que mais temiam, retornavam ao trabalho.

No escritório do canto, a secretária estava sentada a uma mesa de aço escovado. Protegidas atrás dela ficavam as portas da sala principal. Tallow interrompeu o passo – a forma de andar de Rosato, que ele aprendera a acompanhar e a imitar, o incansável Rosato, como um pedregulho rolando ladeira abaixo. Teria sido mais fácil rolar por aí ao lado dele.

Tallow ficou observando a assistente por vinte segundos. Uma nipo-americana de cerca de vinte anos. Olhos bonitos, lábios rosados, cabelos negros e curtos. Ela os tocou. Apertou-os com as unhas. Unhas falsas, mas limpas e pequenas. Mexeu novamente no cabelo e, ao se dar conta do que fazia, obrigou-se a colocar a mão sobre a mesa enquanto, com a outra, escrevia. Tallow conseguiu ver a ponta de uma tatuagem saindo de debaixo de seu cabelo. Já usara a cabeça raspada. O cabelo voltava a crescer e a incomodava um pouco. As roupas a incomodavam. Eram de bom gosto, peças sociais muito bem escolhidas, porém baratas. O dia estava quente, mesmo com o ar-condicionado, mas ela usava mangas longas. Ele observou-a interromper as anotações em um documento e consultar algo em um pequeno caderno surrado. Seu caderno. Queria tanto manter o emprego que se preparava para tudo.

Tallow vestiu novamente a expressão de policial, aproximou-se da mesa e mostrou seu distintivo.

– Sou o Detetive Tallow, 1º Distrito. Preciso conversar com Andrew Machen.

Ela olhou para o distintivo como quem olha para uma arma.

– O Sr. Machen está... Bem, ele não pode atendê-lo agora, Detetive. Se eu puder, puder anotar seu número, posso agendar uma reunião assim que ele, o senhor sabe, ele está com uma emergência no momento e...

Tallow baixou a voz.

– Ele está aí dentro, não está?

Ela levantou o tom de voz, certamente esperando ser ouvida de dentro do escritório.

– Não, o Sr. Machen não está em sua sala no momento.

Tallow ameaçou ir até a porta. A assistente saiu de sua cadeira, o medo e as lágrimas faziam seus olhos brilharem.

Tallow levou um dos dedos aos lábios. Sorriu. Estendeu as mãos para acalmá-la. Disse em voz alta:

– Trata-se de uma investigação de homicídio, senhora. Vou entrar onde eu quiser e, se a senhora continuar bloqueando a porta, terei de prendê-la primeiro e, em seguida, prender seu patrão. Fui claro?

A secretária voltou a se sentar com um tímido sorriso no rosto. Quando abriu a porta, Tallow sorriu para ela mais uma vez.

Andrew Machen perguntou:

– Ela estava mesmo bloqueando a porta?

Um homem grande levantou-se de sua cadeira Xten Pininfarina – que parecia ter sido roubada de uma nave espacial – e deliberadamente colocou o celular, envolto em uma capa de jacarandá africano, sobre a mesa Parnian antes de contorná-la para receber o visitante. O terno cinza-chumbo levemente xadrez fora cortado de modo a acentuar seus ombros largos. Machen era produto do regime hollywoodiano das academias que formavam homens de peito largo, abdômen longo e quadril fino.

– Estava.

*Por que seus dedos estão tremendo?*, pensou Tallow quando Machen apertou sua mão.

– Detetive Tallow, 1º Distrito. Posso tomar cinco minutos de seu tempo?

– Parece quer o senhor já os tomou. Peço desculpas – Machen indicou a porta com aquelas mãos estranhamente trêmulas – por tudo isso. Estamos muito ocupados. É claro que desejo me colocar a seu dispor, mas com o que buscamos, as limitações de recursos, sabe?

Nada combinava naquela sala, Tallow observou depois de um tempo. Não havia uma unidade, um tema. Falta de bom gosto, supôs o detetive. Apenas uma coleção de badulaques caros que não tinham nada a ver uns com os outros. Exceto, talvez, pela escala de seus preços.

– Sei tudo sobre limitações de recursos, com certeza. Preciso fazer algumas perguntas.

A cadeira do visitante – singular – era feita do mesmo material que a de Machen, embora mais barata, com duas longas carretilhas curvas em vez de rodas e de cor diferente. Machen indicou-a, voltando ao espaço protegido atrás de sua mesa.

– Se eu puder ajudar, Detetive.

A mão de Machen pareceu tremer menos assim que ele se sentou atrás da absurda mesa de madeira listrada.

Tallow deu-lhe o endereço da Pearl Street.

– O senhor está comprando esse prédio, não é mesmo?

– Acredito que sim. Quer dizer, não estou acompanhando as negociações dessa compra todos os dias, mas sim, lembro-me desse lugar. Receio que não seja eu quem o senhor deva procurar.

– O senhor é dono da Vivicy, não é? O senhor fundou essa empresa e ela ainda está sob seu comando, certo?

– Isso mesmo.

– Então é o senhor mesmo quem eu devia procurar, Sr. Machen. Quais são seus planos para aquele prédio?

– Não tenho...

Tallow mostrou certa impaciência em seu tom de voz.

– Acho que o senhor pode me ajudar.

Machen fingiu relaxar no encosto de sua cadeira. O objeto dava a impressão de que iria envolvê-lo com os braços cromados a qualquer momento.

– Digamos que eu possa – ele sorriu.

– Quais são seus planos, senhor?

– Demoli-lo.

– Para quê? Construir um prédio comercial? Tenho a impressão de que o senhor já tem bastante espaço aqui.

– Bem, Detetive, aí entraremos no assunto das artes obscuras da magia financeira. E é por isso que contratei um mago. *Pingback.*

Tallow decidiu pegar seu caderno.

– Não sei muito bem sobre o que o senhor está falando.

– É como meu mago se refere a isso. O tempo que uma informação leva do meu computador até a Bolsa de Valores de Nova York e para voltar a meu computador. Qualquer tipo de transação financeira tem de levar em conta a velocidade com que uma oportunidade pode ser observada e um negócio pode ser executado. Essa região da Pearl Street, particularmente, tem bom *pingback.*

Tallow fez algumas anotações e parou por um momento.

– Espere. Daqui, não estamos mais perto do prédio da Bolsa do que estaríamos se estivéssemos sentados no edifício da Pearl Street?

Machen bateu as mãos. Tallow teve a súbita sensação de que Machen seguia o mesmo ritual em jantares receptivos.

– A-ha! É por isso que tenho um mago. Porque o *pingback* daquela região da Pearl Street é, na verdade, melhor que o daqui. Mesmo estando fisicamente muito mais longe. Trabalhar com isso é quase como *feng shui.*

Machen pronunciou errado o termo, mas Tallow deixou passar.

– Meu mago – continuou Machen –, diz que isso se deve aos mapas, aos serviços de utilidade pública, a dados históricos e até às condições do solo. O labirinto de fios que existe sob nossos pés não foi colocado ali apenas para servir ao setor financeiro. Se fosse assim, todas as linhas levariam a Wall Street, certo? A fiação que usamos para acessar esses computadores não são dispostas de maneira direta, e os fios não têm todos a mesma qualidade. Passam de fibra para cobre, depois para fibra novamente, ou ainda de sem-fio para fibra e depois para cobre. Os dados dão a volta no quarteirão quando queríamos que apenas atravessassem a rua... tudo isso afeta o tempo de *pingback.*

– É claro, mas nós não temos como perceber.

– Mas os computadores percebem. As bases de dados percebem.

Cinquenta milissegundos de atraso em nosso fluxo de informações podem ser a diferença entre ficarmos ricos como faraós de dia e procurarmos um pacote de macarrão instantâneo na despensa para o lanche da noite.

– Sério?

– Bem, nem tanto. Mas ajudam a determinar quem chega mais perto de fechar negócios minuto a minuto o dia todo. O *pingback* da localização é o novo mercado imobiliário de Manhattan, Detetive. Por isso, sim, vou colocar aquele cortiço abaixo e, em seu lugar, construir um belo prédio comercial com *pingback* de destaque, exatamente como meu mago sugeriu e, com isso, enriquecer muita gente. Para que estamos aqui, afinal? Certo?

Tallow tentava anotar tudo.

– É uma loucura.

– É onde vivemos atualmente. Os mapas reais das grandes cidades do mundo são invisíveis. Ou estão sob nossos pés, ou são áreas com wi-fi, ou são links via satélite. Em termos globais, o maior problema enfrentado pelo mercado financeiro é a velocidade da luz. Li uma matéria no ano passado que dizia de maneira um tanto brusca que os atrasos na propagação da luz frequentemente atrapalham a eficiência do sistema financeiro global. Conheço um cara em Bonn que acha que pode fazer um baita negócio se construir uma ilha artificial no Mar Arábico e colocar sobre ela um centro de transações conectado, contornando seis diferentes sistemas e os atrasos inerentes a seus cones de luz.

Tallow levantou os olhos para observar Machen.

– Não considera isso apenas um trabalho, não é mesmo?

Machen riu, uma gargalhada curta e explosiva, parecendo liberar um pouco de sua tensão.

– Amo isto aqui. Adoro fazer isso. Sabe, às vezes, nem vejo os prédios quando caminho para o trabalho. Enxergo apenas suas conexões, o fluxo de dinheiro, informação e ideias, enormes formas, zonas e linhas invisíveis. É o maior jogo do planeta e, para ganhá-lo, tenho de medir forças com a própria relatividade.

Riu novamente, mas, dessa vez, de maneira mais suave e comedida:

– E sei como as coisas que digo soam para as pessoas. O senhor precisa saber que não deve me levar tão a sério. Mas, ao mesmo tempo, nada do que eu disse é mentira. É apenas divertido. É a vida que eu sempre quis.

Tallow o observava. A empolgação de Machen foi se dissipando pouco a pouco. Quando julgou que o interrogado tinha voltado ao normal, disse:

– Quero deixar uma coisa bem clara. Aquele edifício é agora centro de uma investigação extremamente séria. Estou aqui para alertá-lo de que aquele prédio não poderá ser tocado por ninguém até que nosso trabalho seja concluído.

– Bem – retorquiu Machen –, isso torna as coisas... complicadas. Temos um contrato com o dono da propriedade, mas o dinheiro ainda não foi transferido e...

– Cumpra o contrato. Transfira o dinheiro. E mantenha o edifício intacto até o final da investigação.

– Não tenho certeza, Detetive, de que o senhor tenha poderes para fazer essa exigência – respondeu Machen.

Tallow teve a impressão de que Machen se arrependera de ter dito aquilo. O empreiteiro esfregou um dos dedos nos lábios, os olhos estavam distantes.

– Acho que ambos perderíamos tempo se eu tentasse descobrir isso para o senhor – disse o detetive.

Machen mexeu-se na cadeira.

– Não. O senhor está certo. Peço desculpas. Fecharemos as negociações e manteremos o prédio como está durante esse período. Posso lhe dar meu telefone pessoal?

Tallow concordou com a cabeça e Machen retirou um estojo de cartões prateado da gaveta. Com o polegar e o indicador, pegou um cartão fino de aço inoxidável e estendeu-o a Tallow. Nele, em fonte Neville Brody gravada a ácido, que Tallow reconheceu ser tirada de revistas, lia-se:

MACHEN@VIVICY.LIFE
824-6624
@MACHENV

– Legal – disse Tallow.

Colocou o objeto no bolso da camisa imaginando se aquilo interferiria na recepção do celular e, por um segundo, se decepcionou com a espessura do cartão, fina demais para conter uma bala, como acontece nos contos de fada com estojos de cigarro ou garrafinhas de bebida.

– Então – quis saber Machen –, tudo isso é por causa do cara que foi assassinado?

Tallow lançou-lhe um olhar. Machen esticou as mãos, sorrindo. Não tremiam mais, observou o detetive.

– Eu admito, estive muito envolvido com o processo de aquisição do local. Observando. Por isso, fui informado sobre o incidente com bastante rapidez. O homem tinha família?

– Não que eu saiba. Por que pergunta?

O sorriso tornou-se pesar.

– Eu devia me sentir culpado? Sinto-me um pouco. Parece que foi a venda do prédio que deixou o cara maluco. Quer dizer, não mandamos simplesmente essas pessoas para a rua. Oferecemos uma boa quantia e tomamos as providências que nos cabiam, agindo dentro da lei. Mas, de todo modo, o pobre homem viu apenas pessoas levando embora sua casa e o mandando para a sarjeta. Sinto que preciso fazer algo por ele.

Tallow levantou-se.

– Se eu souber de alguma coisa, aviso o senhor. Obrigado por sua atenção.

Machen levantou-se novamente e estendeu a mão para cumprimentá-lo.

– O senhor entrará em contato a respeito do prédio?

– Claro. Assim que concluirmos tudo.

Tallow sentiu um pequeno tremor passar do braço para a mão de Machen e, em seguida, para a sua.

– Quem sabe – disse Machen – possa nos atualizar com alguma frequência?

Tallow sorriu e recolheu a mão.

– Farei o possível.

O detetive saiu do escritório antes que Machen pudesse dizer mais alguma coisa. Do lado de fora, cochichou para a assistente:

– Vai ficar tudo bem com você.

Ela sorriu, radiante, aliviada, um sorriso estonteante. Tallow foi embora.

No elevador, repassou o último minuto da entrevista. Machen interpretara muito bem o papel de homem charmoso, simpático, compreensivelmente reticente, mas extremamente justo.

Exceto pelo fato de que, se Machen sabia da morte de Bobby Tagg, sabia também sobre Jim Rosato. Se Machen não tinha como saber que Tallow matara o homem e que Rosato era seu parceiro... por que alguém que quis se mostrar tão diplomático não aproveitaria a chance de demonstrar suas condolências a um policial pelo colega morto? Aquilo não lhe cheirava bem.

Por que Machen tremia? Ele desligou o celular, possivelmente seu telefone pessoal, quando Tallow entrou. O que haviam dito a ele?

Talvez ele realmente estivesse querendo manter distância do negócio. Encarregara seus funcionários de finalizá-lo. Isso faria sentido, supôs Tallow. Talvez ele realmente tivesse acabado de saber sobre os acontecimentos. Talvez as informações tenham levado um dia para chegar da base ao topo da Vivicy. Atraso na propagação da luz.

# ONZE

TALLOW SABIA que podia esperar uma ligação da tenente antes do fim do dia. Teria de mostrar que havia ao menos tratado dos elementos básicos da investigação, tal como garantir que a cena do crime não fosse colocada abaixo no dia seguinte para, no lugar, levantarem um castelo reluzente e quase real, lembrou-se Tallow, irritado.

Tratar do básico significava ter de sair do 1º Distrito novamente e dirigir até One Police Plaza.

A Unidade da Polícia Forense, contrariando qualquer lógica, ainda ficava no One PP. Entretanto, cobria toda Manhattan. Algumas de suas responsabilidades foram delegadas às Equipes de Coleta de Provas, e uma delas, ele sabia, estava trabalhando na Pearl Street naquele dia. Contudo, os levantamentos mais concretos da perícia ficavam no One PP. Um departamento sobrecarregado, de poucos recursos e, na opinião de Tallow (de quando ele ainda se dava ao trabalho de opinar), mal comandado. Como alguém pôde achar que os problemas da Unidade e da cadeia de custódia poderiam ser resolvidos com a criação de ECPs era algo que o detetive não conseguia compreender. Apenas conseguiram mais ramificações na cadeia e uma equipe formada por profissionais mal treinados e terrivelmente aborrecidos com a vida que levavam.

Os peritos, por outro lado, tendiam a ser simplesmente malucos. Os policiais ainda comentavam o caso do supervisor da UPF que, meio que acidentalmente, abriu fogo contra a própria equipe durante uma demonstração. Havia também o lendário perito que, cerca de vinte anos atrás, ficara famoso por informar a quem lhe perguntasse como se livrar de um corpo sem ser pego e de maneira eficaz, tudo em troca de uma garrafa de Smirnoff e/ou de dar umazinha com suas esposas. Os peritos da UPF eram odiados, e o sentimento em relação aos policiais era recíproco. Um ódio corrosivo e descarado. Simplesmente "perderam" as provas de um tiroteio em que quatro policiais haviam sido feridos e ninguém se deu ao trabalho de fazer nada. Houve agitação política, denúncias e pedido de desculpas em público, mas, no fim das contas, todos os peritos que trabalhavam no One PP antes do acontecido continuaram lá.

Tallow tinha consciência de que seu nome estava envolvido no pior caso sem solução que a UPF já tinha visto. Não estava nem um pouco ansioso por encontrar com eles, que o avaliariam para saber quanto ganhariam com a venda de seus órgãos no mercado negro.

Deu-se conta de que estava em pé ao lado do carro, olhando para o nada, enquanto puxava sua Glock e a devolvia ao coldre. Tallow ficou irritado consigo mesmo e entrou no veículo. Um segundo depois, saiu ainda mais furioso, pois entrara pelo banco do passageiro.

O One Police Plaza ficava na região da Pearl Street. Esta, por sua vez, ficava fora do 1º Distrito e fazia uma curva em volta do One PP antes de seguir pela Ponte do Brooklyn para a ponta da outra ilha. Um prédio marrom em estilo brutalista, parecendo ter sido invadido por uma força de ocupação para funcionar como base autoritária provisória. O emaranhado de cercas, barreiras, rampas e grades em toda a sua volta não ajudava a desfazer essa impressão. Primos distantes vestidos de azul, colocados ali para impor a civilização sobre seus parentes de fora do perímetro do edifício, na ilha selvagem.

Mas eles já estavam ali havia muito tempo, e os invasores, em seus navios originalmente brutalistas, viram alguns de seus membros tornarem-se nativos. Sempre que ia ao One PP, Tallow tinha a impressão de que qualquer um poderia adivinhar pela sua cara que ele era um policial comum do 1º Distrito; de que todos sabiam, apenas de olhar, que ele não era nenhum detetive de seriados policiais. Tallow não pertencia àquele lugar.

Encontrou um elevador e desceu até o calabouço do castelo que pertencia a seus antepassados distantes.

O elevador se abriu, revelando um homenzarrão que segurava o receptor de um telefone antigo e manchado de sangue em um saco plástico e que anunciou:

– Achei isso em cima dele.

– Sabe de uma coisa? – disse Tallow. – Eu não tenho nenhuma resposta para isso.

O rosto enorme do homem murchou.

– Desculpe – replicou –, pensei que fosse outra pessoa.

– Eu percebi. Onde posso encontrar sua chefe?

– Pensei que o senhor fosse ela.

Tallow precisou perguntar.

– O senhor encontrou isso em cima de alguém...?

– Um corpo de setenta e oito anos, tão magro quanto um fio de chicote. Não dá nem para acreditar que isso pudesse estar ali sem desalojar seu coração. – O grandalhão olhou para o telefone e outro pensamento lhe ocorreu. – Embora eu acredite que isso o teria matado mais rápido.

– Olha, preciso falar com sua chefe.

– Ela saiu para tomar café. Em algum lugar.

– Há quanto tempo está esperando fora do elevador?

– Não me julgue.

– Eu preciso muito falar com ela.

– Por quê? – Ele balançou o receptor. – O que pode ser mais importante que isto?

– Ok. Que tal se o senhor me disser quem está tratando das armas da Pearl Street?

– Ah, é isso. – Tallow tinha certeza de que não admitira ter molestado filhotinhos de gato, mas era o que parecia de acordo com a reação nos olhos do perito corpulento. – Você é aquele cara.

– Sim, sou eu mesmo.

– Se eu fosse você, cara, me mudaria para um hotel. E não diria a ninguém para qual. E compraria uma armadura.

– Então agora preciso de armadura?

– Talvez algo do tipo. E um escudo. Você está na lista negra de Scarly até que vire literalmente um fóssil e o sol se transforme em um gigante vermelho.

– Meu Deus. Está bem. Quem é Scarly e onde posso encontrá-la?

Seguiu por um corredor de paredes manchadas com portas de madeira por toda a sua extensão que davam para salas tão pequenas que mal podiam ser consideradas escritórios. Tinta látex de tom verde sombrio descascava de toda superfície vertical para onde o detetive olhava. Tallow seguiu as vozes exaltadas que vinham da porta aberta da última sala.

Scarly era uma mulher de seus vinte e poucos anos com traços de ave.

– Claro que não dou a mínima por você estar sangrando! Sou autista, merda! – Gritava com um homem de expressão doente, cinco anos mais jovem do que ela e cujo aspecto estava ainda pior pela ausência de um pedaço de sua orelha esquerda. Enquanto repreendia o rapaz, arranhou sem querer o próprio braço, exposto por uma camiseta que parecia um dia ter sido mais apertada. Seu antebraço estava envolto por plástico fixado com fita adesiva.

– Sabe de uma coisa, Scarly? – disse o homem, sangrando, agitando os braços. – Há um bilhete em meu apartamento dizendo que, se eu for encontrado morto em serviço, a culpa será sua e que, provavelmente, você terá agido de forma deliberada.

Vestia um jaleco tingido de preto que lhe fazia parecer uma gaivota debilitada e coberta de óleo que tenta levantar voo.

Tallow bateu no limiar da porta, observando por um segundo o que parecia ser o escritório imundo de um acumulador compulsivo que adora sentir o cheiro de embalagens de hambúrguer consumidas há meses.

Scarly virou-se com um ácido “O que quer?”.

– É da polícia, Scarly – informou o outro homem, pressionando uma toalha encardida na orelha. Tallow pôde sentir toda a química presente naquele pedaço de pano e retraiu-se ao imaginar o coquetel de resíduos que estaria se misturando à corrente sanguínea do homem. – Veio prender você.

– Claro que é a polícia, imbecil. Todos somos da polícia. É onde trabalhamos.

– Detetive John Tallow, 1º Distrito.

– Você – começou ela. – Eu o odeio tanto que sinto meu pau ficar duro.

O outro também se virou para Tallow.

– Você. A culpa é sua. – Tirou a toalha da orelha e se virou para mostrá-la se mexer para cima e para baixo. – Foi você quem fez isso comigo.

Tallow envergou.

– Como eu fiz isso em você?

– Porque eu tive de atirar com uma daquelas merdas arqueológicas, provavelmente descartada por Wilkes Booth para matar Lincoln por estar muito velha e enferrujada, o tambor emperrou e o percutor disparou do fundo da porra da arma, arrancando um pedaço da minha orelha! Uma arma encontrada por você. Deus, onde você estava com a cabeça?

Tallow apenas olhou para ele. Ficou olhando até que o homem ficasse quieto e parecesse incerto. Ele conseguia sentir os olhos da mulher sobre ele, mas se manteve firme, observando o homem com a orelha dilacerada. Então, Tallow falou, usando um tom de voz baixo:

– Não sei. Estava meio surdo por causa do tiro e tinha pedaços do cérebro do meu parceiro na minha cara naquele momento. Sinto muitíssimo por não ter pensado em você. Agora, eu deveria estar de licença por ter assistido a cabeça do meu parceiro explodir e por ter matado o cara que fez isso. Você também deve estar a par de que eu sabia que o homem já estava morto antes de eu mirar cuidadosamente e atirar no meio de seu cérebro. Mas fui obrigado a acompanhar essa investigação sozinho, sem parceiro. Desde então, não tive um dia de sossego, e estou cansado de ameaçar pessoas, encará-las e tentar fazê-las agir como humanos que sirvam para alguma coisa. Então, o que estou tentando dizer é que, se eu perder a paciência, o que estou me esforçando muito para não fazer, mas, como pode ver, minha semana não tem sido maravilhosa, o que eu fizer será justificado como atitude de um oficial que sofre de Transtorno de Estresse Pós-Traumático. Realmente não estou disposto a ouvir nenhuma das asneiras típicas da Perícia. Sei que minha tenente já está tentando reparar a situação. Portanto, mesmo que eu sinta muitíssimo pelo que aconteceu à sua orelha, tenho de lhe avisar que qualquer um que deseje dificultar as coisas para mim... – Tallow respirou e sorriu: – Bem. Não quero começar as coisas com o pé esquerdo. Seu nome é Scarly? – disse, dirigindo-se à mulher.

– Scarlatta – respondeu ela.

– Oi. Sou John. E o seu nome?

– Bat – disse o outro, e, sob o olhar frio de Tallow, continuou: – Meus pais me tiveram nos anos 1980. O que se há de fazer?

– Voltar no tempo e matá-los antes que procriassem – sugeriu Scarly.

– Ela não é autista de verdade – informou Bat. – Apenas acha que as pessoas não a importunarão tanto se pensarem que é. E, bem, sentimos muito pelo seu parceiro.

– É – reforçou Scarly. – Foi mesmo uma droga.

Tallow inclinou-se no limiar, enrolando um pouco para entrar. Uma bancada com uma cadeira de cada lado. Dois laptops, um deles reforçado, o outro com pequenos arranhões no alumínio escovado. Prateleiras de plástico pelas paredes. Caixas de som infláveis penduradas por toda a sala, os fios desaparecendo em meio às pilhas de papel, potes contendo pós estranhos, caixas e recipientes com produtos químicos e coisas aparentemente ilegais que Tallow preferiu não reconhecer. As partes das paredes que não serviam de depósito eram cobertas por impressos e recortes de jornal, uma confusão de imagens em preto e branco que provavelmente não fazia sentido para ninguém, exceto para aqueles dois. Embalagens de comida, copos de café descartáveis e cartelas de comprimidos formavam uma pequena montanha debaixo da bancada. No canto da sala, avistou um equipamento usado de *paintball* dentro de um velho balde preto de plástico e se perguntou se o vermelho no fundo de uma das armas era tinta ou sangue antigo.

– Vocês não são os peritos que estavam no caso.

– Não – disparou Scarly. – Ele foi passado para nós. O que faz todo o sentido, pois o que mais desejamos em um trabalho como esse é que haja o máximo possível de confusão nas pistas. E acredito que Bat e eu ainda não tínhamos comido nossa parte de ração de merda desse ano. Então, aqui estou eu, com uma investigação de encerrar a carreira junto de um parceiro com o talento mágico de fazer armas cagarem em seu rosto.

– Então – disse Tallow, – digam-me como posso facilitar a vida de vocês.

– É sério?

– Sério. Sei que minha chefe fez algo, como eu disse...

Bat riu de forma irônica.

– É. Sua chefe fez com que uma papelada disciplinar sobre a nossa chefe caísse em esquecimento.

– Mas isso não foi suficiente para tirá-los do que ela já havia armado para vocês?

Bat lançou um olhar significativo para Scarly.

– Acho que não.

Tallow apontou para o braço de Scarly.

– Você foi fazer uma tatuagem quando deveria estar analisando os tiros na Pearl?

Bat fez uma careta.

– A esposa dela insistiu. Desligou o celular dela e tudo.

– Sabe – desabafou Scarly –, se eu soubesse que o casamento me traria tantos problemas, nunca teria me juntado aos protestos para exigir esse direito. Vocês, héteros, podem fazer bom proveito.

Um cansaço terrível pesou nos ombros de Tallow.

– Podemos continuar essa conversa tomando um café?

Eles levaram Tallow para uma pequena sala de conferência alguns corredores à frente e persuadiram a máquina de café a liberar um copo de papel cheio enquanto ele se jogava em uma cadeira de plástico gasto e tentava reunir suas forças. Os peritos sentaram-se na frente do detetive. Scarly jogou uma pasta de fotos sobre a mesa e empurrou o copo em direção a Tallow. Bat parou de cutucar a orelha e também atirou na mesa a toalha fedorenta.

– Bem. Falando sério. Em que pé estamos agora? – perguntou Tallow.

Não queria saber a resposta realmente. Tentou envolver o precioso café com a mão, mas teve de tirar os dedos rapidamente com força suficiente para fazer seu pulso estalar dolorosamente. Tallow perguntou-se se a outra extremidade daquela máquina puxava a água de um lago do inferno.

– As ECPs estão trazendo as armas em pequenos lotes – disse Bat. – Pedimos para tirarem tantas fotos que uma das mulheres nos perguntou se estava sendo treinada para fotografar pornografia.

Ele abriu a pasta de Scarly e folheou as fotos rapidamente, todas do apartamento 3A.

– Elas são enviadas para cá, nós as registramos, achamos sua localização no apartamento e as apontamos na planta baixa e na cobertura anterior feita pela outra equipe de peritos da UPF. No momento, estamos escolhendo armas aleatoriamente para testes de tiro e exames de balística. Quando as malditas não explodem na hora de atirar.

– E essa nem era a mais antiga – comentou Scarly.

– Recusei-me a testar a mais velha que vimos até agora. Veja o que essa maldita Bulldog fez comigo.

– Velha quanto?

– Está interessado? – Bat inclinou-se para frente. Seus olhos enormes arregalaram-se de maneira desconcertante, a ponto de Tallow preocupar-se em vê-los cair da cabeça do perito para dentro de seu café. Onde ferveriam e, possivelmente, explodiriam.

– Gosto de história – retorquiu Tallow, virando cuidadosamente o copo para o lado.

– Não saia daqui. Tenho uma coisa para lhe mostrar.

Bat voou corredor afora.

– Como era a arma que explodiu? – Tallow perguntou a Scarly.

– Acho que ela não explodiu tanto a ponto de se desintegrar como queijo podre. Uma vez usada pelo nosso amigo, ele a colocava no apartamento e parece que não a tocava mais. Elas ficavam enferrujando na parede ou onde quer que fosse. Há tinta em algumas delas.

– Mas o percutor saiu?

– É o que ele diz. Não vi mais a arma desde que ele a testou. Uma velha Charter Arms Bulldog .44. Arma barata enfeitada para parecer séria. Não me surpreenderia se uma parte do cão da arma tivesse escapado e voltado para o mesmo lugar.

Tallow experimentou pegar o copo novamente e, dessa vez, não se queimou. Bebericou o café. Lama de cemitério extremamente adocicada. Mesmo assim, bebeu mais.

– Por que conheço essa marca? Não sei bem, mas...

Ele fez uma careta.

– O Filho de Sam – Scarly sorriu. Era a primeira vez que ele a via sorrir. – O Filho de Sam usou uma .44 Bulldog.

– Como se lembra disso? É maníaca por armas?

– Sou perita da UPF. Todos somos maníacos por armas. E o caso Filho de Sam ainda é considerado sem solução por aqui. Do qual somos lembrados a cada seis meses por um babaca carrancudo. Como se fosse culpa nossa. Eu nem tinha nascido quando prenderam o sacana.

– Está brincando. Achei que o novo promotor público tivesse fechado o caso.

Scarly riu secamente.

– E perder a chance de cutucar a polícia de NY? Olha, eu, você e qualquer pessoa que não tenha um tumor no cérebro sabemos que o Filho de Sam agiu sozinho. Mas se for um maluco que não consegue enxergar e que tenha algo do tamanho de uma bola de golfe na parte do cérebro que usa para colocar a cueca do lado certo pela manhã, então, sim, você verá evidências de um culto de magia negra auxiliando o cara a matar pessoas totalmente estranhas antes de voltar para casa para ninar o Bebê de Rosemary ou seja lá o que essas pessoas satânicas faziam para se divertir nos anos 1970.

Bat voltou correndo, trazendo uma arma dentro de um saco plástico.

– Você vai adorar isto aqui – disse, arreganhando os dentes.

Bat colocou o pacote na frente de Tallow.

– Mas o que é isso?

– Eu sei, não é demais? – Bat estava extasiado.

– É uma pederneira.

– Na verdade, é uma pistola pederneira ASA Waters Modelo 1836, vendida sem usar por incríveis nove dólares. A última pederneira vendida para o governo dos EUA; uma calibre .45, carregada pela parte da frente. Inspirada pelas pistolas navais que podiam ser carregadas com pedaços de projétil, pregos ou qualquer coisa que estivesse disponível.

Tallow pegou-a e a virou.

– Não está em muito bom estado.

Bat franziu o cenho.

– Acho que não está entendendo. Tudo o que descobrimos até agora sugere que todas as armas daquele apartamento foram usadas para matar alguém. Você está olhando para uma pistola de quase duzentos anos que foi restaurada pelo nosso amigo até obter uma arma confiável para cometer o crime e, em seguida, pendurá-la até apodrecer na parede. Ele a encontrou Deus sabe onde, enferrujando provavelmente perto da água e trabalhou nela até que funcionasse. Na verdade, poderia apostar que os danos e arranhões em volta do cano não foram feitos por ele.

Era linda, Tallow tinha de admitir. A curva voluptuosa do objeto, sua madeira escura e luxuosa que, claramente, havia sido polida com carinho havia pouco tempo. O metal perdera o brilho e havia uma luminosidade aqui e ali, mas era possível apontar os locais em que fora descascada e limpa profundamente. Não parecia ter a idade que tinha. Em uma de suas placas, havia um tipo de insígnia, um pouco gasta pelo tempo para poder ser decifrada, e, sobre ela, a palavra Rooster. Não era Rooster. A palavra era mais longa, mas a gravação já estava muito rasa.

– Você não vai testá-la?

– Claro que não. Seria inútil, de qualquer maneira. O cara deve ter feito sua própria munição. O que temos de fazer é pesquisar no computador algum corpo nos últimos vinte anos que tenha sido encontrado com uma bala de chumbo cravada dentro de um buraco de calibre .45. Quer dizer, quem sabe. O que eu quero mesmo é abrir a coisa toda e dar uma boa olhada.

– Incrível – Tallow colocou-a sobre a mesa com mais reverência do que ao pegá-la. – Obrigado por me mostrar. Então, estão fotografando o local, comparando as fotos com a planta baixa, retirando as armas...

– É – confirmou Bat, puxando a pederneira em sua direção e a admirando com os olhos. – Algumas estão pintadas com tinta, como você já deve ter visto. Vamos analisar isso para ver se nos dá mais alguma pista.

– Mas não vai dar em nada – opinou Scarly.

– Escuta – disse Tallow –, tem uma sala grande sobrando por aqui que possamos usar? Uma espécie de laboratório. Mas diferente.

– Não sei exatamente o que isso significa – disse Bat, franzindo a testa –, mas, humm, acho que temos um espaço no andar de baixo. Acabamos de enviar um grande lote de informações sobre o caso para o Bronx. Mas não sei se podemos usar o local sem nossa chefe...

– Minha chefe acabou de quebrar um galho para a sua. E ela pode desfazer isso rapidinho se for necessário. Quero esse espaço.

– Sem querer ofender, amigo – falou Bat devagar –, mas vocês não têm salas assim em Ericsson Place?

– Claro que sim. Mas não é lá que o caso será resolvido. Isso vai acontecer aqui.

Scarly cruzou os braços. Afastou-se. Na verdade, tudo naquela mulher parecia reservado demais a Tallow.

– Não vai ter solução, Detetive.

– Você acha?

– Se esse cara tivesse de ser pego – ponderou Scarly –, já o teriam feito. Sabe o que fez ao esburacar aquela parede? Interrompeu a carreira de um verdadeiro monstro filho da puta, um assassino em série pirado que gostava de encher a sala com seus malditos troféus para se masturbar. Ele nunca vai voltar lá. E sabe do que mais? Ele vai voltar a matar, provavelmente ainda mais rápido do que fazia antes, para poder montar outra sala de troféus/masturbódromo. Não apenas não resolveremos o caso, como muitas outras pessoas serão mortas por causa disso. E não pegaremos o cara simplesmente porque ele é muito bom. A única coisa que você fez, Detetive, foi encontrar o endereço do Demônio em Nova York e agora ele vai se mudar para outro lugar.

"Veja isso. Olhe essas fotos. Ele criou essa merda. São padrões. Isso tem algum significado para ele. Dê uma olhada neste aqui, esse espiral de armas. As que estão em volta formam figuras completas. Nesta aqui, não temos um círculo fechado. Consegue ver? Ainda há espaços a serem completados. Ele ainda não acabou. Veja isso: algumas dessas formas se parecem com engrenagens. Parecem encaixar umas nas outras. A sala toda é um maldito troféu. Um misto de templo e motor. E agora ele vai começar tudo outra vez. Porque ele precisa disso. É o trabalho de toda uma vida.

– Sabe o que vejo quando olho para você, Tallow? Vejo um policial que já está nas últimas. Vejo caras como você perambularem por aqui toda hora. Você parou de se importar com seu trabalho ou com você há anos. Olhe para você. A merda do seu terno nem está servindo. E você vem com o discurso de que está tendo uma semana terrível quando, na verdade, não está nem aí. Está apenas cansado. Aposto cinco pratas como seu parceiro o levava nas costas, e mais dez como sua chefe o deixou no caso porque não queria gastar dois policiais de verdade. Esse caso não será solucionado por você. E eu e o Bat aqui somos apenas os efeitos colaterais. Você já está morto. Mas esse cara aqui? Esse acabou de reviver. Então, muito obrigada. Você não está facilitando a nossa vida. Use a casa de outra pessoa para fingir que está trabalhando no caso, ok?

O clima ficou gelado, de um silêncio constrangedor. Bat examinava o teto. Tallow olhava para Scarly. Ela também o encarava. Nenhum dos dois desviou o olhar durante um minuto.

Tallow pegou o celular e verificou a hora.

– Em primeiro lugar – disse Tallow –, quero todas as fotos do local ampliadas em tamanho real e comparadas à planta baixa. Se tiver algum quadro branco ou algo do tipo sobrando e puder levá-lo até qualquer sala vazia que tiverem, agradeço muito. Estou indo para o apartamento e, lá pelas oito horas, estarei no Fetch da Fulton Street. Encontrem-me lá. Vou fazê-los comer e ficar bêbados, e vão falar comigo.

– Por que faríamos isso? – perguntou Scarly, balançando a cabeça como se, subitamente, estivesse completamente desorientada.

– Acho que não fui muito claro – respondeu Tallow. – Vocês dois são meus novos parceiros. E vamos resolver esse caso. Porque sabem de uma coisa? O único farelo de conforto que senti hoje foi quando minha chefe, ao dar a notícia da morte de meu parceiro à esposa dele, disse que fui eu quem acabei com o responsável por isso. Há centenas de pessoas que tiveram a notícia da morte de quem elas amavam, mas que nunca escutaram que a polícia mexeu um dedo para ajudá-las. Por isso, vamos solucionar o caso. Fui claro agora?

Scarly lançou um olhar em direção ao detetive.

– Você mesmo não acredita no que está falando.

– E isso importa? – falou Tallow antes de ir embora.

Um caminho curto ficou longo, Tallow tentava encontrar um atalho para se livrar do tráfego, seguindo em direção à Ponte do Brooklyn.

O rádio da viatura estava ligado. Tallow permitiu que a cidade lhe fizesse companhia o máximo que pôde. Um cara em Stuyvesant Heights chegou em casa, viu que seus pneus haviam sido cortados, foi até a adega da esquina perguntar se alguém tinha visto alguma coisa e levou um tiro no olho esquerdo. Ninguém viu nada. O "tarado serial" do Leste atacara novamente, jogando uma mulher de vinte e cinco anos no chão e a agarrando pela virilha antes de ela dar o alarme de estupro, o que apavorou o criminoso. Lexington com a 77th Street, e ninguém viu nada. E um súbito zum-zum-zum sobre um policial de bairro que acabara de ser afastado pelo IAB, o departamento de assuntos internos da polícia de NY, após relatos de agressão com o distintivo no rosto de um garoto. A conversa era de policiais que afirmavam que estavam no local e não tinham visto nada.

Tallow desligou o rádio, a mente divagou até a arma: 1836. Seu interesse por história era persistente, mas incompleto. Parecia nunca ter tempo para esmiuçar os assuntos pelos quais se interessava e, no fim das contas, sempre lia por alto e seguia em frente. Mas 1836. Pensou. A Pearl Street levava esse nome porque, um dia, fora pavimentada por conchas de ostras trituradas – a madrepérola. Isso acontecera em 1836? Ficou se perguntando se não estava seguindo pelo mesmo caminho que a pessoa que trouxe aquela arma para Manhattan fizera. Sabia que houve um tempo em que a Pearl Street ficava à beira-mar.

Os faróis dos carros que passavam pelo entardecer foram apagando as luzes lentas, embaçadas, morosas e fantasmagóricas de sua imaginação. Afastou aqueles pensamentos.

Tallow parou perto, e do outro lado da rua, oposto ao prédio da Pearl Street, bem a tempo de ver a ECP carregar o último lote da valiosa coleção de armas do 3A.

O detetive saiu do carro e ficou esperando na calçada, observando o local durante um tempo. Demorou um pouco para notar que tinha companhia, ou algo do tipo. Um homem mais velho, encostado numa placa de trânsito. Um casaco pesado, de camurça ou tecido parecido, grossamente remendado com pedaços de couro. Uma bolsa de pele nos ombros. Sapatos macios, do tipo mocassim, firmes o bastante para serem considerados relativamente novos, mas já bastante cobertos de fuligem pelo uso nas ruas. O cabelo e a barba eram completamente mesclados de branco e cobre. Tallow notou que, para um morador de rua, seu cheiro não era tão terrível. Ainda assim, pensou, *há malucos de todo tipo.*

O que trouxe novamente à sua memória a imagem de Bobby Tagg nu e sua espingarda.

Tallow não se deu conta de que havia acendido um cigarro até o segundo trago. Olhou para a coisa, irritado consigo mesmo. Não era para ele ter jogado aquilo fora?

– Tabaco? – perguntou o morador de rua.

– Hum? É.

– Tem um sobrando?

– Claro – disse Tallow pegando o maço e estendendo um cigarro para o homem. Tallow viu seus dedos calejados e marcados por pequeninas cicatrizes. Um homem que trabalhava com as mãos, talvez um carpinteiro, antes de seja lá o que tenha lhe ocorrido. Tallow estava nas ruas tempo suficiente para saber que nem sempre é necessário um grande acontecimento para levar alguém a pensar que sua melhor opção seja viver ao ar livre e comer o que achar em sacos de lixo.

O mendigo retirou o filtro do cigarro com um beliscão rápido e preciso. Tallow o viu guardar o pedaço no bolso e fazer sinal para pedir fogo. Tallow acendeu o isqueiro e notou algo entre decepção e desdém na expressão do homem antes que ele se submetesse a encostar o cigarro na pequena chama.

– Obrigado.

– Sem problemas.

O morador de rua tragou, segurou o ar nos pulmões e soltou-o pela boca e pelo nariz. Suas mãos flutuaram pela fumaça, depois a seguraram em forma de xícara, seus dedos dançavam por ela.

O homem lambeu os lábios.

– Não é como antes. Muitos, qual é a palavra... aditivos – a ponta de sua língua parecia buscar resíduos nos lábios. – Mel. Benzeno. Amônia. Consegue sentir o gosto? Até cobre.

– Vou parar de novo em breve – comentou Tallow.

– Faz bem – aprovou o mendigo. – O tabaco só deveria ser usado em ocasiões especiais. Fumar todos os dias só diminui seu valor e reduz seus efeitos.

Expirou novamente e levou os dedos até a fumaça, como se ajudasse o cinza a desaparecer no céu.

O pensamento imediato de Tallow foi perguntar a ele qual era a ocasião especial daquele dia. Mas se conteve. Não tinha forças para conversar com um maluco de rua. Preferiu soltar sua própria fumaça, desejar um "boa sorte" ao mendigo e atravessar a rua em direção ao prédio.

– É para isso que estou rezando – disse o homem pelas costas de Tallow. – Apenas por um pouco de sorte.

# DOZE

O CAÇADOR TRAGOU seu tabaco e elevou suas preces ao céu enquanto observava o homem de terno preto entrar no prédio onde estava seu trabalho. Num primeiro momento, o caçador ficou furioso consigo mesmo por não ter entrado assim que os ladrões partiram na caminhonete com mais algumas de suas ferramentas. Agora, estava mais calmo, sabendo que, se tivesse agido no impulso, poderia ter sido descoberto e até mesmo enquadrado pelo homem de terno preto, cujo andar e o paletó folgado revelaram a presença de uma arma em seu quadril. Estava em vantagem. Sua presa estava sob sua mira e nem desconfiava que estivesse sendo perseguida.

O caçador, contudo, não tinha uma ferramenta adequada para a tarefa. Nada ressonante. Por um breve momento, fantasiou encontrar o instrumento certo dentro de sua bolsa: uma velha e metida à besta calibre .38, talvez, ou alguma arma que gostasse da infâmia de se tornar a assassina de um tira. Mas tinha apenas uma faca de caça.

Acreditava que os sapatos que fizera no verão estavam suficientemente treinados para a sobrevivência na selva. Se tivesse bastante cuidado, se tivesse certeza de que não seria pego nos locais mais abertos do edifício...

O caçador economizou a fumaça antes de mandá-la para o céu, observando o tráfego diminuir e contando os segundos em seu pulso. Em sua visão periférica, ramos antigos emaranhavam-se.

# TREZE

TALLOW TEVE de se esforçar muito para manter as mãos longe de sua arma conforme subia as escadas do prédio. Não havia ameaça alguma ali. Ele repetia a frase para si mesmo a cada passo. Porém, aqueles degraus mexiam com sua memória.

Chegou ao lance em que Jim Rosato e Bobby Tagg morreram e foi ali, no local onde para ele ainda reverberavam sangue e pólvora, que se deu conta de que seu cérebro não havia funcionado direito o dia todo.

Havia matado um homem. Devia ter sido removido das ruas de qualquer maneira. Devia estar de licença remunerada, fosse qual fosse a quantidade de casos a serem resolvidos. Sua pistola devia ter sido recolhida. Devia estar conversando com psicólogos. Devia estar falando com o IAB e, provavelmente, com alguém da promotoria. Ninguém condenaria seu tiro e o fato de ter acertado um cara que matou um policial, sem dúvida, faria com que as complicações usuais fossem esquecidas ou se "perdessem" em meio à burocracia. Ouviu falar de uns caras que tiveram de esperar por anos até que seus casos fossem julgados. Tallow com certeza podia esperar um julgamento positivo em sua situação poucos dias após o início do processo. Mas, independentemente de tudo isso, não devia estar trabalhando nas ruas.

A menos que estivesse sendo usado para algo. A menos que estivesse realmente sendo usado para desistirem do caso.

Tallow encostou-se na parede, próximo à área em que os restos dos miolos de Jim Rosato não haviam sido completamente removidos do gesso, e quase riu.

A tenente estava tentando diminuir suas chances de fracasso. Ordenou que ele resolvesse o caso "ou então..." Mas tinha nas mangas o trunfo de alegar que a única pessoa com quem podia contar para cobrir o caso era um detetive inútil cujo parceiro fora morto e cujo trauma do tiroteio não fora tratado. Ou ainda dizer que não tinham como cuidar do caso; Tallow estava em licença administrativa e não deveria estar trabalhando na ocorrência.

Todas as variações em que conseguiu pensar tinham a marca indelével de "John Tallow já era".

Perguntava-se que mal havia feito à sua chefe para que ela enrolasse a corda com o apartamento 3A em seu pescoço e os jogasse no Hudson para que sumissem do mapa. Ou, pelo menos, que sumissem até o ano seguinte, um calendário totalmente novo em que não haveria centenas de homicídios sem solução.

Tallow havia perambulado e zanzado por Manhattan o dia todo como um robô, sem raciocinar. Imaginou que pudesse realmente estar sofrendo de um trauma que não queria admitir a si mesmo ou que sequer percebia.

– Sou um idiota – disse a si mesmo.

Não conseguia ouvir ninguém sentir necessidade de argumentar com ele.

Tallow subiu em direção ao local exato em que Bobby Tagg caíra. O detetive só foi saber o nome dele quando Carman, o dono do prédio, o informou. Tallow não sabia coisa alguma a respeito daquele homem, a não ser que, num determinado dia, seu mundo caíra e a única maneira de encontrar novo sentido em sua vida foi sair pelos corredores pelado, gritando e carregando uma espingarda. Às vezes, precisa-se de muito pouco para se chegar a esse ponto. No caso dele, bastou uma carta passada por debaixo da porta.

A vista de Tallow ficou turva. Confuso, percebeu que endurecia o maxilar e sentia um vazio no peito.

Desviou a atenção para o buraco na parede do 3A, agora ampliado para o tamanho de uma porta ao lado da entrada original, cujo elaborado mecanismo de fechamento ainda parecia oferecer muitos problemas à equipe. Fizeram a tentativa malsucedida de fixar fitas policiais na abertura. O detetive se agachou, criando um espaço entre duas das fitas amarelas, para examinar a sala principal. Estava ali para refrescar sua memória sensorial do apartamento antes de ele ser completamente desmontado. Tallow, naquele momento, aceitando o fato de ter matado alguém, quis fechar os olhos e sentir o cheiro do templo de um assassino.

O caçador rasgou cuidadosamente a ponta de um sachê de açúcar, tirou-o da bandeja de temperos de uma lanchonete cujos donos, estupidamente, deixam esse tipo de coisa do lado de fora. Colocou o saquinho na boca e chupou os cristais.

Deslizou o papel vazio para o bolso e esperou. Esperou para o açúcar fazer efeito em seus músculos. Esperou até que a rua ficasse um pouco mais silenciosa.

Tallow, agachado, apenas respirou e escutou. Tentava captar novamente os odores que sentira quando esteve no apartamento. Dissiparam-se, misturados ou espalhados pelos ECPs e o ar renovado, mas ainda estavam ali, o suficiente para reativar sua memória sensorial.

Gostaria de conseguir identificar todos. Sabia, ou tinha um palpite consciente, de que havia ervas no local. Tallow era um cara da cidade. Até chegar à adolescência, não tinha ideia de que as ervas não nasciam em vidros através do poder da ciência. Imaginou ter sentido cheiro de sálvia. Grama. Algo que o fazia lembrar vagamente de *root beer*. Outra coisa, quase identificável, dançando sob seus olhos, como um animal esgueirando-se pelas árvores em uma floresta.

Tabaco, talvez?

O caçador mudou a bolsa de lugar para que ela ficasse sobre seu quadril e colocou a mão direita dentro dela. Encontrou facilmente o cabo de sua faca. Ele pressionou o polegar na borda do estojo em que ela estava guardada. No momento oportuno, puxou-a suavemente com a mão direita, retirando-a do estojo. A mão esquerda segurou o estojo e o empurrou para baixo enquanto a lâmina deslizava para fora. Um ataque impreciso na parte superior da cabeça se a presa estiver virada para ele. O sinal de um ataque na base do crânio se estiver virada para o outro lado. O homem moderno que existia dentro dele já calculava o golpe. Introduzir a lâmina entre as vértebras C2 e C3 faria com que sua ponta saísse pelos dentes da presa. Só o choque, às vezes, já era capaz de matar. Se a presa se virasse, um corte para cima a faria agarrar o rosto, criando o momento perfeito para um soco forte entre duas costelas, passando pelos músculos intercostais até chegar ao ombro oposto e ao coração.

Ele não preferia a faca. Mas talvez sua presa merecesse a morte de um animal.

Conseguiria pegar uma de suas ferramentas mais estimadas. Impedir que o roubassem mais. Criar oportunidades para retornar e resgatar outras peças. Ganhar tempo para que Machen fizesse o que pudesse.

O açúcar estava fazendo efeito. A rua estava tão silenciosa quanto possível. O caçador começou a atravessá-la, segurando a faca dentro da bolsa.

Tabaco. Ou quase; algo relacionado a cigarro de tabaco, se não um parente direto. Tallow quase sorriu. Talvez o pedinte estivesse certo quanto aos aditivos.

Abriu os olhos e estudou a sala principal da melhor maneira que pôde com a pouca luz do início da noite. O suspeito nunca morara ali. Isso estava mais do que óbvio. A analogia que fizera a uma igreja da primeira vez ficou ainda mais firme naquela segunda visita. Era um local, Tallow imaginou, que o assassino visitava. Um lugar de adoração. Ocorreu-lhe que os outros aromas que sentia poderiam ser de velhos incensos. Respirou novamente e, dessa vez, identificou algo que podia ser cedro ou junípero.

O assassino nunca vivera ali. Mas Tallow tinha ainda mais certeza de que a solução para todo o problema estava naquele apartamento. A solução era o apartamento.

O caçador chegou ao outro lado da rua. Olhou nas duas direções, tentando avistar pedestres. Não havia ninguém que pudesse testemunhá-lo entrar no prédio, exceto alguns motoristas, que não prestariam muita atenção para lhe causar problemas. Os carros não tinham importância. Mal conseguia vê-los. Surgiam em sua visão como veados numa densa floresta. Deixou que os automóveis desaparecessem por completo, até que seu som se transformasse em cascos, cantos de pássaros e mau tempo cobrindo o céu. O caçador respirou, prendeu o ar e abriu a porta muito devagar, como se levantasse a abertura de couro de uma cabana e a purificação e o futuro o esperassem lá dentro.

Tallow concluiu que, mesmo cumprindo seu *checklist* como um robô, havia feito as coisas certas boa parte do tempo. Se os peritos da UPF fizessem as ampliações e as comparações que pedira, no dia seguinte conseguiria pensar com mais clareza sobre tudo.

Tinha, entretanto, se esquecido de ligar para a tenente. A julgar pelo humor da chefe pela manhã, Tallow imaginou que não dar as caras não seria a decisão mais inteligente que poderia tomar. Procurou limitar seus pensamentos, tentando fazer com que seguissem uma certa ordem. Precisava organizar as ações que tomou durante o dia em termos de eficácia.

O detetive ficou em pé, contraindo-se. Aparentemente, não era mais tão flexível a ponto de ficar apoiado nos quadris por tanto tempo. Balançou as pernas enquanto caminhava. No patamar, de costas para a escadaria, Tallow sacou o celular.

O caçador movia-se vagarosamente pelo piso do corredor, como se caminhasse sobre galhos quebradiços. Cada passo era cuidadoso e preciso, dado apenas depois que o terreno à frente fosse examinado.

A tenente parecia acabada pela exaustão. O tipo de cansaço que surge por causa de um dia inteiro de extrema irritação. Sua voz era apenas um estalido das brasas que ainda se mantinham acesas, o eco de um local tomado apenas pela amarga fumaça. Ela pediu que Tallow fizesse um relatório sobre suas atividades, mas, pela voz, ele sabia que a alma da tenente já havia ido para casa e que ele falava com sua casca, que se sustentava ali para fingir comprometimento.

– Estou no apartamento da Pearl Street – Tallow a informou. – Falei com o proprietário daqui e com o dono da empreiteira que está comprando o local. O proprietário tem recebido pagamentos anônimos em dinheiro pelo apartamento, isso desde quando o negócio ainda pertencia a seu pai. O cara da empresa que está comprando o prédio pretende demolir tudo assim que puder. Então, encarreguei-me de impedir que isso aconteça por enquanto, e vou cutucar o proprietário mais uma vez nos próximos dias. Entrei em contato com a base no One PP e vou me encontrar mais tarde, ainda esta noite, com dois peritos para discutirmos mais detalhes.

– Responda-me uma coisa – murmurou a tenente –, o que você sabe agora além do que já sabia de manhã?

Tallow pensou. Ela parecia esgotada. Não era o momento de compartilhar suas mais recentes conclusões.

– Sei que nosso amigo é um estrategista. Acho que vai voltar a matar e logo. E quando o fizer, saberemos que foi ele.

– Como?

– Estava pensando nisso quando voltava do One PP. Tenho a sensação de que ele escolhe suas armas com muito cuidado. Pelo menos para alguns de seus crimes. A ECP encontrou uma pederneira aqui hoje.

– Uma o quê? – Era a voz de uma mulher lutando contra a fumaça dentro de si.

– Uma pederneira. É sério. E os peritos disseram que ela foi restaurada a ponto de funcionar com segurança e, depois de usada, foi pendurada na parede para enferrujar. Se eu quiser apenas matar alguém, posso comprar um revólver pela internet por trinta pratas. Isto aqui é diferente. Não consigo deixar de pensar que, ao menos para algumas das vítimas, ele escolhe as armas por razões muito específicas.

– Como o quê?

– Ainda não sei. Vou para o One PP amanhã. Eles ficaram de me arranjar uma sala para eu trabalhar com o material conforme o analisam. Ah, sim. A chefe deles poderá ligar para falar sobre isso e, se você puder ameaçar não fazer seja lá o que prometeu a ela, será de grande ajuda.

– Meu Deus, Tallow. Mais alguma coisa?

– Por enquanto, é só, Tenente. Como eu disse, vou me encontrar com os peritos daqui a pouco e ver o que mais posso tirar deles. E também – acrescentou outro pensamento que surgia em sua mente – preciso ler um pouco hoje à noite.

O caçador paralisou ao ouvir a voz. Continuou onde estava para tentar escutar uma segunda voz. Nada. Endureceu o maxilar, apertou os músculos do estômago, forçando-se a se manter fisicamente no presente. Não estava subindo um declive na floresta. Estava numa escada. A presa falava ao telefone.

Teria de esperar ou a pessoa do outro lado da linha ouviria a morte de sua presa, o que, às vezes, acabava sendo bom. Mas o caçador não queria isso dessa vez. Diminuiria o tempo que teria depois de matá-la.

O caçador avançou mais um lance. Estaria pronto.

A tenente acordara.

– Ler? John, já disse, preciso que não desapareça dentro da sua própria cabeça.

– Olhe – disse Tallow –, amanhã vou examinar os homicídios cujas armas já tenham sido identificadas. Mas hoje quero poder parar um pouco para pensar em tudo. Ainda não pude nem respirar. Estou indo rápido demais. E nem deveria estar trabalhando nesse caso.

Pausa. Tallow fez uma careta. Prometera a si mesmo que não deixaria aquilo escapar. Mas já estava feito, então, imaginou que a resposta poderia ser interessante.

– John – disse ela, finalmente –, você sabe como nossa equipe está pequena. E eu liguei para algumas pessoas. O IAB e a promotoria estão de acordo com a ideia de você continuar trabalhando e me prometeram assinar a carta que explica que todas as partes envolvidas decidiram que seria melhor se você continuasse no caso.

– Não sei se isso é legal, Tenente.

– Se toda a corporação diz que é legal, é porque é legal, John. Além disso, todos os dados e a papelada daqui a pouco estarão perdidos, então, ninguém poderá questionar nada. Sei que teve a pior semana que alguém poderia ter, mas preciso de você exatamente onde está. Tudo bem?

Durante vinte segundos, Tallow concentrou-se em manter a respiração regular e calma. Mesmo através de uma ligação pelo celular, um bom ouvinte é capaz de perceber, pela respiração, que o outro está se irritando.

– Está bem, Tenente. Passarei aí amanhã, assim que obtiver mais informações com os peritos.

A tenente disse um prudente “Está bem, John” e, em seguida:

– Quer me dizer mais alguma coisa?

– Não – respondeu Tallow.

O caçador ouviu o ruído eletrônico da chamada sendo encerrada. Continuou avançando. Girando cuidadosamente o pescoço, conseguiu ver apenas o ombro da presa, que estava de costas para as escadas. O caçador estaria em desvantagem na altura. Talvez a atacasse pela base da espinha, paralisando a presa. Poderia escolher um golpe que espirrasse o mínimo de sangue possível.

Tirou a faca da bolsa. Colocou o polegar na borda do estojo. Sua mão esquerda puxou-o. O caçador sorriu ao não fazer nenhum barulho. Era um momento lindo.

Tallow virou-se ao ouvir aquele som terrível.

O caçador parou ao escutar a algazarra de pessoas e equipamentos entrando pela porta da frente do prédio.

Com muita rapidez, sabendo quais degraus faziam mais barulho, desceu na ponta dos pés a passos largos e leves, virou para o próximo lance e, quando estava no meio do lance seguinte, parou para observar.

Dois homens usando macacões abriam a porta com carrinhos e caixas de plástico.

– Você pode, pelo amor dos céus, segurar a porra da porta? É como tentar passar um porco pela merda do buraco de uma agulha.

– É, foi isso que sua mãe disse.

– Vai encher meu saco agora que vamos esvaziar um quarto cheio de armas? É isso o que veio fazer aqui? Quer que eu teste em você uma daquelas belezuras para ver se ainda está carregada?

– Você não é nem capaz de abrir a merda de uma porta. Acha que estou preocupado com você manejando uma arma? Eu poderia ficar só olhando você atirar na própria cara.

– Ei, cara. Dá para ajudar aqui?

O caçador havia devolvido a faca à bolsa e descia as escadas como se fosse morador do prédio. Apressou-se em segurar a porta de entrada, permitindo que a Equipe de Coleta de Provas empurrasse os equipamentos para dentro. Seus olhos ainda eram muito aguçados e, lá de cima, pôde ver os desenhos e as insígnias nas roupas deles.

– Ei – disse um deles ao caçador –, sabe se os elevadores estão funcionando? Quer dizer, deve ter elevadores aqui, certo? Se não, ninguém merece.

– Desculpe – respondeu ele –, estava visitando um amigo e sempre uso as escadas.

– Certo. De qualquer forma, obrigado.

– De nada – disse o caçador, passando pelo policial e tomando a calçada.

* * *

Tallow desceu alguns lances de escada e encontrou dois caras tentando arrastar carrinhos com contêineres escada acima.

– ECP?

– Sim. Estamos no turno do "danem-se, vocês não precisam jantar". Você é Tallow?

– Sou.

– Então vá se ferrar você também, cara.

– Obrigado.

Fora do prédio, perto de uma viatura da polícia na qual não reparou, o caçador levou os dois punhos ao topo da cabeça diversas vezes. Estava tudo errado. Tudo à sua volta era um caleidoscópio perturbador da Velha e da Moderna Manhattan. Árvores tremiam e, em seu lugar, nasciam postes. A caixa de correio do outro lado da rua surgia como um esqueleto parcialmente musculoso, a parte de baixo flexionava-se como um pulmão a produzir um terrível grito abafado. Sob a luz baixa do anoitecer, as ruas seguiam e rachavam encontrando-se com as terras da ilha pré-colonial que tentavam prevalecer. O caçador respirava profundamente e com dificuldade, como um animal ferido e acuado. Atingiu sua cabeça várias vezes, apertando os olhos com tanta força que sentiu a dor passar da testa para as laterais do pescoço.

Ao abrir os olhos, notou o carro em que o tira de terno preto chegara. Trêmulo, cambaleou até o outro lado da rua, lutando para manter sua visão no presente. Sem tirar os olhos do veículo, tateou a bolsa em busca de um toco de lápis e de um pedaço de guardanapo de lanchonete. Concentrou-se para que a mão parasse de tremer e, com um cuidado exagerado causado pela crescente dor de cabeça e pela luz ofuscante em seus olhos, anotou o número da placa, a marca e o modelo.

# QUATORZE

O FLETCH ERA antigamente um Blarney Stone. Ou, pelo menos, uma de suas filiais. Em qualquer época, sempre parecem ter existido ao menos quatro bares chamados Blarney Stone nos Cinco Bairros de Nova York. Aquele, possivelmente o mais gordurento bar irlandês, fora vendido havia alguns anos. Os novos donos quiseram manter a plasticidade irlandesa do local – embora, naturalmente, nunca tivessem pisado em solo irlandês, exceto pelos sacos de turfa que compravam no centro de jardinagem do Brooklyn –, mas achavam que já havia Blarney Stones demais.

Por isso, chamaram-no de Fletch. Talvez por um genuíno interesse por folclore ou simplesmente porque ouviram falar que aquilo era algo tipicamente irlandês, como os trevos ou como bater na esposa com um galho de árvore. Tallow sempre desconfiou que fosse o segundo caso, pois via o nome do bar em uma placa em cima da porta de entrada e em enormes letras verdes pintadas nas janelas, algo barato e fácil de fazer.

Tallow sabia que *fetch* era a versão irlandesa de um *Doppelgänger*, uma cópia sobrenatural de uma pessoa viva cuja manifestação normalmente significava a morte iminente do original. Que nome maravilhoso, pensou consigo mesmo, para um lugar onde as pessoas saíam carregadas à noite depois de começar a enxergar dobrado.

Teve sorte de encontrar uma vaga do outro lado da rua. Do banco de trás, tirou de seu depósito torrencial um tablet, um e-reader e um roteador wi-fi portátil e colocou-os dentro de uma bolsa para laptops cujas alças avistou saindo por debaixo do banco do passageiro. Também enfiou ali a papelada que a tenente lhe entregara pela manhã. Ao sair do veículo, sentiu dores avassaladoras do ombro aos joelhos. Por isso, e também por sentir que a noite estava quente, optou pelo estranho procedimento de afrouxar o cinto de seu coldre e jogá-lo, junto com a arma, dentro da bolsa.

Ao cruzar a rua, Tallow não pôde evitar espiar o beco estreito que ficava à direita do Fetch. Uma lenda local dizia que, numa época mais selvagem, vítimas de brigas de bar eram simplesmente jogadas ali, como sacos de lixo. Diziam que a polícia nem as prendia, pois acreditava que era mais cruel acordar amontoadas, molhadas com a urina umas das outras.

Os donos podiam ser outros, mas não houve nenhum novo investimento no bar. Todas as coisas pareciam ranger – a porta, o chão, o revestimento falso e rachado dos assentos nas cabines – como se tudo tivesse sido construído sobre algo velho, gasto e podre.

Tallow dirigiu-se ao bar e fez o que fazia de costume. Olhou todos os barris e, em seguida, pediu uma caneca de cerveja *cream ale*. Examinou o cardápio, frente, costas e extras, e pediu um cheeseburger e anéis de cebola empanados. Perguntou ao bartender se havia alguma mesa para fumantes sobrando do lado de fora. Havia. Portanto, pediu que a comida fosse servida ali. O bartender assentiu, entediado, e foi abafado pelos gritos de uns caras no fundo do bar, onde havia uma grande TV de tela plana, justificando o letreiro de fora que dizia "*sports bar*". Um brinde seguido de gritos de algo parecido com "Oshidashi!".

Tallow franziu a testa, reconhecendo vagamente a palavra.

– Oshidashi?

Um grande sorriso amarelo abriu-se no rosto do bartender.

– Sumô. Está salvando minha vida.

– Como assim?

– Comprei a telona. Transmissão via satélite. Mas para esses caras, nem todo o futebol americano ou beisebol do mundo deixam-nos calmos. Futebol não funciona. É como assistir a vinte e duas modelos chutar uma bola durante uns seis meses até que uma delas escape e a bola entre no gol. Então, encontrei esse canal que exibe programas com os melhores momentos do sumô. Por isso, eu disse aos caras: Não tem nada daquelas lutinhas para crianças, são dois gordões, que parecem zagueiros de futebol americano que ficaram presos em um Burger King por cinco anos, eles correm em direção um ao outro como se fossem caminhões vestindo tangas, um arrebentando o outro, e o vencedor ganha uma bandeja de dinheiro ali mesmo, no ringue. Dois dias depois, os caras ficaram viciados em sumô. Esses grandalhões irlandeses ficam gritando com a TV em japonês e não enchem o saco. Salvou minha vida. Me dê vinte minutos para sair seu hambúrguer, ok?

Tallow saiu do bar e foi para a área de fumantes, balançando a cabeça. Era um pátio antigo que fora preenchido recentemente com mesas e cadeiras, provavelmente compradas em um centro de jardinagem no Brooklyn, além de baldes de metal para jogar as bitucas de cigarro. Não pretendia ficar ali a noite toda, mas fumar um cigarrinho antes e um depois de comer parecia-lhe uma boa ideia. Melhor até que a ideia de comer, mas sabia por experiência própria que se não empurrasse alguma coisa, acordaria enjoado e se sentindo vazio.

Estava quente. Tirou o paletó, pegou o maço de cigarros e o isqueiro de dentro do bolso, escolheu uma mesa em um canto afastado do pátio e dobrou o paletó sobre a cadeira antes de se sentar. Estava de costas para o cercado dos fundos. Queria ficar virado para a entrada da área de fumantes para poder ver os peritos chegarem.

A cerveja tinha cor de xarope de bordo coberto por uma flor de maçã de dois centímetros. O sabor era o que ele esperava. Acendeu um cigarro e, embora o gosto já fosse o mesmo de quando fumava muito, ainda era exatamente o que esperava sentir. Sorriu breve e sutilmente e soltou a fumaça para cima, em direção ao céu que escurecia. Começou a relaxar, pelo menos um pouco.

Tallow procurou um cinzeiro e encontrou um disco de vinil que fora derretido em forma de cuia. O buraco no centro parecia ter sido tampado com massinha de modelar. Tallow estranhou. Segurou o cigarro com os lábios e, olhando através da fumaça, virou o cinzeiro de ponta cabeça. Percebeu que aquilo estava ali fazia poucas semanas, mas, ainda assim, não concordava com aquele abuso. Nem mesmo um arranhão em um disco tirado sem cuidado de uma velha *jukebox* poderia justificar a transformação de um artigo musical em um vaso de flores de má qualidade. Alguém simplesmente pensou: "ei, isso não passa de vinil".

Achou um lenço de papel no bolso da calça, amassou-o, umedeceu -o na espuma da cerveja e, com cuidado, esfregou o rótulo do vinil. Alguém apagara a bituca com força no desenho de uma borboleta, conforme revelou a limpeza. A gravura e o C branco eram da Crysalis. Uma marca antiquíssima. A Crysalis Records já havia sido extinta havia muitos anos, uma linda borboletinha que fora devorada pela aranha do show business, que fora devorada pelo pássaro corporativo, que fora devorado pelo gato das multinacionais. Tallow continuou limpando, decidido a resolver o pequeno mistério, expondo o máximo que podia do papel danificado azul claro. Jogou o cigarro no balde metálico mais próximo. Estava se distraindo. Queria fazer aquilo. Parecia um arqueólogo. Estava totalmente concentrado, fazendo pequenos movimentos com o lenço até que conseguisse visualizar as letras sob a massinha.

Tallow podia até ver seu sorriso. O disco era "Heart of Glass", do Blondie. Não o escutava fazia anos. Lembrou-se da primeira vez que ouvira aquele som, era moleque, e gargalhara por que Debbie Harry dizia "pé no saco" em uma das músicas.

Lembrou-se disso e de uma letra sobre se iludir e não ter onde se esconder.

Tallow tinha quase certeza de que não tinha aquele álbum em CD e resolveu que o compraria em MP3 assim que chegasse em casa, em homenagem ao sacrifício do LP. Recolocou o cinzeiro na mesa. Ele sabia que acabaria usando o maldito objeto como cinzeiro e que já era tarde demais para salvar o disco, mas, mesmo assim, não concordava com aquilo. Não se faz isso com um vinil. Então, mais uma vez, pensou que possivelmente ninguém nas redondezas possuía um aparelho em que pudesse tocá-lo. Tallow não conhecia ninguém além dele mesmo que tivesse uma vitrola em casa.

Disto isso, Tallow tinha de reconhecer que não conhecia muitas pessoas.

Seu pedido chegou. Olhou para a etiqueta que descobrira, sorriu e deu uma mordida no sanduíche. O gosto estava um pouco melhor do que esperava.

Depois de algumas mordidas, pegou a bolsa escorada perto de sua cadeira, ligou o aparelho de wi-fi – conhecia-o o bastante para fazer isso pelo tato – e tirou o tablet. Digitou "oração do tabaco" na barra de buscas e, enquanto apreciava sua refeição, leu superficialmente sobre o uso de tabaco pelos nativos em websites horrivelmente projetados cujos esquemas de cores deveriam ter rendido aos criadores uma noite na cadeia. O maluco morador de rua estava certo no fim das contas. Duas das páginas que visitou mostravam links enormes e luminosos que levavam a sites que ajudavam o indivíduo a parar de fumar, afirmando que o uso casual e excessivo do tabaco não era uma prática dos nativos.

Tallow lavou o último pedaço de hambúrguer dos dentes com um gole de cerveja e, aproveitando-se do fato de não ser um nativo, acendeu casualmente seu segundo cigarro. Em algum ponto da refeição, seu corpo percebeu que estava faminto e, depois, sentiu-se como um mamífero saciado e satisfeito.

Deixou a cabeça tombar para trás e jogou fumaça em direção à lua prateada e a dois pombos que flutuavam pela brisa suave. Relaxou.

E então, tão certo como se fosse vomitar, pensou: "Oh, Deus, vou chorar".

Tallow endireitou-se na cadeira, os olhos arregalados, a respiração tornando-se rápida e ofegante, o queixo enrugando e a boca se contorcendo, não conseguia sentir o chão. Observou a mão tremer em volta do cigarro, a cabeça distante demais para que os dedos o obedecessem. Fechou o punho esquerdo forte o suficiente para, após meio minuto, sentir na palma da mão as lâminas flamejantes de suas unhas. Tallow juntou todas as suas forças e com toda a coragem que conseguiu reunir tentou acalmar aquela terrível sensação de vazio que tinha no peito.

Estava quase terminando o cigarro e não teve sucesso. Quanto mais tentava se acalmar, mais crescia o sentimento de ódio. Relaxara por talvez um minuto. Só estava tentando se esquecer de tudo antes de rever o dia que enfrentara. Estava com raiva de tudo e de nada, pois não conseguia encontrar um único culpado pelo fato de que, aparentemente, não era capaz de relaxar nem por um minuto sem perder o controle. Se tentasse agir como um ser humano normal por um minuto, acabaria berrando como...

... como uma vítima de trauma.

– Não – disse Tallow, apagando o cigarro no cinzeiro, bem em cima da massinha cinzenta que cobria o furo do disco.

– Não o quê? – perguntou Bat.

– Nada. Estava pensando alto. Obrigado por virem.

Bat e Scarly estavam em pé na frente da mesa dele. Ele não os viu se aproximando, o que o deixou, irracionalmente, ainda mais irritado. Scarly segurava uma caneca de cerveja *stout*, e Bat, um copo grande de água com gelo. Na borda do copo, havia uma fatia que podia ser de limão ou de limão-siciliano estragado. Tallow fez sinal para que se sentassem.

– É aqui que vem sempre? – perguntou Scarly.

– Acho que sim – disse Tallow. – Duas ou três vezes por semana nos últimos anos. Por quê?

– O bartender não o conhecia. Tive de descrevê-lo e ele achou que você fosse... bem, você. O cara lá fora, no fundo.

– E daí?

– Sei lá. Parece estranho que, em um lugar frequentado por você duas ou três vezes por semana nos últimos anos, o cara do bar não saiba seu nome ou diga, "Ah, sim, esse cara".

– Sou reservado. Vão me deixar pagar por essas bebidas?

– Pode pagar a próxima rodada. Uma caneca não vai ser nem um band-aid para a ferida gigante que foi meu dia hoje, Detetive.

– Certo. Querem comer? Posso oferecer alguma coisa para vocês? Bat?

Bat retraiu-se.

– Meu estômago é aquele tipo de saco horroroso em que coloco comida para dentro e, três horas depois, a comida sai quase inteira. Não me dou muito bem com isso. Via de regra, não me alimento.

Scarly deu um gole em sua cerveja e murmurou algo sobre só comer uma vez durante o dia, algo relacionado a uma dieta do guerreiro.

Conversas malucas da UPF. Tallow suspirou e pegou outro cigarro, oferecendo o maço a eles. Os olhos de Bat faiscaram para o pacote, mas, com a recusa de Scarly, ele preferiu não aceitar.

– Certo. Conseguimos a sala?

– Claro – baforou Bat, o que fez com que Tallow notasse que aquilo no copo do perito não era água, mas vodka. – Não sei o que sua chefe falou para a nossa, mas, de novo, funcionou como mágica. Eu gostaria muito de conhecer sua chefe. Ela deve ser uma feiticeira.

As mãos de Tallow ainda tremiam. Ele contraiu os músculos dos dedos até que parassem. Doeu. Mas Tallow não se importava, contanto que eles o obedecessem.

– Há muitos como ela por aí – comentou o detetive.

– Bem – disse Scarly –, nesse momento, estamos fazendo tudo o que nos pediu. Algumas pessoas estão tirando as cópias e levando o quadro branco para a sala. Não sei se vamos chegar a algum lugar com isso, mas estamos trabalhando. Só precisamos que você, Detetive, concentre-se nos casos cujas pistas lhe entreguemos.

Tallow levantou uma das sobrancelhas.

– Você nos perguntou como poderia facilitar nossa vida. É isso. Trabalhar neles como se fossem casos individuais. Se conseguirmos tratar de alguns deles imediatamente, a pressão vai sair das nossas costas por algum tempo.

Tallow balançou a cabeça negativamente.

– Como posso fechá-los? Todos são de um cara só.

Scarly bebeu mais um pouco da *stout*.

– Quem disse fechar foi você. Eu disse tratar deles. Se temos de trabalhar juntos nisso, não quero vê-lo viajando na maionese. Se lhe entregarmos os resultados de balística e essas merdas, não quero que considere todo o quadro, mas cada caso individualmente.

– O que ela quer dizer – tentou esclarecer Bat – é que se chegarmos ao ponto de resolver todos os casos faltando apenas a identidade do assassino, é sinal de que estamos caminhando na direção certa.

– Meu Deus. Você dois estão malucos.

– O quê?

Tallow respirou bem fundo para evitar que explodisse.

– Resolver tudo menos o assassino? Fechar o caso com tudo, exceto o próprio caso? Vocês são...

Tallow parou.

Scarly esperou um momento e, em seguida, disse:

– Você nos disse que gosta de história.

– Só estamos propondo uma metodologia – completou Bat. – Não queremos que fique sentado numa sala que simule o apartamento do maluco, fazendo vodu com os tiras. É isso o que estamos dizendo. Apenas trabalhar nos casos que ainda não foram resolvidos até que a única informação que falte seja a identidade do assassino. Fazemos isso com alguma frequência...

– ... e chegam ao nome do cara por dedução – disse Tallow. – Pelo formato do buraco que ele deixa. Ok. É uma maneira estranha, mas não vejo problema em aceitar.

Jogou as cinzas no cinzeiro e sorriu.

– Fiquei pensando na pederneira que me mostrou. Por que a palavra Rooster estava gravada ali? É um nome? Quer dizer, eu assisti *Bravura Indômita* e tal, mas não sabia que existiam pessoas que realmente se chamavam Rooster naquela época.

Ao franzir a testa, os olhos de Bat pareciam deslizar alguns milímetros para fora da órbita.

– Rooster?

– É. Havia um distintivo ou, sei lá, um brasão talvez, com a palavra Rooster em cima. Gosto de história, mas meu interesse é cada hora sobre um assunto diferente e, sobre essas coisas, nunca me aprofundei.

– Não é Rooster – corrigiu Bat. – É Rochester. Estava meio apagado e zoado, mas, com certeza, é Rochester.

– Ah – murmurou Tallow, recostando-se na cadeira, pensativo.

– Por que estava pensando nisso? – quis saber Scarly.

Pelo canto dos olhos, o detetive viu que ela quase secou a caneca.

– Por causa de uma coisa que você disse sobre o calibre .44. Como a que foi usada pelo Filho de Sam. E pelo nível de restauração que o cara dedicou à pederneira para que ela funcionasse adequadamente. E se a arma significasse para o nosso cara... e se ela significasse exatamente o que pensamos que ela significava? E se isso for verdade... o que significava a pederneira? Rochester. Rochester.

– Bem – ponderou Bat –, como eu já disse, não vai ser difícil encontrar os registros. Não vai haver muitos corpos nos últimos vinte anos furados por uma bala fabricada de calibre .45. O pessoal deve encontrar algo já pela manhã.

– De que tipo de história você gosta? – perguntou Scarly, terminando a caneca no exato momento em que uma garçonete de uns vinte anos se aproximava com a bandeja.

A garota de pernas longas, que vestia uma calça roxa apertada e usava mechas vermelhas no cabelo em um corte anime dos anos 1990, recolheu o prato de Tallow e a caneca de Scarly.

– Querem mais alguma coisa? – perguntou.

– Outra caneca de *cream ale* e o que eles quiserem, obrigado.

– E o seu telefone – completou Scarly.

A compridona inclinou-se um pouco e bateu delicadamente com a unha vermelha na aliança de Scarly.

– Outra caneca de *stout*, obrigada – disse a perita.

– Você é nojenta – disse Bat quando a garota se afastou. – Nunca pensa nos sentimentos da sua esposa?

– Sou autista, merda – defendeu-se Scarly.

Um silêncio constrangedor pairou no ar até a garçonete retornar com a bandeja de bebidas. E com o número de seu telefone escrito com lápis de olho num guardanapo.

– Vá se danar! – gabou-se Scarly.

Bat derrubou um pouco da vodka no guardanapo. Os números foram se espalhando como um curso d'água negro em sulcos de erosão.

– Vá se danar! – gritou Scarly.

– Não grite – pediu Tallow. – Posso querer voltar aqui algum dia.

Scarly bufou, amassou o papel e o arremessou com precisão no balde de metal mais próximo.

– Não importa de onde eu tire meu apetite contanto que coma em casa. Você não respondeu à minha pergunta.

– Hã?

– De que tipo de história você gosta?

– Ah, de muitas coisas. Gosto da história de Nova York. Histórias da cidade. Ontem, quando tudo isso começou, disse a meu parceiro que não deveríamos responder à chamada porque ele tinha problema nos joelhos e aquele era um dos últimos prédios sem elevador da Pearl.

Tallow deu um gole na cerveja, pensando que não devia ter pedido outra, pois ainda teria de dirigir até em casa.

– Sei também que o nome Pearl foi dado àquela rua por causa de sua primeira pavimentação, feita de conchas de ostras trituradas. Madrepérola. Os holandeses a chamavam assim, creio eu. Espere um pouco.

Tallow inclinou-se um pouco para o lado e viu que seu wi-fi ainda funcionava. O tablet ainda estava sobre a mesa. Tocou na tela para tirá-lo do modo hibernar e abriu outra página de busca.

– Aquela pederneira. Você disse que era de 1836.

Bat assentiu.

Tallow digitou as palavras Rochester NY Assassinato 1836. O resultado não trouxe nada de interessante, exceto por uma tese sobre "crime e desvio comportamental nos primeiros anos na cidade de Rochester".

– Ela foi fabricada em 1836 – disse Bat, inclinando-se para ler de cabeça para baixo. – O que não significa que tenha sido usada em 1836.

Tallow substituiu 1836 por 1837 e, pensativo, clicou outra vez no botão de busca.

– Alguma coisa está martelando na minha cabeça – explicou ele. – Algo que li em algum lugar...

Bat riu.

– Aquele carro estacionado do outro lado da rua é seu? Aquele com o depósito literário na parte de trás?

– É – confirmou Tallow e, subitamente, parou.

Cinco resultados para baixo: *A primeira vítima de homicídio na cidade de Rochester, Nova York.*

Ele leu em voz alta para Bat e Scarly.

– Sério? – surpreendeu-se Bat.

Tallow passou os olhos pelo texto.

– "Sobre o caso de William Lyman, assassinado em vinte de outubro de 1837 por Octavius Barron... com uma pistola roubada da propriedade do Sr. Passage, um padeiro da região."

Scarly grunhiu. Sua cerveja parecia evaporar de maneira alarmante.

– Faz sentido. Um padeiro podia ser razoavelmente rico. Sabem o que a marca na arma pode ser? Um brasão militar. Consigo vê-lo gastar seus trocados a mais para fazer a gravação.

Tallow continuou lendo.

– "Barron, num primeiro momento, disse que estava em casa dormindo na hora do crime, mas sua própria mãe declarou às autoridades que ele estava mentindo." Que bom. Ah. Escutem isso. "Na confissão, Barron explicou que teve de moldar uma bala caseira e introduzi-la pelo cano da arma."

– Isso explica o cano danificado – disse Bat e, pensando melhor sobre mostrar qualquer interesse, levantou as mãos. – Não. Não vou entrar nessa.

– Continue lendo – pediu Scarly, determinada.

– Humm... Disse a um padre que não era culpado, que haviam sido seus cúmplices e que, por isso, não foram encontrados com ele nem a arma nem a carteira da vítima. A pistola, na verdade, nunca foi encontrada. E o relatório usa expressamente o termo pistola. Supõe-se que Barron a tenha jogado no rio.

– Aposto com você que ela foi encontrada e discretamente repassada ao Sr. Passage, que, provavelmente, a escondeu no dia em que os britânicos retornaram. Ele era da milícia e era padeiro, então, conhecia todo mundo – disse Scarly, tentando sorrir.

– Isso é bom. Mas teria sido no rio? Seria mais provável a baía, certo? Aposto que havia uma milícia naval em Rochester.

– A menos que estejam se referindo ao Canal Erie do rio Hudson. Naquela época, devia ser aberto.

Bat, furioso, abanou as mãos entre os dois.

– Oi? Vocês querem realmente que eu acredite que a arma que encontramos é a misteriosérrima pistola perdida usada para matar a primeira vítima de homicídio de Rochester? Pessoal, as armas que analisamos até agora estão relacionadas a crimes cometidos em Manhattan. Se querem encontrar ligações, então estão me dizendo que o cara saiu matando por aí e nós teremos de examinar armas associadas a assassinatos realizados em todo o país.

– Não necessariamente – murmurou Tallow, procurando mais informações no texto na tela de seu tablet. – Talvez ele tenha cometido um assassinato em Manhattan que tenha alguma ligação com o de Rochester.

O detetive olhou para Scarly.

– Sabe o que aquela sua história de calibre .44 pode significar?

– O quê? – quis saber Scarly, mas entendeu ao que ele se referia. Riu. – Não. Não pode ser.

– Não pode ser o quê? – perguntou Bat, irritado por não conseguir alcançar os dois na altitude do que julgava ser uma estúpida viagem fantástica.

– A arma usada pelo Filho de Sam – disse Scarly, dando um gole de *stout*.

Bat recostou-se.

– Cristo. Claro que não pode ser. Porque...

– Porque – disse Tallow sem aumentar o tom de voz – a arma usada pelo Filho de Sam estaria nos arquivos de provas do Bronx, certo?

– Oh – Scarly respirou fundo, olhos arregalados. – Oh. Isso... isso é interessante.

Tallow virou-se para Bat.

– Nosso cara tem matado pessoas há vinte anos sem ser pego, mesmo quando decidiu ir a Rochester recuperar uma arma perdida e restaurá-la a ponto de torná-la eficiente para matar. Vocês acham mesmo que ele tem feito tudo isso sem a ajuda de ninguém?

– Cara. Você está querendo dizer que um policial tirou a arma usada pelo Filho de Sam dos arquivos oficiais e a entregou a um louco filho da puta para que ele cometesse um de seus trocentos assassinatos? Isso é ser ainda mais maluco.

Scarly aproximou-se da mesa, Tallow nunca vira tanta animação em seu rosto.

– Não. Não, estou adorando isso. Então, acha que é uma quadrilha?

– Não. Tudo é conduzido de forma muito pessoal. Só pode ser um cara que traça os planos e comete os assassinatos. Acredito que ele tenha uma espécie de rede de contatos. Talvez não muito grande. Pessoas que lhe devam favores, pessoas a quem ele dê dinheiro, pessoas em quem ele confie a ponto de conseguir as coisas de que precisa. Talvez sim, alguém tenha pego a arma dos arquivos oficiais e entregado a ele. Vocês não pararam para pensar nem por um minuto em como alguém pode ter cometido tantos assassinatos em Manhattan e nunca ser descoberto? Por nenhum deles?

Tallow chegara àquela conclusão em sua linha de pensamento havia apenas alguns segundos, mas não sentiu vontade dizer isso a Bat. Não importava. Tallow percebeu que o perito reconsiderava. Sentiu que seu cérebro voltara a funcionar desde que visitara o apartamento da Pearl à tarde. Ocorreu-lhe que não pensava com tanta energia havia anos.

– Então, uma rede de contatos. Pessoas que podiam lhe oferecer as ferramentas certas para o trabalho. Como uma pederneira de Rochester. Já que encontrar informações nos registros será muito fácil, Bat, aposto dez dólares como o crime cometido aqui terá algum tipo de ligação com o primeiro assassinato registrado em Rochester.

– Apostado – aceitou Bat com um sorriso de canto de boca, revelando dentes pequenos e afiados e gengivas cinzentas. – E a Bulldog .44?

Tallow olhou para Scarly. Ela retribuiu com um sorriso cúmplice e disse:

– Posso apostar mais dez que, se você não estragou o exame de balística com seu truque ridículo de fazê-la atirar ao contrário, aquela é a arma do Filho de Sam e, então, estamos diante de um caso muito maior e mais assombroso do que pensávamos.

Bat riu, um breve ganido que mostrava mais desconforto do que alegria.

– Então, estou vinte dólares mais rico e nem precisei pagar uma rodada. Já ganhei. Aliás, vocês são dois malucos.

– Está certo – disse Tallow quando Bat mandou para dentro um quarto da vodka. – Diga-me, então, por que nosso amigo tinha uma pederneira em seu acervo.

– Como diabos eu vou saber? Não sou nenhum lunático que constrói um templo feito de armas.

Tallow sorriu.

– É por isso que eu quis aquela sala. Entendo quando me dizem para não me perder na floresta ignorando as árvores. Mas o vodu de um tira pode ser muito forte também. Precisamos entrar naquele apartamento, da melhor maneira que conseguirmos, e entender por que ele mantinha todas aquelas armas ali e sua forma de pensar. Aquele lugar era parte de seus planos. Scarly referiu-se a ele como um assassino em série. Se isso for verdade, ele deve estar quase permanentemente na fase totem. Totalmente tomado por adrenalina ao se ver rodeado por seus troféus.

– A-ha! – chiou Bat. – Não! Porque, se acham que ele associa tão cuidadosamente as armas aos alvos, não existe a fase da pesca, certo?

Ele não sai por aí procurando vítimas apetitosas. Tem uma pessoa específica. Então, não! – Fez uma careta para Scarly. – Estão errados!

– Oh, então agora concorda com a nossa ideia – comentou Tallow.

– Sim. Não. Sim. O quê? Vá se foder.

Scarly cascou o bico.

– Vá se foder, *John* – Tallow disse gentilmente.

Bat levantou as mãos, rindo.

– Está certo, está certo, *John*. Ele não é um assassino em série e não está na fase totem. Precisamos saber qual é a dele independentemente de eu ganhar vinte pratas ou não. Você venceu. Posso pegar outra bebida?

– Claro – John levantou-se e tirou vinte dólares da carteira. Scarly puxou as duas notas de dez com tanta força que deixou as pontas dos dedos do detetive queimando.

– Eu vou – disse ela, levantando-se. – O que você quer?

– É melhor me trazer dois daqueles energéticos que ficam no freezer junto com as cervejas.

– Certo.

Saiu num piscar de olhos.

– Ela é casada mesmo? – perguntou Tallow a Bat.

– É. Talia é como aquelas amazonas escandinavas que conseguem quebrar rochas com os peitos. Ela poderia carregar Scarly debaixo do braço. Às vezes, acho que ela só gosta de Scarly por ela ser a lésbica mais portátil disponível no mundo.

– A mulher poderia matá-la, então, e ela se diverte fora de casa? Bem, faz sentido.

Bat sorriu.

– Scarly só quer o telefone da moça. Ela vai deixar à vista quando chegar em casa. Talia vai ver. Vai enlouquecer. Quer dizer, vai haver gritos, raiva, lágrimas, coisas sendo jogadas nas paredes, o usual. Depois, vão transar por doze, vinte e quatro horas, até Scarly não conseguir mais andar. Se ela desmaiar, Talia vai colocar gelo em seu rosto, socá-la, chutá-la, esganá-la e tudo mais. Como um lobo que marca seu território, certo? Só que usando consolo. Scarly vai chegar ao trabalho, e é engraçado como isso acontece sempre depois de um dia de folga, parecendo ter sido mergulhada em metanfetamina e jogada ao time de hóquei canadense. Exatamente como ela queria. Por isso, ela age dessa maneira. É a única coisa que consegue controlar em Talia, e ela adora isso.

Tallow ficou pensando naquela cena por alguns segundos e, em seguida, levantou a caneca com o que restava de sua cerveja.

– Aos segredos por trás de um casamento feliz na cidade de Nova York.

Bat gargalhou e bateu seu copo na caneca de Tallow.

# QUINZE

O CAÇADOR DESCEU um quarteirão e entrou na porta de uma lojinha abandonada que antigamente funcionava como livraria cristã. Seus cartazes desgastados e pôsteres apagados e distorcidos o agradavam. Sentia como se estivesse abrigado sob a carcaça de um estranho animal que morrera chegando à ilha ao fugir de climas exóticos antes de se reproduzir ou poluir o solo.

Feliz, curvou os joelhos em direção ao peito e deixou que o mundo moderno ruísse e voltasse a ser Mannahatta. Os prédios do outro lado da rua tombavam como que empurrados delicadamente por uma mão gigante, dando lugar às montanhas e escarpas do litoral da Velha Manhattan. Fileiras de grandes nogueiras cresciam nos declives, seus amentos se abrindo. Se olhasse com cuidado, concentrando-se, conseguiria ver as longas gotas pingando da casca da nogueira com as quais os ursos se alimentavam e, ainda, detectar o cheiro da abundante seiva escura que sangrava da madeira exposta. Asteráceas espalhavam-se ao redor dos troncos como flocos de âmbar. O caçador fechou os olhos, escutando o grasnar das gaivotas-de-bico-riscado. Estava perto da água. Uma curta caminhada o levaria até o monte permanente e crescente formado de conchas na estreita praia, onde a pesca era sempre mais farta.

Ouvia o capim seco roçar com a brisa, o que sempre o tranquilizava. Podia ficar ali, com os olhos fechados, por uma hora. Haveria tempo para matar.

Ao acordar, o cimento estava frio e úmido e os fantasmas do odioso futuro observavam-no com malícia através das vitrines embaçadas. Levantou-se, flexionou o corpo para aliviar a rigidez da espinha e olhou para o céu. Era capaz de dizer sua localização e a hora apenas pelo mapa de estrelas pobre e incompleto que a moderna Manhattan lhe oferecia. Tinha tempo de sobra para seguir ao último destino da noite.

Começou a andar, deslizando uma das mãos dentro da bolsa em busca de seu caderno de viagem. A caminhada duraria cerca de duas horas e meia. Conseguiria fazê-la em duas horas facilmente, não fossem as lentas câmeras de segurança espalhadas pela cidade. O caçador preferia não ser visto. Seu caderno estava repleto de mapas desenhados por ele mesmo, indicando a localização das câmeras e seu possível campo de visão. Manipular um caderno como aquele seria dificílimo para muitas pessoas, naturalmente. E era essa a intenção. A ideia do caçador era jamais deixar rastros sobre a ilha. Exceto pelos corpos de suas presas. Se num acaso improvável e desventurado fosse morto no meio de sua caçada, não haveria nada em seu corpo que pudesse significar qualquer coisa a alguém. E sua única tristeza em morrer seria não obter um funeral adequado. Não haveria energia suficiente que pudesse fortalecer o espírito na jornada pela Via Láctea até o céu. Não haveria ninguém para gritar seu nome e, certamente, ninguém selaria o lábio em sinal de luto para nunca mais pronunciá-lo, o que, refletiu, não seria tão ruim. Não conheciam seu nome em vida. Portanto, não poderia partir levando-o consigo, uma vez que, assim como ele, seu nome já estava morto.

Dizia-se que o espírito mantinha-se perto do cadáver por onze dias após a morte. Talvez conseguisse encontrar uma maneira de matar pessoas mesmo fora de seu corpo. O pensamento fez um discreto sorriso surgir em seu rosto enquanto caminhava.

Mexia sem parar na bolsa enquanto seguia pela Grand em direção à Bowery, caminhando entre os painéis eletrônicos dos diversos estabelecimentos luminosos que ladeavam a rua. Tinha alguns punhados de carne seca de esquilo embrulhados em plástico e pano. Guiando-se apenas pelo tato, retirou um pequeno pedaço e embrulhou novamente a comida. Mordeu um bocado e mastigou vagarosa e metodicamente, coordenando as dentadas com seus passos. O sabor era algo entre coxa de galinha e coelho. Os melhores esquilos ficavam na parte norte da ilha; era inevitável que os animais do Central Park recebessem muita poluição, deixando sua carne mais insossa e, muitas vezes, mais amarga do que deveria. Mas era o suficiente para fazê-lo se movimentar e manter o fluxo de saliva, evitando a sede e o esgotamento de suas reservas físicas.

Um pouco antes de completar duas horas de jornada, o caçador entrou no Central Park pela 5th Avenue com a East 61st.

Seguiu em direção ao norte. Próximo a uma paralela da 73rd St, os caminhos emaranhavam-se até se perderem pelo bosque mal iluminado. Era A Trilha. O caçador verificou mais uma vez as esparsas estrelas, segurou a faca dentro da bolsa e embrenhou-se pelos plátanos.

Eventualmente, via homens solitários ou em pares que se mantinham nas extremidades da trilha, ocasionalmente amontoando insetos nos postes. O caçador não tinha assunto com os homens, a quem, há mais de vinte anos, aprendera a chamar de espíritos duplos. Havia um membro da tribo dos crows que ele admirava, um homem cuja tradução do nome seria "Encontra-os e os Mata".

Quando os homens encontravam o caçador, desviavam o olhar. Não era por causa deles que o caçador estava ali e, por isso, ficavam aliviados.

Ao dar a volta em um pé de café-de-kentucky, o caçador avistou o que desejava encontrar na Trilha. Chegara bem na hora. Tratava-se de um rapaz não muito alto, mas troncudo, que dava a impressão de ser grande e forte apesar da pouca altura. Um homem que parecia trabalhar com as mãos e com peso. Coturnos militares que traziam o caçador aos tempos modernos e lhe pareciam artefatos de ficção científica. Um traje de corrida preto, supôs o caçador, embora o tecido e o corte sugerissem uma farda. A jaqueta fechada até a metade, revelando uma ofuscante camiseta branca. Cabelos grossos e escuros cortados ao estilo das forças armadas, mas um pouco descuidados. Andava como um soldado. Passeava com um cachorro. Um animal ridiculamente peludo e branco não maior do que sessenta centímetros. Para o caçador, um lobo que fora cruzado em laboratório com um ursinho de pelúcia.

O homem com o cão tinha uma arma pendurada no coldre debaixo do braço esquerdo. A julgar pelo volume da jaqueta, tratava-se de uma pistola de cano curto e fácil manipulação, porém mais pesada do que o necessário, como era possível observar pelo peso que o homem jogava para um dos lados. Uma Federal .327 ou similar, arma de cano curto com a força de uma Magnum .357, mas de menor recuo e explosão no cano. Uma arma para alguém que desejasse usar todo o esforço muscular para manter firme a mira através do recuo e que se considerasse durão o bastante para atirar sem um protetor de ouvido. Para alguém que fingisse proteção discreta, oculta e "apenas caso necessária".

O caçador passou para o outro lado, transpôs um galho de ervilheira, árvore que não era originária da ilha, e disparou por entre uma plantação de árvores aromáticas de caule amarelo até chegar à outra curva do pavimento da trilha. Sabia exatamente aonde estava indo. Usava o Central Park como seu local de caça havia muito tempo.

Saiu da escuridão e parou num ponto com luz suficiente para que fosse visto.

O homem parou a caminhada. Evidentemente, reconheceu o caçador de imediato, procurando lembrar-se de quando fora a última vez em que se encontraram. A guia do cão estava em sua mão direita. Com agilidade, passou-a para a mão esquerda. O caçador levantou o braço direito para mostrar a mão aberta e vazia.

Ele olhou para o animal. O cão retribuiu o olhar e balançou o rabo. O caçador foi abaixando o braço lentamente com a palma para baixo. O cachorro sentou-se. O caçador abaixou a mão um pouco mais. O cão deitou-se completamente e, tranquilo, repousou a cabeça sob aquelas mãos espalmadas.

O caçador virou-se para o homem.

– Você é Jason Westover. Sabe quem sou?

Jason Westover assentiu devagar e virou a mão esquerda para cima, soltando a guia.

O caçador deu um passo em sua direção, limitando ainda mais o espaço de ação do outro.

– Muito provavelmente, você está armado. Eu definitivamente estou. Não pense que pode se mover mais rápido do que eu. Não espere que alguém o escute gritar. E, se o fizerem, não espere que se importem. A Trilha já tem sua própria reputação.

– Você planejou isso tudo – disse Westover estupidamente. Não era uma pergunta. O caçador gostou do respeito implícito.

– Sempre lhe disse que saberia onde e quando encontrá-lo se fosse preciso. Você passeia com o seu cão...

– Da minha esposa.

– ... com o seu cão sempre no mesmo horário e isso não parece ter mudado nos últimos dois anos. E, muitas vezes, você parece insatisfeito com isso. Escolheu a Trilha a essa hora da noite porque acredita no perigo inato. Por isso, anda armado. Talvez pense que isso o ajude a manter a forma depois de um dia inteiro atrás da mesa do escritório. Talvez esteja procurando encrenca.

– Se está aqui para me matar – pediu Westover – então, por favor, vamos logo com isso. Se quer falar comigo, diga algo interessante. Se quer minha ajuda para alguma coisa, pare de enrolar e peça logo.

O caçador sorriu. Westover tremia visivelmente de forma involuntária, mas mantinha a coluna reta e os braços na lateral do corpo.

– Você sempre me trata com menos deferência do que os outros.

Westover não se moveu.

– Não vai responder? – perguntou o caçador, levantando uma das sobrancelhas.

– Nada que lhe interessaria escutar. O que aconteceu de tão ruim para você me procurar aqui no meio da noite?

O caçador respirou fundo.

– Tudo o que fiz por você. Todo o trabalho que tive. Para cada ato, um objeto associado. Cada um desses objetos foi guardado num lugar especial. Era bem seguro, mas, tenho certeza que sabe disso, nenhuma segurança é perfeita. O lugar foi invadido. Os objetos guardados ali estão agora de posse da polícia.

Westover franziu o cenho, balançando a cabeça.

– Juro, com o passar dos anos, você só tem ficado ainda mais esquizofrênico. Não faço a menor ideia do que está falando.

– Pense um pouco – sussurrou o caçador.

Ele obedeceu. O caçador pôde ver o coração de Westover quase sair pela boca.

– Oh, Deus. Você é mais maluco do que eu pensava.

– Um homem pode ser chamado de maluco por frequentar a igreja? Por cuidar da terra que o alimenta?

– Está bem. Está bem. Não posso fazer nada. Agradeço o aviso. Diga-me o que quer pelo seu silêncio. O que posso lhe oferecer? Uma passagem aérea? Passaporte?

A mão do caçador ainda estava dentro da bolsa. Analisou a posição de Westover. O homem com o cachorro, mesmo distraído, mantinha-se em posição de ataque.

– Vou pegar uma coisa dentro da minha bolsa. Não é uma arma.

O caçador puxou o guardanapo no qual escrevera anteriormente e o estendeu a Westover.

– Quero saber – disse o caçador – quem é o dono desse carro e onde ele mora. Tenho certeza de que pode fazer isso. Tenho notado, nem sempre com satisfação, quão ampla vem se tornando a atuação de sua companhia de segurança nos últimos anos.

Westover deu uma olhada no pedaço de papel.

– Quem é esse?

– Um detetive, eu acho. Quero essas informações amanhã aqui mesmo, nessa mesma hora. Eu teria ligado, mas seu telefone parece estar fora de área.

– Tenho mudado o número com frequência – murmurou Westover, ainda observando o guardanapo. – Um tira. Por que veio me procurar a respeito disto aqui? Não sou eu quem...

– Acho que será melhor você fazer esse trabalho – explicou o caçador. – Quero manter aquele homem fora disso por enquanto. Além disso, é possível que ele se recusasse, o que nos deixaria em situação difícil. Você não acha?

Westover assentiu.

– Certo. Posso fazer isso. Na verdade, não é mais tão difícil quanto antes. O que vai fazer com as informações?

– Meu objetivo principal é recuperar o maior número de ferramentas possível – respondeu o caçador. – Não quero começar do zero de novo. Mas o farei se for preciso. A eliminação desse homem pode ajudar a interromper o trabalho da polícia. Ou pode ser um novo começo para mim. Bem... ainda não decidi. Também ainda não pensei em como vou executar o plano. As informações que me trouxer também me ajudarão nisso.

– Como?

– Já lhe disse, Sr. Westover, quando começamos a caminhar juntos. Nunca faça perguntas sobre meus métodos. Você não precisa saber deles. E eu não quero que você saiba. Não são da sua conta.

Westover guardou o papel no bolso.

– Está bem – disse mais uma vez. – Amanhã à noite você terá um nome, um endereço e todos os outros detalhes sobre o cara que eu puder encontrar. E depois?

O caçador encarou-o novamente durante alguns segundos.

– Por que não paga alguém para passear com o cachorro?

– O quê?

– O senhor é um homem de posses, Sr. Westover. Sei muito bem disso. Afinal, o ajudei a enriquecer. E venho observando sua rotina durante esses anos todos. Além disso, passo muito tempo aqui no Central Park e sei que os nova-iorquinos mais ricos pagam para que passeiem com seus animais. Então, por que o senhor não usa esse serviço? Apenas pelo ilícito prazer de que alguém venha lhe atacar e o senhor possa usar sua arma? Ou existe alguma outra razão?

Westover mudou de assunto.

– Quero saber o que acontece depois. Preciso saber do que devo me proteger e para o que devo estar preparado.

– Antes me responda.

– Isso me faz ficar longe de minha mulher por um tempo. Simples assim. Quanto à outra questão: eu dirijo uma empresa de segurança. Não faria bem o meu trabalho se não soubesse cuidar da minha própria pele.

– Por que quer ficar longe de sua mulher? Ela não esteve muito bem no ano passado. Pensei que quisesse cuidar dela durante a noite. A menos que pague alguém para fazer isso.

Interessante, pensou o caçador. A mão direita de Westover, naquele momento, fez menção de se mover não para a arma, mas para um ponto de suas costas, bem acima da calça. O caçador estava certo de que não havia outra pistola. Uma faca, talvez. Provavelmente algo muito leve, como titânio ou aço cirúrgico. Algo bem curto. Um canivete, possivelmente. Pela expressão no rosto de Westover, ele instintivamente buscava algo que pudesse ser usado mais de perto, com selvageria. Com golpes, rasgos e punhaladas. Com ódio.

O lábio de Westover se contorceu.

– Minha esposa... ela é... era... uma mulher inteligente. Ela começou a questionar, com os anos, o sucesso dos meus negócios. Houve uma noite terrível. Há mais de um ano. Estávamos brigando. Eu quis...

Westover virou-se para as árvores, mordendo o canto da boca. Os olhos brilhavam além do normal com a luz dos postes da trilha.

– Eu quis machucá-la. Assustá-la. Fazê-la calar a boca. Ela é inteligente, mas sei lá. Não tem experiência. A briga ficou feia. E... bem... como eu disse... Eu contei a ela.

– Você contou a ela – o caçador manteve a voz estável e impassível. Não era como se sentia.

– Contei tudo a ela. Para que ela se assustasse e calasse a boca. E parasse de tocar no assunto toda hora.

Momentaneamente despreocupado em manter as mãos à vista e mover-se devagar, Westover quase atingiu os próprios olhos com a mão direita. A cabeça dele foi para trás, revelando os tendões de seu pescoço. O caçador esperou.

– Bem. Funcionou – disse Westover com um riso forçado. – Deixei-a apavorada. Ela, humm... Ela teve um princípio de colapso nervoso. Então, não, seu filho da puta, ela não esteve bem no ano passado. Nem sei se ela vai voltar a ficar bem algum dia. E venho passear com sua cachorra idiota para não ter de suportar vê-la me olhando durante toda a merda da noite. Sacou? Agora quero saber o que vai acontecer depois que eu lhe passar as informações. Você vai continuar vindo aqui atrás de mim? Vou precisar descrevê-lo para os guardas do meu prédio?

– Essa não seria – opinou o caçador – a atitude mais inteligente a tomar.

– Responda a porra da minha pergunta.

O caçador abafou seu súbito ímpeto de ensinar Westover, de maneira sangrenta, a não usar aquele tom com ele. Conteve-se, mas guardou a sensação no fundo da mente para ser usada em oportunidades futuras, como uma noz armazenada para o inverno. O caçador deu um passo para trás e disse:

– Vou responder à sua pergunta. Continuarei a protegê-lo e a entregar sua parte da caçada, como sempre fiz. Pretendo recuperar minhas ferramentas se for possível e tornar a investigação dos policiais complicada demais para que prossigam. Minha esperança é que meu trabalho e nosso relacionamento voltem ao normal muito em breve. A única coisa que me sinto confortável em prever é que você e os outros nunca ficarão satisfeitos com o que a vida lhes reservou, não importa quão elevada sejam as suas posições. Contudo, temos de considerar a possibilidade de me verem e de eu me tornar conhecido.

Westover inclinou a cabeça e apertou os olhos, tentando manter o caçador em sua linha de visão. O caçador moveu-se dez graus para o lado, afastando-se da pouca luz que havia, a escuridão o envolvendo.

– Se isso acontecer – ameaçou o caçador –, se tudo o que conquistei desde nossa primeira conversa for por água abaixo, fazendo com que eu perca a liberdade da minha ilha, se isso acontecer, você deve morrer. E, agora, sua esposa também. Deu para entender?

– Ninguém precisa morrer – disse Westover.

– Alguém sempre tem que morrer – contestou o caçador, dando mais um passo para trás e desaparecendo por entre as árvores.

# DEZESSEIS

TALLOW, SCARLY E BAT saíram cambaleando do Fletch pouco depois das onze horas. Tallow não estava bêbado nem completamente relaxado, mas se sentia melhor em relação ao mundo do que quando entrara ali. O estado de Bat e Scarly, no entanto, era de uma alegria razoavelmente confusa.

Scarly colocou as mãos nos bolsos e sorriu para Tallow.

– Vamos embora agora. Eu vou para a minha casa com a minha esposa e Bat vai para seja lá o que ele faz quando ninguém está vendo.

– Guarde o número para usá-lo apenas em véspera de folga, está bem? – disse Bat, rindo como um tolo.

– É incrível como você é babaca. Já sei. Você vai pagar o táxi e ele vai me deixar em casa primeiro.

– Tanto faz – respondeu Bat, começando a descer a rua ainda com o sorriso idiota no rosto. – Vamos achar um maldito táxi, então. Boa noite, John.

– Boa noite.

Tallow sorriu e observou os dois partirem aos tropeços. Um pouco mais à frente da dupla, viu um homem de calça de brim rosa, capa e chapéu de tricô que mancava e saltitava, cantando algo que Tallow não conseguia compreender. Outro morador de rua. Usava um tênis diferente do outro. Tinha evidentemente problemas mentais e, a julgar pelos movimentos bruscos de seus membros, também físicos. Scarly devia ter lançado sobre ele um de seus olhares fulminantes, pois Tallow assistiu ao homem dançar em volta da dupla como se estivesse em uma fogueira.

Tallow riu baixinho, ficou ali, em frente ao beco, por mais alguns instantes e olhou para o céu. O brilho de algumas estrelas podia ser visto através das nuvens espalhadas e da poluição. O detetive pensou, por um breve momento, nos lugares de que já ouvira falar, onde se podia ver todas as estrelas à noite. Diziam que era possível ver a Via Láctea. Ele não conseguia imaginar como.

Aquelas estrelas lhe bastavam.

Sentiu uma mão puxar a bolsa de seu pulso.

O homem de calça rosa e capa de tricô estava ao seu lado, tentando arrancar a bolsa dele com uma das mãos. O mendigo rosnava e Tallow pôde sentir o cheiro de etanol e eucalipto que exalava dos espaços entre seus dentes. Era surpreendentemente forte. O homem puxou de novo e Tallow sentiu os dedos deixarem a alça escapar.

Sua arma ainda estava ali dentro.

Então, Tallow viu na outra mão do mendigo uma pequena régua de plástico verde, um pedaço havia sido arrancado para torná-la pontuda, parecendo ter sido esfregada contra o meio-fio ou a calçada para obter aquele formato. Por um milésimo de segundo, Tallow notou o desenho de um cacique impresso na régua, um pouco acima do punho do homem, sorrindo e fazendo o sinal da paz.

Nesse momento, Tallow parou de pensar. Colocou sua outra mão na nuca do homem, aproveitou seu impulso ao puxar a bolsa para girá-lo e empurrá-lo de cara para a parede do beco. Tallow escutou os dentes do morador de rua se despedaçarem e o barulho do nariz sendo esmagado. O homem grunhiu, um ruído como o de alguém tentando puxar o ar de um *snorkel* entupido, e caiu.

Tallow ouviu Bat dizer "John?" mais perto do que esperava. Virou-se e viu que a dupla voltara para ajudá-lo.

– Minha arma está na bolsa – explicou Tallow, com a respiração ofegante. – Tirei antes de entrar no bar.

– Merda – disse Scarly, olhando para o corpo estendido na entrada do beco. Tallow ficou se perguntando por que ela parecia impressionada.

A mente dele voltou a funcionar.

– Viram alguma câmera de segurança por aqui? Não queria que isso fosse visto.

Bat viu a faquinha verde. Não tocou nela, apenas cutucou-a com o sapato.

– Deus, olhe isso. Qual o problema em ser visto? O imbecil podia tê-lo matado.

– Porque minha arma não estava em segurança, porque o cara está sem rosto e porque fui escalado para o caso da Pearl Street para fracassar. Estão armando para que eu seja afastado por TEPT.

De repente, sentiu frio e o coração disparar como o de um atleta, estava falando demais. Não era uma boa ideia. Tallow respirou fundo e esqueceu de todo o resto, olhando para o homem que o atacara, agora inconsciente. *Era o que Jim Rosato teria feito nessa situação*, pensou.

Scarly examinava a rua por todos os lados.

– Não há câmeras de segurança. Mas quanto mais demorarmos conversando como idiotas, maior a chance de alguém sair do bar ou simplesmente passar por aqui.

– Me dê seu isqueiro – pediu Bat.

Sua voz soou tão profissional que Tallow entregou o objeto sem questionar.

– É descartável – comentou Tallow.

– Está ótimo – respondeu Bat, abrindo-o com dedos inesperadamente fortes. – Você só o tocou na nuca, certo?

Tallow assentiu. Bat esvaziou o fluido na parte de trás do pescoço do homem. Em seguida, chutou a faca caseira para perto da mão do mendigo.

– Vai botar fogo no pescoço dele? – quis saber Tallow, sem muita convicção de que devesse perguntar isso a um perito ou de esperar uma resposta.

Bat jogou o isqueiro o mais longe que pôde em direção ao fundo do beco.

– Não. O butano vai destruir qualquer célula epitelial que você possa ter deixado no pescoço desse cara. Para o caso de alguém se importar a ponto de pedir averiguação.

– Vá para casa, John – aconselhou Scarly. – Agora.

É o que Tallow teria feito não fosse pela abrupta transformação de seus colegas.

– O que acha? – perguntou Bat, dando um passo para trás para inspecionar a cena.

Scarly inclinou-se para o lado, desconfiada.

– Chute a cabeça para o outro lado para que não fique virada para a rua. Vai parecer que ele está dormindo pesado.

Bat usou os dedos do pé para fazer o movimento. O homem gorgolejou.

– Foda-se – disse Bat, chutando-o na têmpora. A cabeça virou para o beco.

– Está ótimo. Vá para casa, John. E se deixar sua arma dando sopa novamente, eu mesma atirarei em você e faremos com que pareça suicídio. Estou sendo bastante clara?

– Está – respondeu Tallow.

A perita deu um empurrão em seu ombro para que atravessasse a rua.

– Nos vemos amanhã. Vamos, Bat, precisamos achar um táxi.

Tallow parou, virou para a dupla e, sem poder fazer nada de útil, disse:

– Obrigado.

Bat abriu seu estranho sorriso.

– Ei, somos parceiros agora.

Tallow voltou para o carro e seguiu para casa, convencido de que os peritos da UPF eram completamente insanos.

# DEZESSETE

TALLOW ESTACIONOU, pegou alguns livros do banco de trás da viatura e entrou.

Ao voltar ao apartamento, estranhou o cheiro de mofo. Como se ninguém morasse ali havia anos. Ficou andando pelo local durante alguns minutos, examinando as estantes e carrinhos de livros como um arqueólogo confuso que explora uma localização nunca vista pela humanidade desde que Deus era garoto. Não tinha certeza se não passava tempo suficiente em casa ou se, simplesmente, nunca estava cem porcento presente.

Ligou o laptop, abriu no seu site de música preferido e comprou um MP3 de 320k de “Heart of Glass”. Programou-a para repetir e reverberar pela sala enquanto buscava um enorme atlas que lhe serviria de mesa. Equilibrou-o sobre uma pilha de livros e esvaziou ali o conteúdo dos bolsos do paletó. Depositou os livros do carro e o tablet da bolsa ao lado do caderninho e dos cigarros. Puxou uma cadeira e sentou-se em frente a tudo aquilo. Então, irritado, levantou-se para buscar uma bebida e um cinzeiro. Encontrou uma lata de café gelado estragando no fundo de seu pequeno refrigerador e, no lixo, uma embalagem de alumínio vazia ainda com vestígios de arroz incrustado. Sentou-se novamente, pronto para colocar a cabeça para funcionar quando se lembrou de que dera seu isqueiro a Bat.

Recostou-se, batendo inconscientemente do lado da coxa, para pensar no dilema. Decidiu que não queria fumar. O apartamento ficaria fedorento. Faria um esforço e ignoraria o fato de que batia os pés, calcanhar com planta, repetidas vezes.

Foi para a cozinha, acendeu precariamente o cigarro na boca do fogão, forçou para abrir a porta e saiu como um suicida indeciso que contempla a queda. Fumou desgostoso. Jogaria fora o maço pela manhã. Afinal, não tinha mais o isqueiro, portanto, não faria sentido guardar os cigarros. Poderia jogá-los naquele momento, mas eles apodreceriam dentro do lixo e, mais uma vez, deixariam o lugar fedendo. Tallow ficou satisfeito com seus argumentos e continuou a fumar.

Sentou-se novamente, abriu a lata de café gelado, deu um gole e pensou que, se Madre Teresa tivesse servido aquilo nos cafundós de Calcutá, o gosto não seria tão ruim quanto daquele que ele bebia. De qualquer modo, tomou um segundo gole e começou a rever o que anotara em seu caderninho. Ligou o tablet e copiou algumas informações sobre orações do tabaco para o caderno, acrescentando um lembrete para perguntar a Scarly e Bat a respeito da composição das tintas encontradas em algumas das armas.

Copiou também o que considerou os principais detalhes sobre o assassinato histórico em Rochester. Com alguns toques no tablet, pesquisou em alguns sites sobre os crimes do Filho de Sam e passou tudo para o caderno. Naquele momento, os dois acontecimentos faziam parte de uma mesma fantasia. Tallow sabia que não havia chegado a lugar algum no caso, mas o simples fato de analisar aquelas duas histórias fazia-o ainda se sentir capaz de pensar, e, se sua cabeça continuasse funcionando, teria condições de captar os verdadeiros detalhes quando estes surgissem.

Tallow pegou a bolsa em que guardara o laptop. A papelada que a tenente lhe entregara de manhã ainda estava ali. Ele ainda não a havia examinado com calma.

Primeira arma analisada. Uma Bryco Modelo 38, calibre .32. Artefato barato, pequeno, usado por gente sem grana e distribuído aos montes. Nada de especial. Exceto pelo relatório que informava que o cano havia sido alterado. Tallow fez duas anotações: desejava ver fotos das balas e do interior do cano. Talvez pudesse cortar a arma ao mesmo tempo que saciava o seu desejo de abrir a pederneira.

Vítima associada à arma: Matteo Nardini, Lower East Side de Nova York, 2002. Nada que saltasse aos olhos imediatamente. Tallow colocou o papel de lado.

A seguinte era uma Lorcin .380 semiautomática. Tallow já vira Lorcins pelas ruas. Custavam cerca de trinta dólares e eram armas mais exibidas do que propriamente usadas devido a sua incrível falta de confiabilidade. Durante alguns anos, ficaram conhecidas no departamento como armas de cafetão falido. Eram feitas de uma liga de zinco que podia explodir como fogos de artifício com um simples olhar. Lembrou-se de um desses cafetões sem grana que fora levado para o distrito, pois teve a infeliz ideia de abrir fogo contra policiais com uma Lorcin. O mecanismo de trás da arma deslizou e escapou, atingindo-o na testa e o deixando inconsciente.

O relatório dizia que a pistola fora bastante modificada. Mais uma vez, o suspeito pegara uma arma que ninguém em sã consciência usaria e a restaurou até que o resultado fosse garantido. O que, de novo, indicava que aquela arma específica tinha significado para o assassino. Mas, uma Lorcin? O que estava deixando escapar?

– Ninguém em sã consciência – Tallow disse a si mesmo, rindo meio sem graça.

Mordendo o lábio, pesquisou sobre a arma no tablet e correu os olhos pelos resultados. Uma frase chamou-lhe a atenção. Uma arma de rua comum devido à famosa falta de segurança em sua fábrica durante anos. Tallow sabia disso – na verdade, Rosato havia lhe contado a respeito –, mas ver a informação ali trouxe-lhe um novo contexto.

Tallow continuou lendo o relatório e descobriu que Daniel Garvie, encontrado morto com uma bala atrás da cabeça na Avenida A, em 1999, era um velho conhecido do NYPD. Preso várias vezes por furto.

Tallow recostou-se para pensar na história. Arma roubada para matar um ladrão.

Insignificante.

Mas encaixava no quadro que começara a montar sobre o caso naquele dia.

Arma três: Ruger nove milímetros, percutor arranhado, Marc Arias, Williamsburg, 2007, sem solução. Tallow desejou saber mais sobre armas. Também queria saber quem era a vítima da pederneira.

Colocou o tablet e o laptop para hibernar e, em seguida, jogou as roupas no chão e também foi dormir.

# DEZOITO

**[mostrar conversa de mensagens diretas]**

**D MACHENV:** LIGUE PARA MIM EM UM TELEFONE LIMPO AGORA

**D WESTO911:** telefone limpo? sou a porra do stringer bell por acaso?

**D MACHENV:** FAÇA ISSO. ACABEI DE RECEBER A VISITA DE UM VELHO AMIGO

**D WESTO911:** oh merda.

**BBMessage [marcatemporal]**

**[JW]** Ligue para mim agora

**[AT]** Jantando com comiss e wanda louca entre outros. Acho que vamos ter de falar dela!

**[JW]** Temos um problema

**[AT]** q merda é essa

**[JW]** Estou indo pro centro. Saia daí agora

**Postagem de blog [usuário: emilyw] [bloqueado]**

Qualquer interesse pela área financeira torna-se interesse pelo poder e por posição, acredito eu. Quando comecei a trabalhar em Wall Street, queria, principalmente, realizar um bom trabalho num ambiente de muita pressão. Mas ficou claro para mim, logo no início, que exerceria melhor minha função se conhecesse os verdadeiros fluxos monetários e os clientes e locais sobre os quais flutuam e por onde giram. Acredito também – talvez seja até óbvio – que seja necessário um conhecimento histórico.

Ali estava eu, em contato com colapsos financeiros do mundo todo, sem perceber que estava exatamente no local onde ocorrera a primeira grande recessão americana. A própria Wall Street recebeu esse nome por conta do muro levantado pelos holandeses para fortalecer a colônia de Nova Amsterdã contra os nativos, um muro que se estendia até onde hoje se localiza a Pearl Street, nosso antigo litoral. Foi aqui, em Wall Street, que os espertos operários dos anos 1600 tentaram fazer negócio com os habitantes da região, o povo de Werpoes e de outras vilas lenapes que ficavam na chamada Mannahatta.

Os europeus perceberam que os americanos nativos pareciam valorizar muito algo a que denominavam *wampum*, ou "cordão branco". Eram linhas de contas feitas com conchas costuradas em cordões ou cintos. Tinham diversas utilidades. A relativa complexidade de seus formatos e cores possibilitava seu uso como meio de comunicação e como registro de acontecimentos, e não apenas como simples enfeites. Fotos da época mostram cordões feitos de *wampum* fabricados para selar e celebrar tratados. Eram usados para preservar e contar histórias de uma geração para outra, um elemento cultural de extrema importância em uma sociedade de tradição oral. As contas de *wampum* tinham milhares de outras funções sociais. Para resumir, tinham valor perceptível na sociedade dos americanos nativos.

Quando os europeus chegaram, buscaram imediatamente maneiras de negociar com os nativos e, ao se deparar com o mercado do *wampum*, tiveram certeza de ter encontrado a melhor delas. Passaram, então, a produzir seu próprio *wampum*. Foi difícil no começo, principalmente por tentarem imitar um sistema monetário que não compreendiam totalmente, mas os europeus tinham uma importante vantagem. Os nativos de Mannahatta pertenciam à Idade da Pedra. Os europeus do século XVII possuíam ferramentas de metal e todos os benefícios de virem de um mundo que, em menos de cem anos, viveria a Revolução Industrial.

Os nativos, em princípio, devem ter considerado estranha aquela tentativa de aproximação. Os europeus, com sua riqueza de intenções e de memórias culturais, fabricando *wampum* para trocá-lo por peles e comida. Pergunto-me se os nativos sentiram uma espécie de obrigação; se isso for verdade, tiveram de aceitar aquele *wampum* diferente e inútil e trocá-lo pelas mercadorias de que os europeus necessitavam para sobreviver.

Em pouco tempo, claro, o inevitável aconteceu. Os holandeses encheram aquele mercado primitivo de *wampum* falso. Produziam-no em extensa quantidade e com tanta rapidez que as vilas de Mannahatta não eram capazes de absorver mais do que uma pequena fração daquilo. Era Wall Street causando e conduzindo o primeiro colapso financeiro da América. Entretanto, as peles e outras mercadorias adquiridas dos lenapes com a moeda falsa permitiram a construção do muro de Wall Street, que cercou e engoliu diversas vilas, como a de Werpoes. Atualmente, ela ainda está ali, enterrada sob o centro da cidade, um foco escondido de poder. Não o considero subordinado ao novo poder de Wall Street.

Considero-o deitado à espreita, com as lições aprendidas latejando à espera da vingança.

Não devo passar perto de Werpoes. Se você está lendo esse log-in bloqueado, deve saber que existem questões em minha vida que só posso tratar de maneira indireta. Mas invento, todas as semanas, motivos para chegar perto dali. Comprando flores em uma determinada loja. Comendo em certas lanchonetes. Vou me aproximando, cada vez mais, apesar dos riscos, pois meu principal interesse é o poder. E, pelo que sei, Werpoes foi a primeira comunidade esmagada pelo tipo de transgressão financeira que adotei para me sustentar. O sustento que, na verdade, é responsável pela vida que tenho hoje.

Tive de estudar muito a respeito da cultura dos americanos nativos desde então. Fiquei atraído pelo assunto, fascinado por ele e espero que as coisas que aprendi possam me proteger nos próximos anos. Mas o poder também me atrai, e há muito por ali.

Não vá a Werpoes. Não é seguro.

# DEZENOVE

TALLOW ACORDOU por volta das seis da manhã, sentindo como se pedregulhos tivessem rolado sobre ele durante a noite.

O banho não ajudou. Encarou uma curta, porém explosiva, sessão no vaso e, ao se virar para dar descarga, viu que havia sangue ali. Vestiu-se, colocou algumas coisas na bolsa do laptop e saiu.

Às sete horas, estava do lado de fora de uma floricultura que conhecia na Maiden Lane. Estavam abrindo naquele momento. Carregadores traziam plantas frondosas de um caminhão estacionado temporariamente em fila dupla na rua ladeada por árvores. Tallow esgueirou-se pela porta, passando por dois homens desagradavelmente saudáveis que vestiam regatas e calças de corrida e carregavam pallets cheios de vasos pesados como se fossem bandejas de café. Uma moça esbelta avistou-o entre duas plantas enormes e detestáveis, que deviam ser carnívoras, e disse:

– Desculpe, ainda não estamos abertos.

Com uma ponta de arrependimento, Tallow mostrou seu distintivo.

– Sei disso. Tenho apenas uma pergunta rápida a fazer.

A mulher deu a volta no balcão em direção ao detetive e secou as palmas das mãos em seus jeans que já não eram azuis havia anos. Era branca e magra como lírio, os cabelos loiros tinham um brilho pálido de alguém que trabalha debaixo do sol por muito tempo.

– De que precisa, Detetive? É uma pergunta rápida que envolve sua esposa, uma namorada ou sua mãe?

– Não mostrei meu distintivo para receber tratamento especial, pode acreditar. Preciso ver um pé de tabaco se tiver algum.

Os olhos da mulher indicavam que ela estava na casa dos quarenta, mas, ao fazer uma expressão pensativa, apenas duas linhas apareceram em sua testa.

– Humm... Acho que tenho um. Acompanhe-me.

Ela o conduziu por um corredor, passando por quatro ou cinco blocos de plantas, até uma pequena selva de arbustos. Tallow correu os olhos por três andares de prateleiras. Parou num pequeno vaso contendo algumas hastes aparentemente doentes cobertas por bolinhas brancas.

– Fumo usado por mulheres – explicou ela. – As nativas usavam suas folhas para aliviar dores na menstruação, complicações pós-parto e problemas de estômago.

Havia tão poucas folhas na planta que Tallow não quis tocar para não estragá-la.

– Ou estes aqui – disse ela, levantando um vaso mais pesado contendo uma folhagem vívida e vigorosa que sustentava flores brancas cujas pétalas de fora exibiam um cor-de-rosa alegre. – O tipo mais comum. *Nicotiana tabacum*, o tabaco cultivado, primo distante das sementes entregues pelos taínos a Cristóvão Colombo que se tornaram as plantas que Jean Nicot ofereceu à corte francesa, onde as pessoas se encantaram tanto com os efeitos das folhas rústicas que batizaram a árvore com seu nome.

Tallow esfregou uma das folhas entre o polegar e o indicador. E, sim, detectou um primo distante do odor levemente ácido, que sugeria tabaco de cigarro, que sentira no apartamento 3A.

– É esse – confirmou ele. – Pensei talvez em esmagá-lo e queimá-lo.

– Para isso, terá de comprá-lo – retorquiu a florista com um sorriso.

– Desculpe – disse Tallow. – É para me ajudar em um caso, acredite ou não. A senhora parece conhecer essas coisas.

Ela correu os olhos pelo local.

– É meu dever, o senhor não acha?

– Desculpe. Desculpe. É que ainda não acordei. A senhora saberia me dizer se é esse o tipo de tabaco que crescia naturalmente nessa região? E desde quando?

A mulher mordeu a bochecha, virando o vaso com as mãos cheias de terra. As unhas eram mais longas e fortes do que Tallow esperava ver em alguém que trabalhava com aquilo.

– É uma cultivar, como já disse, e alguns acreditam que haja outros tipos de tabaco misturados nela. Mas, com certeza, algo que poderia perfeitamente crescer nessa região. A espécie consumida pelas mulheres também deve ser originária daqui. Seriam encontradas nos declives onde hoje estão a Pearl Street e a Water Street, provavelmente antes de os nativos venderem as terras para os holandeses.

Tallow tomou uma decisão.

– Gostaria de comprar esta, humm, esta com as flores.

– *Nicotiana tabacum.*

– Isso.

A florista levantou a sobrancelha, cética.

– Não dou descontos a policiais. E as mulheres certamente preferem as rosas.

– Tenho certeza que sim. Mas acho que a pessoa a quem procuro preferiria *Nicotiana tabacum.* E eu não aceito descontos a policiais.

O que era uma terrível mentira, pois, nos últimos anos, usufruíra muito daquele benefício, e sabia disso – bem como a florista –, mas ficou satisfeito em pagar o preço normal pelo vaso e por um pacote de alimentos para planta. Agradeceu a mulher e saiu, esquivando-se de outra planta gigantesca.

A próxima parada de Tallow foi na lanchonete, onde comprou uma bandeja com seis unidades da especialidade da casa, um café gelado, servido em um grotesco copo de papel, feito com café expresso em exagero e creme extremamente frio. As seis unidades vinham em copos plásticos translúcidos estampados com o desenho de um homem nu plugando sua genitália à eletricidade, flutuando no ar e feliz com o choque. Tallow cavou um buraco nos papéis do banco de trás da viatura e encaixou ali a bandeja. O pé de tabaco foi colocado no assoalho do banco do passageiro. Ainda não eram oito horas. Até ali, Tallow lembrara-se de tudo, menos de comer. Acreditou que conseguiria sobreviver até o almoço e seguiu para o One PP.

Tallow entrou no escritório e encontrou Bat desmoronado na cadeira, com a cabeça na bancada virada para o lado oposto à porta, enquanto Scarly afiava uma velha navalha em uma tira de couro gasta, olhando fixamente para seu parceiro.

– Não acho que ele precise das sobrancelhas, o que me diz? Quer dizer, não vejo uma grande utilidade para elas – sussurrou ela.

– Não estou dormindo – murmurou Bat. – Estou só descansando o cérebro. E se vier para cima de mim com essa coisa, raspo sua cara do crânio. Ou simplesmente, do jeito que estou, vomito dentro do seu olho.

Tallow pendurou a bolsa na cadeira do perito, descarregou a planta no chão e colocou a bandeja de café na bancada perto da cabeça de Bat.

– Tem espaço na geladeira para pôr metade disto aqui?

Bat foi levantando a cabeça devagar sobre o pescoço fino de galinha. Virou-se num movimento vagaroso, observando a área até avistar o café.

– Meu Deus – bradou ele. – Amo você. Deixaria até que me comesse. Mas estou muito cansado e preferia não ter de me mexer.

Scarly abriu um dos copos com dedos ferozes e bebeu um terço de seu conteúdo. Seus olhos moviam-se de um jeito estranho dentro das órbitas.

– Isso é demais – elogiou. – Isso é realmente demais.

Bat tentava, quase sem força, tirar a tampa do que estava mais próximo. Tallow ajudou-o, distraído e pensando se era aquilo o que um pai faria pelo filho. Bat deu um pequeno gole, agindo com uma criança pobre dickensiana. Tallow quase esperou que ele soltasse um "Deus abençoe a todos".

– Uau – suspirou Bat. – É como se um anjo cagasse um arco-íris de café cremoso em minha boca.

– Quase isso – disse Tallow enquanto a momentânea ilusão de paternidade se dissipava. Abriu um copo e bebeu. – Já temos mais alguma coisa sobre a Bulldog?

– Nada – respondeu Scarly, agachando-se para colocar os outros copos na pequena geladeira escondida atrás de todo o lixo do escritório. – Só daqui a algumas horas.

– Certo. Escutem – disse Tallow, abaixando-se para pegar da bolsa a papelada entregue pela tenente –, o que sabem sobre Rugers nove milímetros?

– Coloque os papéis onde eu possa vê-los – pediu Bat. – Não quero queimar preciosas moléculas de cafeína com movimentos desnecessários.

Tallow obedeceu. Bat inclinou-se sobre os documentos, tentando usar a gravidade a seu favor para manter os olhos abertos e funcionando.

– Ruger nove. Scarly, o que não sei sobre uma Ruger nove com bloqueio circular no fundo do cartucho?

– É a Ruger usada pela polícia. Colocaram nela algumas características da Luger para torná-la uma nove confiável. Tentaram um monte de variações estranhas durante um tempo, tentando vendê-la ao governo – Scarly levantou-se e olhou para Tallow. – A Ruger tinha essa grande reputação por conta da Ruger Super Blackhawk. Dizia-se que era uma ótima arma para conter trens, bastava atirar e a máquina parava. Uma grandalhona com cano de quase vinte centímetros, mas bastante precisa, além de não destruir seu dedo ou pulso ao atirar, como uma Magnum .44. Por isso, tornou-se muito especial para a polícia por causa dos grandes feitos da arma-elefante da qual todos ouviam falar. Esse é o papo que escutei.

– Então, esse cara foi morto com uma arma policial?

– Uma arma que foi fabricada para a polícia. Por quê?

– Estou pensando nas coisas que conversamos ontem à noite. É possível, mesmo que apenas hipoteticamente, que nosso cara estivesse realmente associando de alguma maneira as armas a seus crimes?

– Digamos que sim – disse Scarly. – Qual é o seu palpite?

– Um ladrãozinho foi morto com uma arma de segunda, provavelmente roubada da fábrica.

– Não quer dizer nada – opinou Scarly.

– Eu sei. Mas agora quero saber mais a respeito da vítima da Ruger.

– Podemos fazer isso mais tarde. Quer ver o que temos lá embaixo primeiro?

– Claro. Humm, provavelmente uma pergunta idiota, mas lá tem alarme antifumo?

– Nada que não possa ser desativado – respondeu Bat. – Mas dificilmente você conseguirá acender um cigarro lá em baixo sem que ninguém perceba.

Tallow pegou a planta.

– Não. É que eu quero esmagar algumas dessas folhas e, depois, queimá-las.

Bat olhou para a planta e admirou a aparente perda de sanidade do parceiro.

– Legal. Então, já comprou outro isqueiro?

– Ah, merda! – exclamou Tallow. Não comprara.

Bat riu.

– Meu Deus, John. Não podemos deixá-lo sozinho, não é? Relaxe. Estamos na UPF. Temos um monte de coisas que queimam. Na verdade, poucas coisas por aqui não queimam.

Scarly bufou.

– Isso é verdade. No mês passado, uma fonte de computador pegou fogo e atingiu as pernas de Brendan Foley.

– E teve o micro-ondas que voou pelos ares no Natal.

Scarly desconsiderou o comentário com um aceno.

– O desgraçado do Einar apareceu bêbado pela décima oitava vez com seu discurso de "odeio essas bebidas americanas geladas, já venho de um país frio e não quero colocar mais gelo dentro do meu corpo". Sabem o que fizeram com a cabeça dele?

– O quê?

– Bem, fizeram enxertos de pele, mas, sabe, ele trabalhava basicamente com napalm, por isso, não havia muito o que se tirar dali. Então, injetaram uma espécie de selagem facial que incha e endurece com os raios UV, o que fez com que sua cabeça inflasse novamente. Foi interessante.

– Uau! Isso porque o forno velho já tinha explodido no verão!

– É mesmo! Você viu as pernas do Foley naquele dia em que ele ficou fazendo a volta olímpica pelos laboratórios? Pareciam de uma girafa morta.

– Vamos descer? – pediu Tallow, com um indício de satisfação na voz.

O andar de baixo era cavernoso: cimento bruto e manchado, pilastras cinzas sustentando um teto enegrecido sob o qual flutuava uma esquadra de tubos de luz fluorescentes, formando ondas malfeitas. Ao sair do elevador, Tallow viu quadros brancos móveis e enormes plásticos transparentes cobrindo o chão. Quando se aproximou, viu grandes fotos brilhantes sob o plástico e presas no quadro.

– Meu Deus – disse ele.

– É – disse Scarly. – Começamos cedo. Não que ele tenha ajudado muito. Nos deram uma mãozinha e conseguimos terminar.

Os peritos fizeram cópias de todas as fotos em tamanho real e as dispuseram no chão e no quadro de acordo com as plantas baixas da investigação. A cobertura plástica fora desenrolada sobre as fotos para que o detetive pudesse caminhar sobre elas. Era a imitação mais próxima possível do apartamento 3A, com os quadros brancos representando as paredes e divisórias.

Havia uma mesa cheia de papéis espalhados em um dos cantos. Tallow colocou ali o copo de café e o vaso, virou-se e examinou o local. Scarly depositou as coisas que trouxera do andar de cima, retiradas de seu escritório, ao lado dos objetos de Tallow. Um velho pilão, uma bandeja de alumínio da qual grãos de arroz indiano haviam sido removidos com um pano branco que, por sua vez, também não era novo, e um pequeno maçarico de cozinha. Tallow estava aprendendo a não fazer certos tipos de perguntas sobre o modo de trabalhar dos peritos.

– Ficou fantástico – elogiou Tallow sinceramente.

Não estava apenas extasiado pela maneira completa, inteligente e bem feita que arrumaram tudo. Estava genuinamente chocado com aquilo. Imaginou-se a manhã toda trabalhando sozinho, nem um pouco animado em comparar meticulosamente foto por foto às plantas e códigos, sem contar a aventura de encontrar peritos para lhes pedir tachinhas e fita adesiva. Ao caminhar pela sala, percebeu que não seria capaz de realizar um trabalho tão perfeito. Passar o plástico sobre as fotografias foi uma ideia inspirada que jamais ocorreria ao detetive.

– Para que a planta? – quis saber Bat, inclinando-se para examiná-la, desconfiado. – Não gosto de plantas. É delas que vêm os alimentos.

– É um pé de tabaco. Tive a impressão de sentir cheiro de tabaco dentro do apartamento.

Bat dirigiu seu olhar intrigado para Tallow.

– Esse é o seu fortíssimo vodu policial.

– Bem – explicou Tallow –, a esperança é a última que morre. Mas isto aqui está incrível. Muito obrigado.

– De nada – sorriu Scarly. – Gostaria de ficar sozinho com sua planta?

Tallow foi até o meio da réplica do apartamento.

– Por algumas horas. Até que tenham recebido o resultado da análise da Bulldog. Depois, vou querer falar sobre as cartelas de tintas.

– Vai decorar? – perguntou Bat, levantando a voz. Tallow teve plena certeza de que o perito passara os últimos segundos sussurrando para a planta de forma ameaçadora.

– Vi tinta em algumas partes do apartamento. Quero saber mais a respeito.

– Isso soa como alguém que está evoluindo no caso – comentou Scarly.

– Estou... não. Ainda não. Por enquanto, estou apenas na teoria...

Tallow percebeu sua voz se perdendo enquanto olhava em volta. Não notou os dois peritos trocarem um olhar sagaz, apenas ouviu Scarly dizer:

– Voltaremos mais tarde.

E seguiram em direção ao elevador. Já haviam saído quando o detetive se virou para agradecer-lhes novamente.

Tallow fez uma primeira análise do local. Nunca houvera uma cama no apartamento e a cozinha havia sido arrancada havia muito tempo. Não existia mais nada além de armas. Ao olhar para baixo, viu a pederneira no centro de uma grande espiral de armas. Um olho de cabra no meio de um sol feito de bronze.

Os peritos da UPF tinham realmente feito um trabalho engenhoso e incrível. Tudo estava em seu devido lugar. Ao voltar para a sala principal, Tallow obteve uma nova perspectiva. O arco atrás da porta principal precisava estar, e estava, sem armas. De outro modo, a porta não abriria. Ao se posicionar sob o arco, viu um espaço perto do centro da sala que podia ser acessado através das, agora óbvias, passagens entre a cobertura de armas, ambas grandes o bastante para acomodar um pé.

Experimentou o caminho. Chegou ao centro. Sentou-se de pernas cruzadas. Na posição em que estava, via a larga parede adjacente à porta. Ficou ali, encarando a parede com as mãos no colo. Passou os olhos pelo mosaico de fotos. Lutou para ver algo além de um monte de armas organizado com extremo cuidado por um lunático que vinha matando pessoas em Manhattan nos últimos dez a vinte anos sem ser pego.

Não viu nada. Nada ainda, disse a si mesmo, e foi pegar seu café. Não havia como recriar a iluminação, sabia disso, o que era uma pena. O efeito de templo sagrado foi bastante claro na primeira visita de Tallow à Pearl Street. Talvez pudesse tocar um CD de música ambiente, pensou, e sorriu timidamente. Talvez pudesse descobrir o nome da música de elevador que tocavam no hall da Vivicy.

Tallow voltou a se sentar no espaço virtual da réplica do apartamento, olhou fixamente para as fotografias das armas e tentou compreender onde de fato estava e o que aquelas coisas de fato representavam.

# VINTE

O CAÇADOR ACORDOU devagar de um sono tranquilo no início do amanhecer, os dedos rosados tocaram suavemente seu rosto enquanto dormia debaixo de um enorme cipreste do Central Park próximo ao lago. Sentou-se em silêncio, cruzou as pernas e respirou profundamente com o sol que nascia e começava a esquentá-lo. Então, levantou-se, colheu algumas folhas do cipreste, esmagou-as para que soltassem seu óleo e as esfregou sob as axilas para minimizar o odor.

Andou calmamente pelo parque, pegou alguns brotos de taboa da beira da água, folhas de asarina-branca, alguns cogumelos maitake, um pouco de hortelã-da-montanha e azedeira e voltou para baixo do cipreste para comer a carne de esquilo acompanhada de tudo aquilo. Tinha o cuidado de nunca extrair muito de uma só planta. Era um caçador, ou seja, teria de estar preparado para sobreviver procurando por alimentos. Quando considerasse que o movimento das estações se repetia com perfeição, tornando-se amplamente previsível, seria hora de criar condições para a sua morte.

Alimentado, o caçador caminhou. Saiu do Central Park pela East 72nd St.

Em poucos minutos, havia chegado ao destino desejado: o Aer Keep Tower, um edifício de vidro de quarenta e quatro andares cravado bem no meio da ilha. Não havia nenhuma sobreposição estroboscópica da Velha Manhattan em sua vista naquele momento. Um elemento desagradavelmente contemporâneo daqueles obrigava-o a ficar no presente.

O prédio causava-lhe grande repulsa. Nada ali era natural, nem seu brilho alienígena nem sua forma gerada por computador. Era algo criado em laboratório. Não tinha lugar para aquilo em seu mundo verde. Era o instrumento do invasor.

Deu a volta no prédio que era cercado por muros altos de concreto, um refúgio urbano contra a agressão visual da escola pública vizinha, sem nenhum charme e real demais para os olhos desprotegidos dos habitantes do edifício. A vista para quem estava ali dentro só surgia a partir de um determinado andar, de onde as ruas e os prédios ao lado tornavam-se brinquedinhos distantes a seus pés. A confortável perspectiva dos gigantes.

Não havia uma entrada para pedestres. A garagem subterrânea constituía a única maneira de entrar ou sair dali. Se desejasse sair a pé, teria de surgir por debaixo do prédio e se dirigir aos portões principais pela passagem de veículos. O projeto claramente dissuadia os ricos de se aventurarem a pé. Era muito melhor sair em comboio com seus SUVs pretos e filmados para, mais tarde, discutir na academia ou no bar como o acúmulo de dinheiro os tornara prisioneiros em Nova York.

Ou talvez não, pensou o caçador, examinando os portões. Talvez esperassem para si uma nova onda de colonização, habitando uma biosfera quase sem ar para explorar a lua de Manhattan.

Era ali que Jason Westover morava. Jason Westover e a esposa.

O caçador observou automóveis atracarem e desatracarem da Estação Espacial de Upper East Side durante algum tempo, calculando qual seria seu trajeto.

# VINTE E UM

QUANTO MAIS Tallow olhava para a parede, mais lhe parecia que as armas eram interligadas de alguma maneira.

Os espaços entre elas começavam a parecer omissões propositais, à espera das formas perfeitas. Um imenso relógio aguardando as engrenagens certas, desacordado e na expectativa de que as peças corretas fossem colocadas no lugar para que tudo pudesse finalmente girar.

Ouviu uma voz dizer "John". Estava tão absorto no maquinário de armas que demorou alguns segundos para assimilar a voz e entender que chamavam seu nome.

Scarly estava em pé perto da mesa. Tinha a expressão tensa e Tallow pôde ver sua garganta pulsar. Ela segurava uma folha impressa.

– Isso não tem mais graça nenhuma.

– O quê?

– A Bulldog .44. É a arma usada pelo Filho de Sam.

– Sério?

– As mesmas balas tiradas de Donna Lauria e Jody Valenti no verão de 1976. As balas voltaram para a base de dados de balística quando a promotoria pública reabriu o caso, no final dos anos 1990. John, isso está errado.

– De todas as maneiras possíveis – disse Tallow, levantando-se apesar dos joelhos protestarem. Supôs que, já que Scarly estava ali, estivesse sentado naquela posição por algumas horas, mas perdera a noção de tempo.

– Não, escute – respondeu Scarly com a voz baixa e imperativa. – Se alguém tivesse sido morto com essa arma, a coisa não teria passado despercebida. As balas teriam sido removidas do corpo e analisadas. E, estranhamente, coincidiriam com as balas do Filho de Sam mantidas na base de dados. Há diversas. Até a munição totalmente deformada que não pôde ser associada à arma foi examinada e anexada à compilação balística. Não há um corpo para essa arma.

Tallow esticou-se e se arrependeu no segundo seguinte. Com uma careta, raciocinou:

– Então, nosso suspeito remove as próprias balas de alguns pobres desgraçados. Porque, pode acreditar, não existe nenhuma possibilidade de essa arma estar no apartamento sem ter sido usada para matar alguém.

– O cara tem alguém no Departamento de Propriedade Intelectual, John. E não estou me referindo ao Departamento do One PP, mas àquele depósito gigante. Ele tem alguém ali, com acesso a todas aquelas armas. Inclusive às que todos deviam estar de olho, como a do Filho de Sam, pelo amor dos céus. Um cara ali dentro para roubá-las e entregá-las na mão do assassino. E, no caso de uma pistola muito conhecida, o maluco simplesmente recolhe as balas dos corpos e sai andando. Esse cara, o nosso cara, está começando a me deixar assustada.

– Só as centenas de crimes que ele cometeu já não eram suficientes para isso?

– Que é isso! Sonho em matar duzentas pessoas toda noite.

– Sabe de uma coisa – falou Tallow –, sempre que corro o risco de esquecer que estou diante de uma perita da UPF, você encontra uma maneira de me lembrar. Veja pelo lado bom, Bat lhe deve dez pratas agora, não é?

– Tallow. Escute. Não vou chegar para a minha chefe e dizer que nosso maldito assassino ninja conseguiu alguém que lhe roubasse uma arma famosa de um centro de evidências para executar pelo menos uma pessoa com ela e depois recuperar a bala e que, por isso, temos, no mínimo, um caso completamente sem solução em nossa lista.

– Não – concordou Tallow, puxando o impresso da mão de Scarly e pegando a bolsa do laptop. – Eu vou falar com a minha chefe antes.

Tallow foi até a parte externa do prédio para ligar para a tenente. Digitou o número do celular dela. Já passava da metade da manhã e suas atividades não eram muito previsíveis naquele horário. O telefone chamou. Tocou tantas vezes que Tallow esperou falar com a caixa postal. Mas ela atendeu com um incerto "Alô?".

O detetive franziu a sobrancelha.

– É Tallow. Onde você está? – Pelo barulho, o detetive notou que ela estava na rua.

– O que importa onde estou?

*Tudo bem*, pensou ele.

– Gostaria de conversar com você, com calma, assim que for conveniente. Há um ponto do caso no qual preciso muito de sua ajuda antes de prosseguir. Posso chegar no escritório daqui mais ou menos meia hora para encontrá-la?

– Humm... Não. Vou me ausentar por algum tempo.

– Preciso muito da sua ajuda, Tenente. Onde está? Posso encontrá-la onde quiser, se for mais fácil.

– Oh, Deus – respondeu ela. – Qual é o problema?

Tallow escutou a respiração profunda e trêmula da chefe.

– Estou no funeral de Jim, John.

– ... O quê?

Tudo desabou, os pés de Tallow procuraram apoio até suas costas encontrarem a parede. Ele endureceu as pernas e pressionou as costas com força contra ela.

– Sinto muito, John.

– Não entendo.

– A esposa dele... ela quis uma cerimônia rápida. E, bem, receio que tenha dito que não gostaria que você participasse. Quer dizer, é claro que ela está chateada. Se ela esperasse uma semana, tenho certeza de que teria tomado outra decisão.

Tudo o que Tallow conseguiu responder foi:

– Nunca nos vimos. Eu nunca a conheci.

– Ela me disse isso também – a voz da tenente soou um tanto tensa.

– O que mais ela disse?

– Pare com isso, John.

Tallow deixou-se escorregar contra a parede até seus joelhos se dobrarem e suas costas chegarem ao chão.

– O que mais ela disse?

– Que não queria um estranho no funeral do marido, que não queria nem ver o homem que deveria ter salvado a vida dele e que não tinha vontade de conhecer o homem que deveria ter morrido em seu lugar.

Ele pedira, insistira para que ela contasse. Mas ele a odiou por isso. E odiou a si mesmo por ter insistido e por odiá-la. Odiou tudo daquilo. Cobriu o rosto com a mão.

– John?

– Queria que as pessoas parassem de falar essa palavra. Às vezes, gostaria que ninguém soubesse meu nome.

– John? O quê?

– Eu era parceiro dele. Era seu amigo. Diga a ela... – conteve-se. Juntou tudo o que sentia em um dos punhos e descarregou-o com toda a força no chão, onde estava tudo o que restava dele. – Não. Não diga nada. Nem mencione meu nome.

– Está certo, John – disse a tenente, sem muita convicção.

É, pensou ele. *Fale comigo nesse tom. Fale comigo como se eu fosse um lixo. Fale comigo como se eu fosse idiota. Fale comigo como se eu já estivesse com os dias contados na corporação.* Lambeu os lábios como um lagarto, o rosto teso e contorcido, liberando toda a raiva que começava a açoitá-lo por dentro. Conteve também aquele ímpeto, mas decidiu guardá-lo.

– Você precisa chegar à sua sala em uma hora. Estou com a arma do Filho de Sam.

Esperou tempo suficiente para ouvir o início da reação da chefe e cortou a ligação.

Tallow foi até o carro, saiu do One Police Plaza, parou em uma loja e comprou dois isqueiros.

O Departamento de Homicídios da Ericsson Place estava vazio quando Tallow chegou. Todos estavam no funeral de Jim Rosato.

A tenente não estava em sua sala. Tallow entrou e esperou.

Não se mexia. Olhou para a parede do fundo da sala da chefe. Havia fotos das armas da Pearl Street pregadas ali. Concentrou-se nelas e continuou a buscar pistas, provas, algum sentido.

Dez minutos mais tarde, a tenente entrou no escritório pisando duro, irritada e abatida, usando um terno preto de lã de gola Nehru e fechamento frontal assimétrico. Tallow perguntou-se se aquele também era novo. Também descobriu que não dava a mínima se fosse.

– Não gosto da maneira com que tem falado comigo ultimamente, Detetive – disparou ela, dando a volta em sua mesa.

Tallow tirou a bolsa do ombro, pegou o impresso e jogou-o na mesa.

– Você me escutou?

– Leia isso.

– Tallow, você quer ser dispensado? Quer que eu recolha seu distintivo e sua arma agora mesmo e o mande embora daqui?

– Leia isso aí.

– Tallow, você...

– Tenente, tenho muito respeito por você. Seu trabalho é difícil em todos os sentidos e você consegue lidar com a pressão que vem de todos os lados muito melhor do que qualquer chefe que já tive. Mas colocou essa bomba na minha mão e agora está contando ou dias para que eu me ferre e para que eu e ela desapareçamos da sua frente. Posso até entender isso. Mas, até que ela exploda, você terá de me tratar como um detetive do NYPD. Então... leia isso.

Ela o observou por um longo tempo. Então, virou-se para a folha impressa. Mas Tallow pôde ver sua atenção desaparecer, percebeu que ela não olharia uma segunda vez para o documento antes de descartá-lo e que se preocuparia com a tarefa bem mais imediata sobre o que deveria fazer com John Tallow. Naquele momento, o detetive elevou seus pensamentos para quem o estivesse ouvindo nos céus de Ericsson Place.

Os olhos da tenente correram pelo papel. Ao terminar, deixou-o de lado, preparando-se para amassá-lo. Encarou o detetive e olhou mais uma vez para o documento, seus punhos cerravam-se.

Parou. Algo a fez apertar a vista. Deslizou os dedos pelos dois lados da folha, segurando-a firme e reta.

A tenente devolveu o papel à mesa como se lhe fizesse cócegas.

– John?

Voltara a ser John. Ela estava chocada. Só restava ao detetive assistir à chefe seguir pelo caminho a que fora induzida. A carreira dele dependia do que ela diria, ele estava ciente disso.

– Sim.

– Tem certeza de que isso não é alguma brincadeira do pessoal da UPF?

– Ontem, conheci o perito que realizou o teste. Um pedaço da arma escapou do fundo e arrancou um naco do lóbulo da orelha dele. Finalizaram a análise há pouco mais de uma hora. Acho justo dizer que não simulariam tudo isso apenas por uma brincadeira.

– Quem mais viu isto?

– A dupla de peritos. Eu. Você.

Dessa vez, a tenente olhou-o como quem faz uma nova avaliação.

– Tem certeza?

– Absoluta.

– Está bem – disse ela. – Está bem. Quer se sentar?

– Estou bem de pé – respondeu Tallow com uma ponta de frieza na voz que não passou despercebida pela tenente.

– Sobre o funeral, John...

– Esqueça o funeral. O que acha disso aí?

Ela colocou os cabelos para trás e, preocupada, passou os olhos pela folha.

– Diga-me o que você acha que isso significa.

– Acho que significa que o dono do apartamento 3A da Pearl Street tem ou tinha contato com alguém do Departamento de Propriedade e induziu essa pessoa a roubar a tal arma para cometer um homicídio específico. Sabendo quão facilmente a arma seria identificada, ele mesmo arrancou a bala ou balas da vítima. Portanto, temos uma arma que podemos supor ter sido usada pelo nosso homem, mas não temos a vítima do crime. Na minha opinião, ele usou essa pistola porque acreditava ter alguma ligação histórica, temática ou pessoal com o assassinato.

Nesse momento, Tallow deu um palpite intuitivo. Ou apenas uma ideia maluca:

– Assim como, veremos, será provado que Marc Arias, morto em Williamsburg em 2007, tinha alguma ligação com a polícia.

A tenente levantou as sobrancelhas.

– Como sabe disso?

– Ele foi assassinado com uma Ruger Police Service, arma fabricada para ser vendida às forças policiais e, pelo que eu soube, sem muito sucesso. Vão surgir indícios de que Marc Arias era ligado à polícia, mas provavelmente não em período integral.

Tallow sabia que estava arriscando muito ao dizer aquilo. Sabia também que seu cérebro estava funcionando com força total, como não acontecia havia anos. Sentia-se como um maratonista que tivera uma manhã difícil e angustiante, mas que atingia o ponto em que a corrida se tornava suave e veloz.

A tenente virou-se para o computador.

– Sabe como os policiais que trabalham no Departamento de Propriedade eram chamados? Esquadrão da Arma de Borracha. Naquela época, recrutavam apenas policiais em plantão restrito ou que estavam sob ação disciplinar.

O detetive observou-a digitar algo na barra de pesquisas da base de dados. Viu as sobrancelhas da chefe arquearem novamente quando a central mostrou os resultados instantaneamente. Ela leu para Tallow as informações.

– Marc Arias foi, em 2007, um oficial dispensado da Polícia de NY cujo último trabalho na corporação foi... na equipe do Departamento de Propriedade.

– Tenente, você jogou isso na minha mão quando o sangue do meu parceiro ainda estava na minha roupa e me pediu para trabalhar no caso. É o que estou fazendo. Mas cheguei a um ponto em que sua ajuda é necessária. Você vai me ajudar ou vou ter de me virar sozinho?

– Não se faça de cowboy solitário no deserto, John. Mas – disse ela, levantando a mão quando Tallow fez menção de abrir a boca – entendo o que quer dizer. E, embora acredite que os argumentos sejam fracos e que possam ser apenas coincidentes, o fato é que a arma deveria estar de posse da polícia, e não em um apartamento na Pearl Street.

– O que faremos, tenente?

– Vou ter de falar com uma pessoa do alto comando com muita discrição. Não são informações que podem vazar. – Pegou o telefone. – Saia, John. Vou tentar tomar os próximos cinco minutos livres do capitão e, com isso, acabar com o dia dele.

– Posso subir com você, ajudá-la a explicar tudo e como chegamos a isso.

– Volte ao trabalho, Detetive. Você não tem experiência alguma em falar com o capitão como criança para que ele explique tudo ao assistente chefe do sul de Manhattan sem parecer um idoso com um quilo de Vicodin no sangue. O que, na essência, é o que ele é. Essa parte é comigo. Vá fazer a sua.

– Está certo – disse Tallow, pegando a bolsa e deixando o escritório. Quando passava pela porta, a tenente disse em voz baixa:

– Sinto muito pelo que aconteceu hoje cedo. O funeral.

Tallow interrompeu o passo por um instante e seguiu para fora do prédio antes que todos os amigos e colegas de trabalho de Jim Rosato voltassem após enterrá-lo para que descansasse em paz sob a terra cálida e aconchegante.

# VINTE E DOIS

O CAÇADOR PRECISAVA obter uma arma.

Havia uma quantidade desagradável de condições para que realizasse sua próxima tarefa. Precisaria de uma arma para o dia seguinte. Tinha plena consciência da limitada quantia de dinheiro que mantinha em seu refúgio no sul da ilha. Não suportava andar de metrô. E sabia que a reação à sua próxima caçada seria dura e imediata.

O caçador continuou a caminhar para o oeste. O homem moderno que havia dentro dele sabia que entrava agora na parte da Nova Manhattan conhecida pela maioria das pessoas como Hell's Kitchen, e como Clinton para os anúncios imobiliários das vitrines, mas permitiu que sua visão da Velha Manhattan prevalecesse por um momento e andou satisfeito pelo caminho a que os primeiros holandeses denominaram Great Kill.

Sua mão deslizou para dentro da bolsa para localizar primeiramente um par de luvas de couro fino e, em seguida, um anel. Não se tratava do artesanato mais bonito que já vira ou que produzira. Era uma argola de arame larga o suficiente para acomodar o dedo indicador de sua mão direita e, no topo rústico, porém firme, havia um pedaço de quartzo que encontrara na foz do Canal do Rio Harlem. O caçador trabalhara nele com muito cuidado. A pedra era saliente o bastante e fora cortada de tal maneira que sua ponta poderia funcionar como um soco inglês.

Em certa ocasião, o caçador usou-o para abrir uma veia jugular e, ainda, para destruir uma laringe.

Vestiu as luvas e o anel.

Relutante em eliminar Mannahatta de sua vista, escolheu passar por armazéns, estacionamentos acinzentados e oficinas de carro. Aquele lado da ilha era, segundo ele, o mais desolado de todos.

Encontrou o local que desejava: um edifício de cinco andares cuja fachada era de uma pizzaria desativada. A porta lateral, de onde era possível acessar as escadas que davam para os outros andares, estava, como sempre, ligeiramente aberta. A pessoa devia se apresentar ali e esperar que a porta se abrisse, revelando um homem grandalhão com a arma mal escondida.

A porta se abriu, desvelando no meio da escuridão uma figura grotesca que vestia um imundo agasalho laranja e cujos cabelos escuros caíam desordenadamente sobre sua cabeça, que parecia ter sido atingida por um trator agrícola. Era como se seu rosto fosse feito de massa e alguém o tivesse apertado antes de defini-lo.

– Preciso falar com o Sr. Kutkha – disse o caçador.

– Não tem ninguém com esse nome aqui – respondeu previsivelmente o esquisito.

– Diga-lhe que um cliente antigo e velho membro distante da tribo veio vê-lo.

– Qual é seu nome?

– Diga-lhe que, quando perguntou meu nome, eu respondi ser apenas humano.

O esquisitão deu de ombros e subiu o pequeno lance de escadas, mantendo a mão na arma presa na parte de trás de seu cinturão. Dali, ainda mantendo os olhos fixos no caçador, transmitiu a informação.

O caçador ouviu uma gargalhada como se ossos fossem chacoalhados em uma lata e, em seguida, uma voz grossa e rouca gritar:

– Deixe-o entrar, deixe-o entrar!

A figura grotesca conduziu o caçador para cima revelando a mão disforme pela flacidez. No patamar superior, o caçador viu um segundo homem, mais baixo que o esquisito, que usava corte de cabelo militar. O corpo fora excessivamente treinado ao modo narcisista físico moderno, demonstrando ser conhecedor da maior parte de seus músculos. Este estendeu a mão em direção à bolsa do visitante, que a entregou sem resistir. O caçador foi calmamente escoltado até a porta da maior sala do pavimento, dentro da qual se ouviam máquinas funcionando. Um ruído insuficiente para abafar a sequência de sons que veio do andar de cima: berros como se arrancassem a perna de um gato, um forte estampido que fez o teto vibrar, uma pessoa tentando gritar mesmo que incapaz de respirar.

O caçador não demonstrou nenhum sinal de que escutava tudo aquilo. Apenas permitia ser conduzido pelo homem de corte de cabelo militar.

A primeira coisa que notou ao entrar na sala foi um garoto de cerca de dezesseis anos, sobrancelhas baixas e nariz largo em pé ao lado da porta com a expressão de um cãozinho que fora espancado. O caçador não conseguiu ver as mãos do menino e, por isso, partiu para matá-lo.

A voz de Kutkha o fez parar.

– Garoto! Não deve ficar aí parado quando um homem de verdade entra na sala! Você quer morrer?

Kutkha era magro como uma vara e tinha o rosto todo manchado. Estava sentado com a altivez de um rei sobre um pequeno sofá ricamente estofado. Dois ventiladores altos serviam-no em ambos os lados, além de dois aparelhos de ar-condicionado que ficavam a seus pés e pareciam escravos ajoelhados. O caçador conhecia Kutkha de longa data: estava sempre reclamando do calor, mas adorava roupas e, por isso, gostava de ficar ali, vestindo suas peculiares bermudas longas de algodão fino e seda branca e um colete de estampas elaboradas – nada além disso – e se deliciando com o vendaval produzido por seus condicionadores de ar novinhos em folha.

Kutkha ainda esbravejava com o garoto (agora paralisado de medo) quando se levantou para apertar a mão do caçador.

– O ser humano em pessoa! Meu parente distante!

Depois, dirigiu-se ao garoto:

– Um ser humano, está vendo? Pertencente à tribo dos lenni lenape. Sabe o que essas palavras significam? O "Povo Verdadeiro"! Ele e eu temos o mesmo sangue. Sua família? – Cuspiu no chão. – Sua família é lixo.

Kutkha voltou-se para o caçador:

– Meu irmão transou com uma moscovita. Fazer o quê? Algumas pessoas transariam com bois e vacas se eles ficassem parados tempo suficiente. Essa família... eles vivem mandando esses espermatozoidezinhos para o papai aqui, implorando para que eu seja legal com eles, leve-os à Brighton Beach e para comer a maldita salsicha *kielbasa* feita de cachorro. E ainda querem que eu lhes dê ouvidos sobre como devo gastar com eles toda a merda do meu dinheiro. Esses malditos têm fodido meu povo há tanto tempo que, se você examinar meu DNA com um microscópio, verá um moscovita mijando nos meus genes e chamando aquilo de chuva de verão.

Kutkha atacou novamente o infeliz garoto.

– Está vendo? Sou itelmeno! Meu povo veio do Alasca para a América e se tornou o povo deste homem! Ele tem mais do meu sangue do que você. Você é como aquilo que sai da minha bunda depois de eu comer uma macarronada.

Kutkha sentou-se novamente. Não havia mais nenhum assento na sala, mas o caçador já esperava por isso. Conhecia Kutkha. Ficou em pé entre os dois ar-condicionados, em posição de súplica perante o trono. O caçador havia sentido uma pequena lasca de remorso sobre o que teria de acontecer. No entanto, vendo-se ali, entre as barulhentas máquinas de ar, como um aldeão, seu pesar desapareceu.

O russo fez um sinal de desdém para o menino.

– Pode falar na frente dele. Acho que ele nem sabe nossa língua.

O caçador avaliou brevemente o garoto e decidiu falar:

– Preciso de uma pistola. Gostaria muito de uma arma policial.

– Como assim?

– Uma arma associada à polícia. Usada pela corporação.

Kutkha dirigiu-se ao taciturno garoto.

– Ele é um colecionador, está vendo? Sabe o que quer e sabe do que gosta. Um homem com interesse por história. Você podia cultivar esse hábito. Saber de onde veio para sabermos para onde irá. Poderia ser útil para mim de alguma maneira se me provasse que consegue pensar. Ou fazer contas. Não precisa voltar à Brighton Beach com aqueles velhos punheteiros em saunas fedendo a mijo. Garanto que posso lhe ensinar muitas coisas em Manhattan que já foram esquecidas há muito tempo em Brighton Beach.

O caçador continuou:

– Não precisa ser nova. Prefiro algo em boas condições de uso.

– Sabe? – murmurou Kutkha. – Tenho quase certeza de que tenho uma Colt Official Police. Dos anos 1950.

– Como é o cabo?

– De madeira axadrezada.

– E o cano?

– De seis polegadas, acredito. Lembro-me disso porque o especialista, um cara que gosta de história como nós, ao ver a arma, começou a se agitar, daquele jeito que os humanos fazem quando estão excitados, e desatou a dar informações sobre a pistola até eu dizer que lhe daria um tiro na cara se não ficasse quieto.

– Vou ficar com ela – disse o caçador.

– Uma bela aquisição. Uma arma dessas é como um relógio de boa qualidade, da época em que se usavam peças mecânicas bem trabalhadas. Talvez eu pudesse conseguir uma SIG para você, mas não é a mesma coisa, é? A Colt vem com o coldre original da Polícia de NY, mas não vou vendê-lo. Se quiser, é de graça, não vou cobrar por ele.

– Por quê?

– Não foi usado. É um coldre reserva. E vou lhe dizer uma coisa que o especialista me contou e que achei bastante divertida. Os policiais tinham de laceá-los. Parecem de couro, mas são de papelão tratado. Por isso, tinham de enfiar uma garrafa de Coca no coldre durante uma semana para que a arma pudesse caber ali. Se tentassem colocar a arma antes de lacear, tinham de cortar o coldre para tirá-la. Ou levar um tiro. Mas aquela esticada danificava o material de tal maneira que, em seis meses, o coldre já estava imprestável. Já me disseram que, nos anos 1970, homens como a gente conseguiam arrancar as Colts dos coldres. Era só rasgar o papelão, puxar a arma e atirar no policial. Eram tempos felizes se não levarmos em conta as roupas que usávamos.

O caçador conteve os pensamentos e ações que remexiam suas vísceras.

– Quanto é?

– Não vou aceitar mais do que cem dólares por essa arma – respondeu Kutkha com o peito inflado de orgulho por sua própria magnanimidade. – Vem com vinte e quatro cartuchos de munição.

– É muita bondade sua – disse o caçador. – Obrigado.

– A arma virá de Nova Jersey. Farei umas ligações. Esteja aqui hoje à noite por volta das sete. Chegará em meu carregamento noturno. Irei pessoalmente pegá-la para verificar se está tudo correto.

– É bastante conveniente e profissional de sua parte. Obrigado – agradeceu o caçador –, voltarei com o dinheiro.

O que, certamente, poderia fazer.

Kutkha não se levantou para cumprimentá-lo, mas pegou o celular e digitou rapidamente um número, olhando para sua visita com a certeza de que ela era observadora o bastante para perceber que a reunião estava encerrada. O caçador acenou com a cabeça e deixou a pequena corte russa. No corredor, pegou sua bolsa com o militar, que o observou descer as escadas até chegar perto do esquisitão. Este, por sua vez, abriu a porta da rua e o viu sair.

O caçador sabia que havia o esquisito, o militar, Kutkha, o garoto e pelo menos mais alguém no andar de cima. Todos, exceto a pessoa ou pessoas do outro andar, o viram. Quando retornasse, haveria ao menos mais um, o funcionário de Nova Jersey que traria sua arma e o que Kutkha encomendara em seu "carregamento noturno". Humanos, presumiu o caçador. Dentro da bolsa, carregava a faca e algumas outras ferramentas de sobrevivência na selva. Um punhado de grama seca para fazer fogo, uma pedra de afiar e um pedaço de corda, entre outras coisas. O anel estava no dedo.

Caminhou até o final do quarteirão, certificou-se de que já estava fora do campo de visão e procurou um acesso aos fundos do prédio de Kutkha.

No lado leste-oeste do quarteirão, cinco ou seis portas antes de um mercadinho, encontrou uma loja de ferragens abandonada com as janelas imperfeitamente caiadas e, nos andares superiores, a maioria delas sem vidro. Uma placa havia sido colocada na porta, mas a exposição ao tempo se encarregou de apagar diversas de suas letras. Ninguém o viu usar a faca na fechadura e espreitar. Por dentro, fechou a porta com cuidado e viu que uma estante com várias prateleiras de madeira aglomerada a escorava. Aparentemente, o dono fora forçado a abandonar o local às pressas. Ainda havia mercadorias e muitos acessórios. O caçador agachou por um momento na escuridão, apurou os ouvidos e respirou fundo. Pôde sentir de leve o cheiro de fezes humanas, mas eram velhas. Vasculhou o que restara da tentativa do dono de sobreviver burlando as leis de troca de Manhattan. O que pegasse para si seria justo. Mannahatta fora roubada dos lenapes através de um intercâmbio fraudulento. O caçador não era um criminoso. Os espólios da cidade naquela ilha eram seus por direito.

O caçador achou, entre outras coisas, um cordão e potes com parafusos e porcas que o dono não tivera tempo de levar consigo. Um pensamento lhe ocorreu. Cortou dois metros de corda, pegou um punhado de porcas e parafusos e olhou para as escadas que levavam aos andares superiores e ao telhado.

Lá de cima, conseguia ver os fundos do prédio de Kutkha e, claramente, seu jardim repleto de ervas daninhas e a rua lateral por onde os carros chegavam. As janelas dos três últimos andares do edifício tinham cortinas improvisadas cobrindo os vidros por dentro.

O caçador abaixou-se atrás do cano de ventilação do telhado, saindo da vista direta do prédio de Kutkha, e começou a amarrar porcas por toda a extensão do cordão. Nas duas extremidades, prendeu com um nó os grandes parafusos. Como teste, girou cerca de trinta centímetros de corda pelo pulso e observou o parafuso chicotear a corda. Bastaria.

Levantou-se, girou a corda pesada até ouvi-la zunir e a arremessou em direção ao último andar do prédio de Kutkha. Observou-a voar e se escondeu atrás do cano, buscando o melhor ângulo possível.

O cordão atingiu a janela do último andar sem força para quebrá-la, apenas o suficiente para produzir um forte estampido e deslizar para a janela do quarto andar, repetindo o percurso até o terceiro piso antes de cair sobre um espesso ramo de ervas daninhas no jardim.

Uma das cortinas foi aberta no quinto andar. Outra no quarto piso. Duas no terceiro. Cabecinhas surgiam para descobrir o que teria causado o barulho.

Mais quatro pessoas. Além da que mantinham presa. Havia pelo menos uma mulher ali. O caçador suspirou e voltou a se esconder. Aquilo estava mais complicado do que o necessário.

Perguntou-se se o esquisitão deixava seu posto para almoçar. Não lhe parecia que aquela figura se disporia a perder suas refeições.

O carregamento de Nova Jersey certamente chegaria através do acesso de carros ao jardim, sob a proteção da escuridão noturna. Era um lugar bastante discreto. A menos, é claro, se houvesse alguém no telhado ao lado, pensou o caçador com um riso silencioso.

O plano original seria pagar pela arma, sair e voltar depois de algum tempo para matar todo mundo. Mas havia muitos jogadores, e todos espalhados, para que sua ideia funcionasse. O caçador teria de agir reservadamente. Precisaria isolar Kutkha. Não poderia contar apenas com a promessa que o russo fizera de ir pessoalmente até o carro conferir o material.

Isso posto, o caçador tinha de admitir que aquela seria uma atitude típica de Kutkha, pois já o vira agir de maneira semelhante no passado. O cara se esforçava, para não dizer que dava tudo de si, para agir e se apresentar como um criminoso cortês que trabalhava de acordo com uma tradição formal que existia apenas na cabeça dele.

O caçador olhou para o sol e calculou a hora. Olhou para a fila de telhados e parou para contar sua pulsação, ajustando-a à batida de sua mente. Então, abaixando-se o máximo que pôde, correu e saltou sobre os telhados até chegar à esquina que dobrara havia pouco. Registrou o tempo decorrido na memória e engatinhou até a beirada do novo telhado. Tinha uma visão oblíqua da porta da frente do edifício de Kutkha; o suficiente para notar alguém saindo.

O caçador sabia muito bem esperar. O telhado se tornou a confortável coroa de uma montanha e ele olhava para baixo através de uma clareira, o asfalto irregular transformava-se tão facilmente no chão sombreado que ele sorriu larga e genuinamente para o belo e simples cenário. Ratos-veadeiros surgiram da grama aqui e ali e a sombra de um gavião-miúdo sobrevoou sua cabeça por um curto e maravilhoso minuto. Havia ramos de flores de um violeta tão pálido quanto o de uma noite de verão, cujas sementes eram sagradas. A vida era perfeita.

O sol acabava de atingir o pico do meio-dia quando o caçador se retraiu com uma visão ucrônica e desagradável do século XXI na qual o esquisitão vestindo agasalho laranja caminhava pela trilha selvagem da Mannahatta pré-século XVII. O caçador quase vomitou com o choque sensorial.

A figura grotesca seguia pelo mesmo caminho que o caçador percorrera. No final do quarteirão, dobrou a esquina. Só podia estar se dirigindo ao mercadinho. Voltando ao presente, o caçador viu o homem apressar o passo e correu para o telhado de onde viera, mantendo a batida em sua mente.

Depois de quatro minutos, o caçador já estava em terra firme e em posição. Torceu para que fosse o suficiente. Puxou a estante e abriu a porta. A rua ainda estava completamente deserta. Afinal, não era uma parte da cidade que alguém quisesse visitar a menos que precisasse. Posicionou-se atrás da porta, deixou-a entreaberta e aguardou. Dessa vez, estava tenso. O esquisito não poderia ter comprado seu almoço e retornado em apenas quatro minutos. Aquela criatura nem conseguia se mexer tão rápido. A rua tinha de permanecer vazia. A caçada já envolvia riscos demais.

O cara estranho passou como uma lesma pela porta.

O caçador contou dois passos do grandalhão para que tivesse mais espaço para trabalhar, abriu a porta e avançou.

O pescoço do esquisitão foi envolvido por duas voltas de corda e, com um puxão selvagem, um complexo nó rapidamente o sufocou. O caçador enrolou a corda na mão esquerda e deixou que o homem grotesco caísse de costas. Admirou-o por tentar alcançar a arma com a mão direita ao mesmo tempo que tentava se livrar da corda com a esquerda. O caçador puxou-o para perto de si e tocou sua têmpora. Pôde sentir o osso estalar como uma casca de um ovo sob seu anel de quartzo.

As pernas da presa amoleceram. O caçador juntou todas as suas forças e arrastou o homem para dentro da loja escura. Pressionou a presa de cara contra a parede tempo suficiente para que fechasse a porta o mais silenciosamente que pôde.

A presa chutou.

O caçador perdeu o equilíbrio antes que pudesse pegar a faca que havia deixado na prateleira da estante. Caiu para trás com o homenzarrão sobre ele estrebuchando-se como um touro ferido. Há alguns anos, o caçador teria conseguido, apenas com sua força, esganar a presa. Mas não tinha problemas em aceitar a idade e se contentou em apoiar os joelhos nas costas do homem para dar mais vigor ao estrangulamento. Naquela posição, quanto mais a presa se debatesse, mais rápido sufocaria.

Os calcanhares da presa bateram no chão até ficar imóveis. Estava pagando pelo que pedira. Mas o caçador percebeu que o homem tentava encontrar espaço para puxar a arma na parte de trás de sua cintura. A arma que o caçador ainda não tivera a oportunidade de pegar.

O caçador deu um pulo e jogou a presa de bruços. Sobre suas costas, desferiu quatro ou cinco socos na lateral da cabeça. O sangue começou a jorrar de leve das têmporas do esquisitão, que parou de resistir e passou a gemer. O caçador pegou a arma. Resistiu à tentação de espancar a presa até a morte com ela. Mas tinha outros planos e não queria danificá-la.

Então, levantou-se e a colocou na estante. Pegou a faca e se abaixou novamente.

A presa estava avançando em sua direção. Um dos olhos embebido em sangue. Não conseguia falar, apenas gemer e grasnar, soltando da boca uma espuma avermelhada. Havia urinado nas calças. Uma das mãos gigantes, trêmula, desajeitada, agarrou o rosto do oponente.

O caçador esfaqueou a presa no meio das costelas. O homem emitiu algo entre grito sufocado e sussurro. Novo golpe, atingindo-o violentamente no intestino. O caçador deu um terceiro golpe, dessa vez mais alto e com mais ferocidade, fazendo força para baixo com a lâmina para rasgar a carne densa e grossa.

O caçador girou a faca.

A boca aberta da vítima tornou-se uma fonte de sangue.

O homenzarrão caiu morto, o sangue escorrendo. Aquilo já não era mais interessante.

# VINTE E TRÊS

TALLOW DIRIGIU pelo 1º Distrito durante algum tempo até ter certeza de que seu cérebro ainda funcionava perfeitamente. Era quase meio-dia. Sabia que precisava comer alguma coisa. Também lhe ocorreu que deveria continuar a domar as feras da UPF.

As pessoas que não conheciam John Tallow muito bem ficavam surpresas quando ele exercia seu poder de compra e ainda mais espantadas ao descobrir que ele morava na ilha. Alguns supunham que ele ganhava dinheiro de um jeito misterioso, que não requeria interesse ou energia. O fato era que Tallow simplesmente não gastava muito. Nunca. Gostava de lavar a maior parte de sua roupa na pia da cozinha com sabão em pó barato. Não era muito de sair. Não comia muito. Comprava a preços baixos seus livros e músicas ou os baixava de graça pela internet.

De vez em nunca, John Tallow imaginava-se mais jovem, abandonando a vida do presente, adolescente com os pés descalços na areia da praia, olhando para o hoje e observando seu futuro desmoronar como uma estrela morta. Sua vida tornando-se insignificante, sombria e densa, a gravidade aparentemente lúgubre e inevitável.

De vez em nunca, John Tallow gastava seu dinheiro com uma garrafa de vodka para bebê-la em casa em menos de uma hora.

Parou em frente a uma lanchonete que conhecia antes que ela enchesse para a hora do almoço. Estacionou a viatura atrás de uma

SUV novíssima que, com seus pneus de aros enormes cromados em dourado, poderia ser a versão hiperevoluída de um veículo lunar. O estabelecimento não passava de uma espelunca alugada e o cardápio era "minimalista", mas a comida era deliciosa, benfeita e bem apresentada. Tallow pegou o telefone e ligou para Scarly.

– Odeio essa coisa – respondeu a perita. – É como pagar por um monitor de condicional. Só que usamos nas mãos e não no calcanhar. Que droga. O que quer?

Tallow sentiu uma pequena dor de cabeça atrás dos olhos, que tremiam.

– Só queria perguntar se vocês querem que eu leve alguma coisa para o almoço.

– Ei, Bat. Quer alguma coisa para comer? – gritou Scarly sem afastar o fone da boca.

Ao balançar a cabeça, Tallow escutou Bat resmungar ao fundo.

– Isso faz mal. A comida pode ser uma pegadinha para os mamíferos. Pode matar, Scarly. Tenho estômago da morte.

– Ele não quer nada – disse ela. – Mesmo assim, traga alguma coisa. Ou ele come e morre, ou nem vai tocar na comida e eu mandarei tudo para dentro. Onde você está?

– Numa lanchonete do 1º Distrito. Que tal um sanduíche frio de carne em tiras no pão fresco com um patê de cebola roxa que eles fazem com cerveja?

– Com certeza. Parece bom pra cacete.

– Chego em vinte minutos.

– Obrigada, John.

– ESTÔMAGO DA MORTE – ganiu Bat ao longe.

John saiu do carro e quase derrubou um homem alto e comprido que vestia uma jaqueta de camurça cor de bronze e usava um chapéu-coco coberto por fezes de aves e do qual saíam três grandes penas de peru presas por uma fita improvisada.

– Porco filho da puta – rosnou o homem de dentes cor de lama.

Tallow, impassível, mostrou seu distintivo.

– Mil desculpas – disse o homem; tocou no tecido do chapéu e foi embora.

Tallow caminhou até a fachada da lanchonete. Havia lido em algum lugar que, em todos os Cinco Bairros, mais de quatrocentas mil pessoas haviam sido diagnosticadas com sérios problemas psicológicos. Sabe-se lá quantas pessoas viviam nas ruas sem pedir ajuda a ninguém e que escapavam da temida Divisão de Higiene Mental da cidade e das milhares de agências pagas para supostamente tirar os deficientes mentais das calçadas e lhes oferecer tratamento. Muitos recebiam para isso. Qualquer idiota que passeasse pelo 1º Distrito poderia perceber quão poucos estavam realmente cumprindo seu dever. Se você for maluco o suficiente para matar pessoas com armas cuidadosamente preparadas para depois guardá-las, estará bem escondido em Nova York. Tallow pensou que, pelas informações que tinha, o compridão do chapéu cheio de cocô poderia ser o cara que procurava.

Dentro do pequeno estabelecimento, havia uma mulher vestindo uma jaqueta preta quase arquitetural, joias turquesa e estranhas botas longas que a faziam parecer balançar sobre duas grossas tiras de ouro. Os dois donos do lugar, sempre usando o estilo *hipster* de Williamsburg, com suas camisas de manga curta e barbas muito bem aparadas e que pareciam coladas à pele, não prestavam atenção em mais nada, como sempre, além da comida e do dinheiro. Tallow imaginava-os, ao final do dia, contando o dinheiro e se gabando de não terem trocado olhares com nada que fosse humano. Uma música eletrônica new age com suas batidas imperfeitas e quebradas saía baixinho de caixas de som de um iPod sobre o balcão.

A mulher usava óculos escuros e tinha os cabelos soltos sobre o rosto, mas Tallow pôde ver que era pálida. Não como a florista. Esta não suportava o sol. Fora um pouco maltratada por ele, sua pele foi se tornando seca e estorricada pela exposição ao mundo. O brilho *roll-on* não disfarçava bem os lábios mordidos e cheios de feridas. Alegrou-se por não conseguir ver os olhos da moça.

A mulher pagou com o dinheiro que tirou de uma peça cilíndrica de couro presa a seu pulso direito. O objeto não era maior do que o necessário para armazenar notas dobradas, cartões de crédito, celular e chave do carro. Quando a moça se virou, Tallow viu o broche que usava no peito, um disco de pele de animal sobre ouro, uma cabeça de alce no centro emoldurada por duas penas douradas. Ela percebeu que o detetive observava a joia, esfregou-a compulsivamente com as unhas postiças batendo sobre o ouro e saiu. Ele notou que a aliança que ela usava era um pouco larga para seu dedo.

– Três sanduíches de carne, por favor.

– Estão saindo – disse o Barbudo Número Um, acenando com a cabeça para o Barbudo Número Dois e sem voltar os olhos uma única vez para Tallow.

Juntos, cortaram, amassaram e embalaram os lanches em cerca de vinte segundos. Estavam ainda mais rápidos. A julgar pela cliente anterior, Tallow pensou que o boca a boca sobre a lanchonete havia funcionado na região. Imaginou a dupla treinando à noite, ouvindo Animal Collective no *repeat* enquanto montavam os sanduíches e corriam contra o mesmo cronômetro que usavam ao fazer a barba.

Tallow pagou, colocou os lanches debaixo do braço e ouviu o grito.

A mulher de jaqueta preta estava agachada na calçada em frente à SUV e gritava enquanto o homem de chapéu-coco agitava os braços e esperneava como um bebê.

Tallow mudou os sanduíches para o braço esquerdo e gritou para chamar a atenção do homem de chapéu, que se virou para olhar. Tallow abriu deliberadamente o paletó para mostrar sua arma. O homem a viu e parou de espernear.

– Só perguntei se ela tinha um isqueiro. Ela começou a berrar. Achei que hoje era o dia do berro.

– Cai fora daqui. Não vou falar duas vezes.

O homem desceu a rua correndo, segurando o chapéu com as duas mãos.

Tallow suspirou, olhou em volta e colocou os sanduíches no capô da SUV. Um bom policial nunca deve mostrar que está armado a menos que seja preciso, ele sabia disso, mas foi o jeito mais rápido e fácil, e funcionou. Faria sua autopunição mais tarde. A mulher soluçava, ofegante, não lhe restava mais ar nos pulmões para gritar.

A compreensão de Tallow permitia-o ler a situação, mas não ia além disso. Sabia que Bobby Tagg sofria de estresse agudo e estava no meio de um colapso psicológico, no entanto Tallow provavelmente não seria capaz de confortar e acalmar o homem. Jim Rosato era um policial curto e grosso, mas as pessoas naturalmente gostavam mais dele. Por isso, pensou o detetive, faziam uma bela dupla.

Uma memória amarga voltou à sua mente: a tenente sugerindo que ele sempre esteve enganado a esse respeito.

O detetive agachou ao lado da moça.

– Está tudo bem, senhora. Sou policial. Ele já foi. Pode me dizer o que aconteceu?

Ela cruzou os braços sobre a cabeça, balançou para frente e para trás e repetiu as palavras "pensei que fosse ele" diversas vezes.

– Está tudo bem, senhora – disse Tallow, experimentando tocar seu ombro.

Ela grunhiu e se afastou com uma repulsa assustadora, quase caiu e começou a tossir e chorar. Engasgar com os músculos e fluidos da própria garganta parece tê-la feito sair do estado catatônico. Cambaleou sobre os quadris, as estranhas botas douradas pisando incertas na calçada à procura de equilíbrio. Ele tocou novamente em seus cabelos, mas, dessa vez, com cuidado, e abaixo do antebraço. Ela voltou os óculos de armação dourada na direção do detetive e permitiu que ele a ajudasse a se levantar lentamente. A mulher começou a soluçar de novo e caiu no peito de Tallow, que colocou o braço desconfortavelmente em volta dela e olhou para o chão. A bolsa cilíndrica estava na calçada, intocada, ao lado do pacote de sanduíche. Ele fez um pequeno esforço para tocar a bolsa com o pé e trazê-la para perto.

– Desculpe – disse a moça, parecendo estar a quilômetros de distância.

– Não tem problema – respondeu ele.

– Não é... – começou ela, tentando respirar fundo. – Ele só me pediu um isqueiro. Mas vi as... as penas e as roupas e...

O choro desesperado voltou, mas um pouco mais claro, mais fluido, mais puro. Chorava com toda a força, voltando a si.

– Qual é o seu nome, senhora?

– Emily.

Suas mãos tremiam convulsivamente, e o braço de Tallow servia-lhe mais de apoio físico do que emocional – ele notou que fazia todo o esforço para mantê-la em pé.

– Deixe-me ajudá-la a se sentar – disse ele, conduzindo-a com dificuldade até a viatura.

Ao se abaixar para destrancar a porta do motorista, a coluna do detetive estalou. Ele abriu a porta e colocou-a no banco.

– Espere um segundo – disse ele.

Pegou a bolsa e o sanduíche da mulher, recuperou os seus, abriu a porta de trás e colocou (perguntando-se por que tratava aqueles três lanches como tesouro) sua preciosa comida sobre a bolsa do laptop. Ao voltar-se novamente para a mulher, viu que ela tirara os óculos escuros, guardando-os em um dos bolsos da jaqueta. Emily não tinha olhos de quem dormia tranquilamente ou com frequência.

– Ah, Deus – resmungou Emily –, olhe as minhas mãos.

As veias de trás estavam saltadas como cabos e as mãos tremiam tanto que quase não era possível ver seu formato.

Tallow entregou-lhe a bolsa. Ela conseguiu pegá-la com dificuldade. O detetive observou-a. O tremor diminuiu, mas não parou. Ele se abaixou ao lado da mulher, apoiando-se no carro.

– Pode tentar mais uma vez me contar o que aconteceu, Emily?

Sentiu-se estranhamente triste ao ver a decepção passar pelos olhos dela como nuvens de chuva.

– Eu... Eu não sei muito bem – respondeu Emily. – Não estou... acho que não tenho me sentido bem ultimamente. É, humm, não sei bem como chamam isso, um transtorno emocional, problemas mentais, sei lá, tudo o que eu falo soa meio maluco, não é? Às vezes, não sei lidar muito bem com as coisas. Fico assustada com muita facilidade talvez. E aquele homem... Ele simplesmente... Foi o momento errado.

Ela olhou para o broche e bateu nele com ódio, dando ao mesmo tempo uma gargalhada e um soluço num horrendo som inconsolável.

– E essa coisa estúpida, isso não... – Olhou para Tallow e se conteve. – ... deixa pra lá.

– Seu telefone está ali? – perguntou Tallow, indicando a bolsa da mulher.

Ela assentiu, abriu o cilindro e tirou o celular. Era um modelo muito recente sobre o qual o detetive apenas havia lido: um fino objeto de plástico fino e antirriscos com um engenhoso fio de antena embutido na parte de trás.

– Recebemos protótipos das companhias telefônicas – disse Emily, como se quisesse explicar ou justificar tanta tecnologia.

– Qual é o nome do seu marido? – perguntou o detetive, pegando o telefone.

– Jason. Jason Westover – murmurou ela.

Ele acessou os contatos, encontrou o nome Jason e pressionou *chamar*. O calor de sua mão ativou algo na estrutura do telefone, fazendo-o se curvar e tomar a forma de um receptor antigo.

– Oi, Em, o que foi? – a voz era de um homem cansado. Não era uma pergunta; estava mais para uma afirmação resignada.

– Aqui é o Detetive Tallow, NYPD. É o Sr. Westover?

– Oh. Ah, meu Deus.

– Fique tranquilo. Está tudo bem. Estou falando com Jason Westover?

– Sim. Sim, eu não...

– Fique calmo, senhor. Estou com a sua esposa. Ela passou um grande susto e não acredito que esteja em condições de dirigir. Está muito nervosa. Se puder me dizer onde moram e pudermos nos encontrar lá, ficarei muito grato.

– Oh. Oh, entendo – disse Westover. – Sim. Claro. Obrigado. Moramos no Aer Keep. Irei para casa assim que possível e nos encontramos na entrada principal. E o carro?

– Está trancado e estou com as chaves. Sei que é um pouco inconveniente...

– Não, não se preocupe. Vou levar alguém comigo e darei as chaves a essa pessoa para que vá buscar o carro. Onde ele está?

Tallow deu-lhe o endereço e escutou Westover anotá-lo vigorosamente usando um lápis muito bem apontado.

– Obrigado – falou Westover. – Obrigado por fazer isso. Estou indo para casa agora.

– Estamos indo ao seu encontro. Obrigado, senhor – concluiu Tallow e desligou.

Emily parecia ainda mais desolada.

– Ele ficou bravo?

– Ficou feliz em saber que a senhora está bem. Posso colocá-la no banco do passageiro? Não posso deixar que a senhora dirija.

Ela quase sorriu com o comentário. E fora, pensou Tallow, quase uma piada. Ele ajudou-a a se levantar, conduziu-a até o lado do passageiro e a acomodou no banco. Ao se sentar no lado do motorista e colocar o cinto, um pensamento lhe ocorreu.

– Tenho de perguntar – arriscou Tallow. – Se mora no Aer Keep, o que fazia tão longe dali?

Ela apontou para a fachada da lanchonete.

– Os sanduíches daqui são os melhores – respondeu ela.

Tallow dirigiu-se para o norte da cidade.

– O senhor está sendo muito gentil em fazer isso – agradeceu Emily.

– Não podia deixá-la perdida no meio do 1º, além disso, não acho uma boa ideia permitir que dirigisse.

– 1º?

– 1º Distrito. O Departamento de Polícia divide a cidade em zonas, distritos, e estamos no 1º Distrito neste momento.

– Engraçado – comentou Emily sem sorrir. – Muros invisíveis em Wall Street.

– Acho que sim – concordou Tallow.

– Wall Street. Chamada assim por causa do muro construído pelos holandeses para manter longe os americanos nativos.

– Gosta de história? – indagou Tallow.

Emily pensou consigo mesma por um momento.

– Tenho lido bastante durante este último ano. Não gosto muito de vir até aqui. Não é distante o bastante de Werpoes.

– Werpoes?

– Era um grande povoado dos nativos. Como Collect Pond. Há um parque ali onde quase podemos imaginar ver um pouco dele. Mas só fui lá uma vez.

Esfregava o broche mais uma vez, o queixo encostado na clavícula, e olhava para ele como se esperasse que um gênio saísse da joia. Não, ainda pior: como se soubesse que, apesar da história que contara, nada emanaria dali.

Ao cruzarem a Broadway, Emily quis saber:

– Ainda estamos no 1º Distrito?

– Acabamos de sair.

– Aqui ficava uma trilha dos lenapes. Então, uma das extremidades do seu 1º Distrito é a estrada mais antiga de Manhattan.

– Mapas fantasma – disse Tallow para si mesmo.

– O quê? Fantasmas? – Ela pareceu realmente assustada, os olhos arregalaram-se.

– Nada – disse ele. – Estava pensando alto. O que a fez se interessar pela história dos americanos nativos? Ou se trata apenas dos nativos de Nova York?

Tallow não sabia dizer se a mulher estava relaxando ou a ponto de surtar novamente. Ela parou de olhar pela janela como se fosse ser atacada a qualquer momento, porém suas mãos tremiam ainda mais e seus olhos estavam úmidos.

– Por causa de uma coisa que me disseram uma vez – disse finalmente. – Jason parecia muito irritado?

– Pareceu chocado.

– Não olhe para mim desse jeito. Ele não bate em mim nem nada parecido.

– Eu não estava pensando nisso.

– Jason tem muitos problemas. Mais do que qualquer pessoa deveria ter. Não gosto de piorar as coisas para ele.

– Entendo.

– Não, não entende. – Seus olhos brilharam na direção do detetive como água na fonte. – Mas quer entender, não quer?

Tallow não tinha o que responder. Manteve os olhos na rua e seguiu para o norte. Conseguia sentir que ela o fitava, desviava o olhar e, em seguida, o fitava novamente, como se fosse mais seguro manter seus olhos no detetive do que para fora do carro. Tallow teve a sensação de que deveria dizer alguma coisa.

– Mapas fantasma – repetiu ele.

– O quê?

– Foi o que eu disse para mim mesmo há cinco minutos. A senhora pensou que eu tinha dito fantasmas. Mapas fantasma. Ontem, conversei com um cara que dirige uma das grandes empresas financeiras de Wall Street. Sabe, daquelas que descrevemos como empresa financeira, mas não sabemos realmente o que fazem.

O sorriso de Emily era um fantasma de si mesmo.

– Acho que deve parecer isso – limitou-se a dizer a mulher.

– É o que me parece. De qualquer modo, ele me falou sobre um mapa invisível de conexões de todo o distrito financeiro que permite transações velozes e sobre como esse mapa não coincide com o territorial. Algo que está próximo fisicamente da Bolsa de Valores não está necessariamente... próximo em termos de informação.

– Está falando da baixa latência – esclareceu Emily com alguma surpresa na voz.

– Acho que sim.

– Esse papo estava deixando todos realmente interessados na época que abandonei a área – contou ela. – Latência ultrabaixa e *trading* algorítmico. A latência ultrabaixa significa enviar as informações da transação de um modo extremamente veloz. Além disso, as empresas têm usado um código especializado nos computadores que permite dividir todas as grandes transações em centenas de outras menores. Podemos comparar isso à chuva, uma chuva pesada caindo sobre as janelas da Bolsa. A água vai acabar formando uma grande poça, mas ninguém presta atenção nisso. Prestam atenção à chuva. A grande transação está escondida à vista de todos.

– A senhora trabalhou em Wall Street?

– Trabalhei em uma dessas empresas misteriosas. Vivicy.

– Nunca ouvi falar – mentiu Tallow. – Por que saiu?

– Foi lá que conheci meu marido. Quer dizer, quase isso. Conheci-o através de meu chefe. Eram velhos amigos. Depois que nos casamos, Jason me disse: Andy é um imbecil em continuar trabalhando para os outros. E, agora que os negócios estão indo bem, por que você não trabalha para si mesma, como eu? Por isso, hoje trabalho como consultora financeira independente, o que significa que trabalho em casa com a minha cachorra e posso sair por aí e procurar os melhores sanduíches da cidade em vez de ser simplesmente um dos magos de Andy. Não faço mais mágicas para ele. Mas sei aprender a magia de que preciso. Droga...

Emily começou a bater no painel com o punho, sem parar de gritar "Droga". Tallow olhou em volta, girou o volante e conseguiu encostar a viatura sem causar um engavetamento. Voltou-se para o banco do passageiro e agarrou os pulsos da mulher, que, mesmo impedida pelo detetive, ainda tentava golpear o painel. Ele puxou os braços dela com força em sua direção e gritou:

– Olhe para mim!

Ela se afastou e seus olhos pareceram rolar para dentro da cabeça antes de se fixarem aos dele.

– Desculpe – conteve-se ela, com a voz baixa. – Por favor, não conte isso ao Jason. Ele fica muito preocupado.

– Já disse o que ele precisava saber. As outras coisas ficam entre a senhora e ele.

– Isso – disse Emily, mas Tallow teve a impressão de que aquilo significava outra coisa.

Ela recostou a cabeça no banco e ficou parada, sua expressão era de terror.

Tallow levou o carro novamente para a via.

– Os americanos nativos pescavam? Digo, aqui em Manhattan? – indagou ele.

Emily havia fechado os olhos.

– Sim, claro. Também coletavam ostras. Os holandeses chegaram e encontraram enormes montes de conchas, então as esmigalharam para pavimentar a...

– ... Pearl Street – completou Tallow.

– Isso mesmo.

O detetive teve a nítida sensação de que uma vasta rede surgia ao seu redor, tão fina que era invisível até que a luz a tocasse. Pegou o celular.

– Scarly?

– A entrega do almoço falhou, Tallow.

– Sei disso. Tive um problema, vou me atrasar um pouco. Escute. As tintas. Todas as armas devem ter sido limpas antes de serem penduradas, mas ele deve tê-las pintado com os dedos. Antes de identificar as tintas, verifique se consegue testes de DNA ou qualquer outra coisa que lhe ocorrer. Está bem?

– Pode deixar. Traga o almoço.

– Pode deixar.

Tallow desligou com o polegar e estudou Emily com o canto dos olhos para calcular seu estado de alerta.

– Emily – disse ele –, sabe o que os americanos nativos usavam como tinta?

Ela manteve os olhos fechados.

– Ocre. Ocre vermelho nessa região, creio eu. É o que se encontra em abundância na Costa Leste. É um pigmento à base de argila. Usavam-no para todos os tipos de coisa, inclusive para pinturas corporais e tingimento dos cabelos. Alguns dizem que os primeiros nativos que se encontraram com os Europeus usavam essa tinta, vem daí o termo "índio pele-vermelha".

Tallow conhecia história. Não profundamente, mas, certamente conhecia a história da cidade. Sabia que existiram minas por toda aquela área. A Staten Island, ao contrário da crença popular, não fora construída sobre o lixo. Os holandeses haviam construído minas ali. Sua mente estava inquieta, buscando alguma conexão.

– Alguma outra coisa?

– Argila azul. Conchas de ostras trituradas para fazer branco. Deixavam coisas expostas ao sol ou as queimavam, para obter as cores que desejavam. Carvão, naturalmente. Seiva das árvores, pequenos frutos. Por quê?

Ela abriu os olhos e o observou.

– Só para manter a conversa – esclareceu Tallow. – A senhora passou por um choque, afinal de contas. Onde está sua cachorra?

– Tenho uma pessoa que fica com ela para mim durante o dia. Ela levou-a para passear e eu saí para almoçar. Meu marido passeia com ela à noite.

Emily parecia entrar em um estado de... não de falta total de emoção, mas certamente de apatia. Sua voz saía de um ponto profundo de seu ser, um lugar empoeirado, muito distante do presente. O mesmo lugar remoto de onde o detetive, em raros momentos com sua consciência, escutava sua voz vir direto do passado.

Os últimos dois dias fizeram Tallow voltar ao mundo. Há dois dias, ele teria fingido não ser policial para passar batido pela desesperada Emily e entrar no carro tranquilamente com seu almoço. Antes daqueles dois dias, Tallow agia de um modo completamente diferente. O que equivale a dizer que ele fazia o mínimo possível. Os casos eram resolvidos por não apresentarem dificuldades.

Ele estava de volta, raciocinando com energia, envolvido com as pessoas e, conforme notou pela sensação gelada de vazio por dentro, aquilo estava fazendo com que os fragmentos daquele terrível caso de final de carreira começassem a, lentamente, se juntar. Quanto mais pensava, mais gelado e enojado se sentia por dentro.

– Diga, quem era o homem? – disse Tallow baixinho.

– O quê?

Emily estava longe, o medo subitamente estragava a vista do lado de fora.

– O sem-teto que a assustou. Quem achou que ele era?

– Ninguém.

Emily suspirou e virou o rosto para o outro lado. Tallow embicou na entrada do Aer Keep. O portão principal era uma barreira de verificação que não demonstrava nenhum constrangimento em lembrar a Guerra Fria. Tallow mostrou o distintivo para a moça da guarita, notando que ela vestia a mesma insígnia da Spearpoint que vira nos guardas da Vivicy. A oficial inclinou-se e estudou o interior do veículo.

– Sra. Westover – disse ela –, está tudo bem?

– Sim, Hannah, estou bem. Me senti mal e este gentil policial se ofereceu para me trazer para casa. Meu marido já chegou?

– Sim, senhora. Precisa de alguma coisa? Devo pedir ao médico do prédio que suba para o seu apartamento?

– Estou bem, Hannah, de verdade. Acho que esqueci de me alimentar. Foi só isso. Mas obrigada.

A oficial deu um sorriso em que se lia sua preocupação em ter feito o bastante, pois algum supervisor perguntaria sobre aquilo mais tarde. O portão levantou, permitindo a entrada da viatura no Keep.

– Desça para a garagem – orientou Emily.

Tallow dirigiu até a entrada da garagem que levava às profundezas do Keep e parou. Puxou com dificuldade a carteira e tirou de dentro um cartão. Pegou do bolso interno a caneta de seu caderninho e anotou o número de seu celular atrás do cartão.

– Fique com isto – pediu ele, estendendo o pequeno papel para Emily. – Com esse número, pode me encontrar em meu celular a qualquer hora do dia ou da noite. Não sou muito de dormir. Se quiser me contar algo, qualquer coisa que a esteja aborrecendo ou para a qual precise de ajuda, ligue para esse número. Será seu novo 911, está bem? Mesmo se quiser apenas conversar sobre história. Esse é o número.

– Está bem – respondeu ela –, está bem.

Ela guardou o cartão em um dos peculiares bolsos de zíper de sua jaqueta.

Tallow desceu pela ilha. Havia luzes lá embaixo e ele lembrou-se novamente das minas. A rua dividia-se; ele pegou a curva da direita que levava até a reluzente entrada principal. Havia mais guardas ali. Um deles caminhou até o carro quando Tallow saltou.

– Não pode parar aqui, senhor.

Tallow mostrou o distintivo.

– Sim, eu posso.

– Na verdade, senhor... – começou o oficial, mas Tallow já dava a volta para pegar Emily no lado do passageiro.

O guarda a viu; enrugou o rosto e, frustrado, resignou-se. Tallow percebia quando alguém procurava memorizar seu rosto no intuito de fazer algo contra ele no futuro, e o guarda olhava-o hostil e demoradamente. Tallow entregou a Emily a bolsa e, com um sorriso, o sanduíche. Tocou-a sutilmente no cotovelo e a conduziu para dentro, passando pelo guarda. O detetive retribuiu o olhar do oficial, acrescentando um sorriso mortal de tubarão apenas por diversão.

As portas brilhantes de vidro deslizaram para permitir a entrada de Tallow e Emily. No hall, um homem forte, poucos centímetros mais baixo do que Tallow e um quilômetro adiante em forma, conversava com um rapaz mais jovem de corpo atlético que vestia um elegante terno preto e usava um fone *bluetooth*. Depois de dois passos, Tallow pôde ver a insígnia da Spearpoint em um discreto *pin* na lapela do rapaz mais jovem.

Jason Westover cumprimentou a esposa com um cálido e compreensivo"Cadê as chaves do carro?".

Emily retirou-as desajeitadamente da bolsa e as entregou a Westover, que as jogou para o homem mais novo. Este, por sua vez, acenou com a cabeça para Westover num discreto gesto que substituía uma continência e saiu rapidamente.

– O senhor deve ser o Detetive... Tallow – disse Westover.

Tallow sentiu uma pontada. Havia algo errado, mas não sabia exatamente o quê.

– Isso mesmo. Aqui está sua esposa, sã e salva.

– É claro – falou Jason Westover estendendo a mão na direção da mulher.

Não muito diferente de alguém que acaba de ser informado que esquecera o celular em cima da mesa, pensou Tallow. Westover estudou-a como alguém que procura furos em uma garrafa.

– Apenas por curiosidade, Sr. Westover. Com o que trabalha?

– Dirijo a Spearpoint Security. Sou fundador e proprietário. Por quê?

– Como disse, apenas curiosidade. Que bom que pôde sair tão rapidamente. Mas, quando se dirige a empresa, creio que tudo seja mais fácil. Bem, sua esposa está inteira. Sinceramente, ela é uma companhia formidável e foi um grande prazer conhecê-los.

– O senhor é muito gentil – mentiu Westover.

– Fico feliz em estar lá para ajudá-la. Sua esposa sofreu um grande choque e fiquei muito preocupado com suas condições de dirigir. Pelo que vi, há uma equipe médica no edifício, não é? Não custa nada deixar que a examinem. Um susto pode ser bem desagradável e pode pegá-lo de surpresa.

– É – concordou o marido, para terminar a conversa, segurando o braço de Emily e a levando consigo. – Bem. Obrigado, Detetive. Ficamos muito agradecidos.

– Sim – disse Emily, tentando olhar para Tallow ao se virar. – Obrigada.

O detetive sorriu, como se dissesse à mulher que tudo ficaria bem, e se virou para ir embora com um "Tenham um bom dia".

Deixou que as portas deslizassem para que o som fosse ouvido, mas parou e observou Westover conduzir apressadamente a esposa até o elevador. Ele falava bem perto dela e de modo insistente. Tallow viu a mão livre de Emily fechar-se num punho.

Tallow foi para o carro. O guarda ainda estava parado ao lado da viatura. O detetive sorriu mais uma vez, balançando a cabeça.

– Vim trazer uma moradora – justificou-se. – Não há razão para ficar irritado, está bem? Estou indo embora.

– Há leis por aqui – respondeu o guarda, ajeitando-se e inflando o peito.

– Leis? – debochou Tallow, rindo. – Aqui? Você fala como se este lugar não fizesse parte de Nova York, amigo.

O guarda, para surpresa de Tallow, veio em sua direção.

– E não faz. Só foi, por acaso, construído sobre uma parte dela. E é meu trabalho seguir as leis por aqui. Amigo.

Tallow parou de andar. O guarda aproximou-se mais um passo.

– Escute – disse o detetive –, você sabe qual é a diferença entre mim e você?

– Nenhuma – retorquiu o guarda –, exceto pelo fato de que aqui sou eu quem lhe diz quais são as leis.

– Não – corrigiu-o Tallow. – A diferença é que, de vez em quando, você tira esse uniforme reluzente de fibra sintética que algum mentiroso provavelmente lhe disse ser à prova de balas, guarda sua maravilhosa arma que nunca foi usada, a não ser em alvos de papel, veste sua roupa de cara normal, tira seus dias de folga e sai por aí como se fosse uma pessoa comum. Certo? Eu sou um policial da cidade de Nova York. Não vivo como uma pessoa comum. Não tenho dias de folga. Nunca. Então, se me vir na rua, do modo como sonhou nesses últimos cinco minutos, pense nisso. Pense com muito cuidado sobre isso antes de dar um passo a mais em minha direção.

O guarda se afastou.

– Aproveite o fim de seu turno, senhor – ironizou Tallow, entrando no carro e partindo, o mais lentamente possível.

Ele nunca entenderia por que todos queriam lhe entregar o que carregavam na bagagem.

# VINTE E QUATRO

TALLOW VIROU-SE para a entrada da sala de Bat e Scarly e foi recebido por um robô japonês feito de plástico que mexia os braços e gritava "Diga oi para o meu amiguinho" com uma voz eletrônica ao mesmo tempo que um pequeno pênis, feito de pistão de metal, saía repetidamente de dentro de sua virilha.

Bat surgiu detrás da coisa.

– Não me julgue – pediu ele. – Fiquei entediado.

– Já não tem coisas demais para fazer? – disse Tallow, colocando os três sanduíches na bancada ao lado do robô, que estava ligado a uma caixa fina cor de creme atrás dele.

– Ei, nunca se sabe quando precisaremos de um Robô Fornicador ligado a um detector de movimento. Além disso, recebemos os resultados da maldita pederneira.

– O que conseguiram?

– Trouxe comida?

– Você odeia comida.

– Esse meu estômago da morte tem vida própria. Quero comida.

– Está na bancada. Fale comigo.

– Eu tenho motivos para ter ligado o Robô Fornicador.

– Fale comigo ou dou um tiro na sua cara.

– Vítima: Philip Thomas Lyman, morava em Rochester, Nova York. Ironicamente, dirigia uma companhia de segurança chamada

Varangian. Funcionou bem por lá. Ele morreu durante uma viagem à região de Midtown.

Tallow pegou um dos sanduíches e saiu da sala, dizendo apenas:

– Estarei lá embaixo.

Tallow caminhou pela sala simulada, engolindo o sanduíche sem saboreá-lo, estudando o local pelo lado de fora e testando teorias em sua mente. Bases de fatos, andaimes de especulações. Trocando as coisas de lugar, reorganizando o que sabia e as suspeitas em diferentes configurações. Terminou o sanduíche e caminhou até a mesa, amassando o papel. Tirou algumas folhas da planta de tabaco, rasgou-as em pedaços pequenos o suficiente para manipular com os dedos e as jogou no pilão. Tallow esmagou-as apressado com o bastão, a mente em turbilhão, desejando terminar com aquilo. Os óleos liberados pela planta fizeram seu nariz coçar. O cheiro não era aquele. Recolheu os pedaços de folha, colocou-os sobre a bandeja de metal, inclinou a base, pegou o isqueiro novo e acendeu-o, para queimá-los. Abanou a chama até que a massa verde começasse a virar fumaça.

Levou a bandeja até o apartamento simulado e deixou-a no centro. A fumaça subiu. Começou a crescer e se contorcer como uma árvore fina e escura. Tallow empurrou-a com a ponta dos dedos em direção ao telhado. E respirou.

Tallow ficou no meio da fumaça, inalando-a, o cheiro era próximo daquele que sentira no apartamento da Pearl. Lentamente, girou o corpo e viu as armas em volta da sala, tomando formas ou partes de futuras formas, cobrindo, virando e revirando pelas paredes e pelo chão do apartamento.

Tallow sabia que já estivera com o homem que atirara com aquelas armas.

– O que está fazendo, John? – perguntou Scarly.

Mais uma vez, ele não ouvira o elevador, e sentiu que aquilo era um alerta: Não se desligue do mundo. Não seja pego desprevenido.

– Pensando – respondeu ele. – O que conseguiram?

– As tintas. Você pintou tanto o meu saco. A branca parece ser feita com conchas de ostras e ovos moídos. Onde diabos se conseguem essas conchas para pintura rupestre?

– Em qualquer depósito de lixo na Rua Mulberry. E não é pintura rupestre. Algo mais?

– Argila. Suco de amora para a roxa. Esse tipo de coisa.

– DNA?

– Vai demorar pelo menos um dia para sabermos. E é claro que é pintura rupestre.

– É pintura dos americanos nativos. O cara acha que é um americano nativo. Ou quer ser um.

– Como sabe disso?

– De tudo isso. E tem mais. Já estive com ele.

Scarly entrou na sala de simulação.

– O que você acabou de dizer?

– Acho que já cruzei com ele. Ontem. Ele estava do lado oposto ao prédio da Pearl quando eu fui dar mais uma olhada. A ECP não estava lá, era intervalo dos turnos e a equipe seguinte se atrasou. Ele me pediu um cigarro. Falou comigo a respeito de coisas sobre os americanos nativos. Sobre tabaco. E fumou. Era ele. O motivo de eu ter me atrasado com o almoço foi porque conheci uma mulher que, de alguma maneira, está ligada a tudo isso. Um sem-teto, usando penas no chapéu e parecendo um índio cômico, passou pela moça e ela pirou. Eu a ouvi dizer mais de uma vez: "Achei que fosse ele".

– John, se você viu esse cara, é sério, ele poderia tê-lo matado. Que inferno, nem sei por que ele não fez isso.

– Você não vê, Scarly? Ele não podia. Não tinha a arma certa. Olhe isto aqui. Tudo isto é prova de que se trata de um cara que associa as armas às suas vítimas de acordo com algum tipo de lógica compulsiva e insana. Matou um homem que dirigia uma agência de locação de segurança em Rochester com a arma usada para cometer o primeiro crime nessa mesma Rochester. Estamos com o seu acervo. Ele não esperava me encontrar na rua. Por isso, não tinha a arma certa para me matar.

– Isso é só uma merda de suposição.

– Parece fazer sentido.

– Digo, sobre a arma – bronqueou Scarly. – Ele poderia considerá-lo um animal ou um obstáculo e simplesmente furá-lo com uma faca.

Tallow chupou um fio de cebola preso em um dos dentes de trás.

– Você consegue alegrar meu dia, Scarly.

– Quer tentar um desenhista? Tentar uma composição digital?

– Foi você que o chamou de fantasma. Não. Tenho de acreditar que ele tenha deixado seu DNA nas tintas.

Tallow deu mais uma olhada para a sala simulada.

– Isso tem a ver com fantasmas. E com mapas. Vou precisar de um mapa. Um grande mapa da Lower Manhattan. E de mais alguns livros.

– Isso está funcionando para você? – indagou Scarly, passando os olhos pelo local.

– Está ajudando.

– Gostaria de ver o original.

– Eu também. Conseguiríamos, no mínimo, identificar alguns cheiros. E ainda não sei como funciona aquela porta.

Scarly caminhou até as fotografias coladas atrás da porta da frente do apartamento.

– É – disse ela. – Bat deu uma olhada nisso. Ele acredita que poderia decifrá-la se conseguisse ver melhor, mas as fotos não fornecem informações suficientes.

Ela se virou na direção de Tallow, apertando os olhos.

– Acha mesmo que encontrou com o cara?

– Acho, de verdade.

– Droga. Não conte isso a mais ninguém, está bem? Não vai querer ser o cara que falou com o suspeito e deixou o desgraçado escapar.

– Não – concordou Tallow, dando de ombros e abaixando-se novamente. – Não, acho que não quero.

Scarly dirigiu-se ao elevador e deu um soco no braço do detetive ao passar por ele.

– É assim que se fala.

– Obrigado por me dar cobertura.

– Você é gente fina, John. E traz comida boa. Ainda que demore um pouco. Venha. Vamos tirar o imbecil do meu animal de estimação de sua sessão com o robô fornicador para que você nos leve à Pearl. Podemos ver melhor aquela porta. Deve ser uma dessas merdas de segurança de última geração e, no mínimo, eu gostaria de saber como ela funciona.

As palavras "merdas de segurança de última geração" ecoaram pela cabeça de Tallow. Uma das hipóteses invisíveis de sua última organização mental tornou-se mais substancial.

Foram buscar Bat, que estava debruçado sobre a bancada, olhando alguns documentos com os braços em volta de si mesmo.

– Mais alguns resultados do exame de balística chegaram. John, conhece um cara chamado Delmore Tenn?

– Del Tenn? – repetiu Tallow. – Claro. Ele foi assistente-chefe no Distrito Sul. Há muitos anos. Houve um acidente e ele foi aposentado... Creio que a filha dele foi morta. Algo assim. O pobre coitado desmoronou.

– É – disse Bat sem tirar os olhos dos papéis. – Bala perdida em um tiroteio entre gangues. A filha dele foi atingida na cabeça. Mas nunca encontraram a arma.

– Ah, não – duvidou Tallow.

– Uma pistola Kimber Aegis. Havia umas ranhuras estranhas nela, como se alguém tivesse mexido no cano. Seria facílimo comparar a bala à arma, se a tivessem encontrado.

– Ah, Deus.

– Sabe o que é pior? – perguntou Bat, a voz murchando e se apagando. – O nome da menina era Kimberly. Ninguém prestou muita atenção a esse detalhe na época. No máximo, fizeram alguma piada de humor negro. Kim assassinada por uma Kimber.

Tallow não conseguiu dizer nada.

Bat apertou ainda mais os braços contra o próprio corpo.

– Que merda é essa? O que está acontecendo?

Scarly deu a volta pelo colega para resgatar um casaco que escorregara da bancada.

– Estamos indo dar uma olhada no apartamento da Pearl.

Bat quis protestar, ou talvez argumentar, mas, ao abrir a boca, visivelmente não tinha mais energia para fazê-lo. Em vez disso, levantou-se, foi até um móvel cheio de gavetas, por cima do qual uma coluna de papéis e arquivos se equilibrava, abriu a segunda gaveta e tirou dali uma arma presa a um coldre. Silenciosamente, prendeu o coldre ao cinto, pegou uma sacola encardida detrás da bancada e passou por Scarly e Tallow ao se dirigir para o elevador.

Scarly observou-o sair e, com a boca formando uma pequena linha, foi até a gaveta de cima, tirou uma arma presa ao coldre e encaixou-a no cinto. Jogou o casaco fino sobre os ombros, levantou uma das sobrancelhas para Tallow como se o desafiasse a dizer alguma coisa e passou por ele a caminho do elevador.

Tallow tirou sua arma do coldre e a colocou de volta.

– Você não disse para eu trazer uma merda de uma pá – queixou-se Bat.

– Entre logo na merda do carro – disse Scarly.

– Eu entraria, mas não trouxe uma maldita corda. Sério, John, como o seu para-choque traseiro não sai arrastando pela rua?

– Bat, cara... sei lá, é só empurrar tudo para o lado.

– E se rolar um deslizamento de coisas? Eu posso nunca mais ser encontrado. Deus, o que é tudo isso?

Tallow passou a mão pelo cabelo.

– Vocês trabalham no banheiro dos irmãos Collyer e vêm reclamar das minhas coisas? Empurre para o lado e entre logo.

– Collyer o quê?

– Vá no banco de trás ou vá no porta-malas, Bat.

– Está bem. Mas vou dizer uma coisa. Aqui deve ter até os Manuscritos do Mar Morto, e só vou entrar porque estou com medo do que posso encontrar no porta-malas.

Scarly entrou no banco do passageiro, o que dava uma sensação quase tão estranha quanto o persistente desconforto de Tallow em se sentar no banco do motorista.

– Quem foram os irmãos Collyer? – quis saber a perita.

– Langley e Homer Collyer. Primeira metade do século XX. Dois eremitas do Harlem que moravam nos cafundós da Fifth Avenue.

Tallow foi saindo com o carro do One PP.

– A esquisitice era de família. O pai deles costumava ir para o trabalho descendo de canoa o Rio East até a Ilha Roosevelt. Lá pelo ano de 1925, o pai desapareceu, a mãe morreu e os dois ficaram sozinhos naquela casa. Os habitantes da região achavam que os dois eram excêntricos e ricos e, por isso, passaram a bisbilhotar em volta da casa, sempre à espreita, talvez tentando quebrar uma ou duas janelas. Mas os Collyer não tinham exatamente um vaso onde mijar e eram meio malucos. Por isso, colocaram tábuas de madeira nas janelas, criaram algumas armadilhas e saíam apenas à noite, disfarçadamente, para buscar coisas que fossem interessantes ou possíveis de serem transformadas em armas e as levavam para casa. E aquele lugar, se vocês não sabem, não era muito diferente do escritório onde vocês trabalham. A diferença é que vocês pedem *delivery*.

– Então, é esse tipo de coisa que enche seu carro? – disse um Bat todo dobrado, parecendo o *origami* mais horroroso do mundo. – *História Obscura de Nova York*? É. Isso não parece tão ruim. Adoraria não fazer nada da vida e ficar colecionando coisas.

Tallow deu uma gargalhada curta e seca.

– Então, em 1947, um cheiro terrível se alastrou pelo quarteirão. As únicas pessoas que não saíram para reclamar do fedor foram os irmãos Collyer. Portanto, as pessoas acabaram invadindo. E descobriram que todo o lixo jogado na região nos últimos vinte anos havia sido coletado e acumulado pelos Collyers. Foram cento e trinta toneladas. Vinte e cinco mil livros, quatorze pianos, um carro quase inteiro, pedaços de gente e incontáveis jornais e caixas. Só era possível caminhar ali dentro através de túneis e espaços mínimos. Homer Collyer foi encontrado morto por ataque cardíaco depois de definhar de fome. Seus olhos haviam sofrido hemorragia quinze anos antes e seu corpo estava paralisado por conta de um reumatismo não tratado. Langley Collyer foi encontrado em um dos túneis. Ele parecia estar levando comida para o irmão quando tropeçou em uma de suas próprias armadilhas, sendo esmagado até a morte por uma mala pesada e três maços enormes de jornal. Na verdade, era ele a fonte do mau cheiro. O velho e cego Homer morrera depois de uma semana.

– Possivelmente se perguntando onde o irmão tinha ido com seu almoço – completou Scarly. – Por isso, quando for trazer sanduíches para as pessoas é preciso ligar para avisá-las se houver um imprevisto, John.

– Pedaços de gente? – alarmou-se Bat.

– Órgãos humanos em potes, coisas do tipo. O pai deles era médico, mas era obstetra e ginecologista. Então, acho que nem tudo era relíquia. Ah, e claro, também encontraram um grande arsenal de amas e munições. Acabaram demolindo a casa.

– Se o nosso cara tiver um segundo apartamento, será assim – disse Bat, tentando tirar os joelhos debaixo do queixo.

– O quê?

– Bem, ele não dormia no 3A, dormia? E não vai dormir na rua. Ele deve ter um segundo apartamento e, quando o encontrarmos, veremos que estará cheio de revistas e recortes de jornal sobre armas, essas merdas todas. Esse cara conhece seu arsenal e, no mínimo, é muito bom em pesquisa. De outro modo nunca saberia do crime em Rochester. Nem de coisa alguma sobre o Filho de Sam.

– O negócio dos americanos nativos – comentou Scarly.

– Não importa – continuou Bat. – O cara deve achar que é Jerônimo ou algo assim, mas não pode fugir do que seus próprios olhos veem cem por cento do tempo. O imbecil é prático demais para isso. Até o maluco que confundiu a mulher com um chapéu sabia onde estava. Por mais pirado que possa ser dentro da linha funcional (isso significa fazer coisas como passar até seis horas por dia fabricando pequenos cocares para seus próprios inimigos e enviá-los ao Central Park para atacar Custer), ele tem consciência de estar no mundo moderno e o estuda para poder usá-lo de modo adequado.

Um ciclista passou como uma flecha ao lado do carro, tentando achar o melhor ângulo de ataque para a Ponte do Brooklyn. Tallow pisou no freio para deixá-lo seguir em frente. O rapaz não se deu conta da viatura, mas Tallow não brecara por causa dele.

– Ele percebe a história moderna – ponderou Tallow, depois de pensar um pouco –, mas não vive nela. Eu conheço a história moderna da minha cidade, mas ele vive no passado. Eu não o vi e ele não me viu, pois estamos em duas cidades diferentes.

– Quando teve tempo de fumar um hoje? – perguntou Scarly. – E por que não nos convidou? Achei que tivesse nos adotado. Desgraçado.

– Ele não viu você? – indagou Bat cautelosamente. – Você quer dizer que ele o viu, não é? Você disse que já se encontraram.

– Ele acha que sim – Scarly apressou-se em dizer. – E vamos manter isso entre nós.

Para interromper a conversa sobre aquele assunto, Tallow ligou o rádio da polícia. Um minuto depois, o horror tomou conta.

Um garoto de dez anos havia sido morto a tiros no sul do Bronx. O relator dizia que os três agressores queriam acertar o pai do menino, que empurrava um carrinho de bebê. A outra criança, dentro do pequeno veículo, já estava morta, conservada e pintada, e escondia alguns pacotes de heroína dentro da barriga.

No Queens, um casal de idosos havia sido encontrado morto em sua cama no que parecia ser uma execução. Alguém atirou em suas cabeças enquanto dormiam. Havia sêmen fresco nos orifícios de entrada das balas. O filho do casal estava desaparecido.

Um homem tivera o corpo talhado com uma pá afiada pelo vizinho no Brooklyn. O relator comentava que aquela fora a conclusão de uma briga por causa de uma churrasqueira emprestada. A vítima consertava o carro no momento do ataque.

Um operário atacara uma enfermeira no banheiro de um bar em Hell's Kitchen. A enfermeira conseguira escapar, segundo um policial, mas seu parceiro devia ter perdido um dos olhos.

Um tira na região de Briarwood fizera uma descoberta bombástica: um pequeno restaurante guardava armas e pelo menos um quilo de cocaína nos fundos. Produziam a droga ali mesmo, na cozinha, e enviavam os pacotes junto com as entregas de comida.

– Que inferno – queixou-se Scarly.

O estuprador chamado por algumas testemunhas de Um Cara, Um Copo (por causa de um vídeo na internet) atacara novamente em Park Slope pela manhã. Ele costumava terminar a agressão inserindo um copo ou garrafa de vidro na vagina da vítima para depois quebrá-lo. Tensão na voz dos policiais: ninguém vira nada, ninguém sabia de nada, ninguém dava a mínima...

Alguém jogara ácido de pilha e amônia no rosto de um policial em Port Authority, no ponto em que a Twelfth Avenue encontrava a Joe DiMaggio Highway. Os atendentes tentavam segurar o vômito ao relatar que o rosto do homem parecia um queijo derretido cujos fios grudaram no peito e nos ombros.

De acordo com testemunhas, um homem que tentara roubar o banco Chase da Fifth Avenue na altura da East Twenty-Seventh e declarava ser um "anjo em decomposição" foi para o lado de fora, atirou em um carteiro que passava por ali, pressionou a arma contra os próprios olhos, gritou a plenos pulmões "a Disneylândia também é uma merda" e puxou o gatilho.

– O cara tinha seus motivos – comentou Bat. – Eu também tinha pesadelos com a Vila Sésamo. Aquela coisa que morava na lata do lixo? Juro que foi por isso que quis me tornar policial.

Tallow, através do retrovisor, procurou mais sinais de problemas mentais em Bat.

– Você só pode estar brincando.

– A coisa morava na lata do lixo, comia merda e agredia verbalmente as pessoas. Quantos crimes você quer? Desliga essa porcaria. É deprimente.

– Eu gosto – disse Tallow. – Sabem, uma vez, fizeram um site que tocava música ambiente ao fundo da transmissão de rádio do Departamento de Polícia de Los Angeles. Tentei fazer isso no carro usando um CD player. Foi legal.

– É permitido usar CD players nas viaturas? – indagou Scarly.

– Na verdade, não. Foi por isso que meu parceiro arrancou tudo. E porque não gostava de música. Eu não o deixava instalar o rádio via satélite para escutar aqueles programas de entrevista idiotas. Então, ficamos quites e combinamos de deixar apenas a transmissão da polícia. Como eu disse, acabei gostando. Esse fluxo de informações.

– Fluxo de merda – murmurou Bat. – Eu ficaria louco escutando essa coisa o dia todo. É um fluxo ininterrupto de "Ei, acaba de acontecer uma coisa maluca e nojenta e, ei, lá vem mais uma, e mais outra, e mais outra. Seu cérebro já queimou?". Parece um filme pornô desastroso.

Tallow tinha de admitir, nem que fosse para si mesmo, que as coisas estavam cada vez piores. Ele deu de ombros e conduziu o carro até um espaço atrás da caminhonete da ECP estacionada na Pearl Street. Ao sair, precisou olhar em volta para ver se encontrava o homem de casaco de camurça nas redondezas. Certificando-se de que ele não estava ali, levou os dois peritos até o prédio.

As portas bateram antes que Tallow pudesse alcançá-las e os dois ECPs do dia anterior saíram para a calçada pisando duro, xingando e arrastando o pesado carrinho cheio de caixas de plástico empilhadas.

– Imbecil – disse um deles a Tallow.

– Prazer em vê-lo de novo – respondeu Tallow. – O que é agora? Intervalo para o almoço ou troca de turno?

– Nenhum dos dois. Acabou.

– É nosso último carregamento – disse o outro. – Nosso departamento foi realocado. A gente está limpando a bunda dos peritos da UPF.

Tallow lançou um olhar para Bat e Scarly que dizia "Não". Ambos sorriram como um cachorro adestrado que é instruído a não comer o bebê do vizinho. Tallow virou-se novamente para os ECPs, que colocavam as caixas no fundo da caminhonete.

– Ainda não terminamos nosso trabalho aqui.

– Ah – respondeu o primeiro –, nós mais do que acabamos. Cumprimos as ordens. Por que essas ordens não foram dadas há dois dias quando começamos a juntar sua maldita coleçãozinha, não me pergunte. Mas alguém foi iluminado e fomos liberados.

O segundo já estava sentado no banco do motorista.

– E vocês estão ferrados. Mas não estamos nem aí. Que tipo de imbecil joga essas merdas para o NYPD?

– O seu tipo – provocou o primeiro, apontando para Tallow ao entrar no banco do passageiro.

E foram embora.

– Que diabos está acontecendo? – quis saber Scarly.

Tallow pegou o celular.

– Não sei – respondeu ele –, mas minha chefe pode descobrir, pelo menos.

Enquanto Tallow fazia a ligação, outra caminhonete parou no espaço que o veículo da ECP deixara vago. Tallow observou, percebeu para o que olhava e cancelou a chamada. A caminhonete tinha o logo da Spearpoint na lateral.

O detetive, com a voz tensa, disse rapidamente:

– Deixem que eu falo com eles. Não digam uma palavra.

A dupla compreendeu o tom, assentiu e deu um passo para trás.

A motorista saiu, uma mulher atlética de uniforme da Spearpoint, cabelo curto e uma cicatriz em um dos lados do pescoço que ela não fazia questão de esconder. Tinha uma arma de aparência estranhamente bruta presa a um coldre de metal, daquele que solta a arma com um rápido movimento apesar dos acessórios incomuns debaixo do cano. A mulher olhou para Tallow quando se dirigia para o fundo da caminhonete.

– Por favor, circulando, senhor – disse ela sem soar desagradável.

Tallow mostrou seu distintivo.

– Ainda não. Posso ajudá-la?

– Oh! – disse ela sorrindo. – Sim! Viemos para analisar uma cena de crime nesse prédio.

– Sério? – espantou-se Tallow.

– Sério – respondeu outro funcionário da Spearpoint ao sair da van do lado do passageiro, um homem com pouco menos de 1,80 m e que, muito provavelmente, sabia o nome de todos os músculos do corpo. O simples ato de piscar o olho fazia com que parecesse queimar células de gordura indesejadas. – Algum problema, seu guarda?

Tallow notou que ambos usavam um aparelho *touchscreen* resistente no cinto, fones *bluetooth* e estranhas tiras *touchscreen* no peito onde normalmente se veem plaquetas com o nome da pessoa.

– Detetive – corrigiu-o Tallow. – E, sabe de uma coisa? Ainda não sei. Estou acostumado a ver cenas de crime serem analisadas pela perícia ou pelas Equipes de Coletas de Provas. Então, que tal começarmos com vocês me contando como vieram parar aqui?

O rapaz abriu as portas de trás da van, claramente irritado por não poder arrancá-las e comê-las.

– Nosso chefe nos pediu para vir aqui e pegar as coisas do apartamento 3A.

A mulher estava obviamente agindo na defensiva e, portanto, se colocou entre Tallow e o parceiro, apesar de o detetive não ter sequer se movido.

– Nosso chefe ligou para a sua chefe, creio eu. Todos sabem que a perícia está sobrecarregada, certo? Por isso, criaram as ECPs e, agora, as ECPs também estão sobrecarregadas. E, pelo que ouvimos falar, especialmente por causa disso. Portanto, nosso chefe ligou para a sua chefe oferecendo... bem... a gente.

– É incrivelmente gentil da parte de vocês – disse Tallow. – Mas os procedimentos a serem seguidos em uma cena de crime são um pouco mais complexos do que "recolher as coisas", e é por isso que não terceirizamos esse tipo de serviço.

– Somos treinados – explicou o homem, pegando uma sacola preta. – Por isso, fomos enviados. Completamos nossos cursos e ganhamos os certificados. Se bobear, somos melhores do que os peritos. Sabe como é aquele pessoal.

Nesse momento, Tallow moveu-se para ficar entre os funcionários da Spearpoint e seus amigos da UPF.

– Preciso saber com quem o chefe de vocês falou.

A mulher olhou para o parceiro fazendo um barulho com os dentes. Ele colocou um complexo carrinho cromado no chão, olhou para trás e deu de ombros.

– Está bem – disse ela, tocando a extremidade direita da tira de vidro no peito. Ela abaixou um pouco a cabeça, pressionou o fone com o dedo e disse:

– OPS, por favor.

– Meu Deus – suspirou Bat. – Ela tem um comunicador de Jornada nas Estrelas.

– Não, não tem – cortou-o Tallow. – Alguns aparelhos parecidos com esse já foram testados em hospitais há alguns anos, controlados por voz, mas com uma tecnologia mais básica. Li a respeito disso em uma revista. Estamos apenas diante de uma versão mais atualizada.

– Quero um desses – comentou Bat.

– Pode arrancar do cadáver quando eu tiver acabado com ela – sussurrou Scarly.

– Comportem-se – cochichou Tallow.

A mulher finalizou a curta chamada e fez um gesto na direção de Tallow.

– Fomos autorizados por um certo Capitão Waters, do 1º Distrito.

Tallow engoliu em seco com o nome citado, respirou fundo e forçou um sorriso.

– É o chefe da minha chefe. Subiremos ao apartamento com vocês. – E, com as mãos levantadas, completou: – Não para bisbilhotar seu trabalho. Nós também viemos dar mais uma olhada.

Ela sorriu, demonstrando algum alívio e, no impulso de se mostrar amigável, estendeu a mão.

– Legal. Sou Sophie.

Tallow apertou a mão da mulher, quase tão forte quanto ela apertava.

– Sou John. Esses são meus parceiros, Scarlatta e Bat.

– Bat? – Ela riu para o perito, que olhava para seu peito com intenções tecnológicas. – É abreviação de quê?

– Batmóvel – respondeu ele.

– Comporte-se, droga – irritou-se Tallow, abrindo as portas do prédio.

Sophie começou a pegar as bolsas e fez uma careta.

– Meu Deus, Mike. Você colocou seu carro aqui dentro?

– Ei, não é problema meu se você não se exercita tanto quanto eu.

Sophie levantou a bolsa. Ao observá-la, Tallow percebeu que, embora o peso não fosse tão grande para ela, o próprio detetive não teria conseguido sequer tirá-la da calçada. Mike empilhou caixas de plástico no carrinho e Tallow ficou segurando as portas para os dois.

– Mike – disse o funcionário da Spearpoint sem olhar para Tallow.

– John – respondeu Tallow. – Bela arma.

Mike parou no hall de entrada do prédio e avaliou o detetive mais uma vez.

– Você notou, hein?

– Sim. Não reconheço o fabricante nem os acessórios.

– Nem poderia, amigo. São exclusivas da Spearpoint.

– Vocês têm armas próprias? – interessou-se Scarly.

Mike gostou do que viu.

– Claro. Quer ver?

– Mike – alertou Sophie.

– Só estou tentando ser simpático – defendeu-se Mike, colocando o carrinho de pé e retirando a arma do coldre.

– É uma SIG? – indagou Scarly, sem muita certeza e olhando a arma sob diferentes ângulos.

– Uma SIG Sauer X911. Feita exclusivamente para a Spearpoint. Veja, há o logo aqui em cima e na empunhadura. E veja a empunhadura. É de jacarandá-africano. Esse treco é tão duro que tiveram de trabalhar com carboneto de tungstênio, a mesma substância que usam em brocas de mineração.

– Mas o que é isso embaixo do cano, no ferrolho?

– Uma câmera. Quando eu tiro a trava, a câmera liga e envia o vídeo à central de operações da Spearpoint, nossa OPS. E, se eu girar isto aqui, o mecanismo liga quando atinge a posição vertical e uma tela de visão noturna surge bem em frente à mira. A câmera reconhece se está de noite e muda sozinha para o modo de visão noturna. Há uma mira laser na parte frontal, está vendo?

– Meu Deus. É uma loucura. Mas tudo isso não deixa a coisa muito pesada?

– Os materiais são levíssimos. De qualquer modo, ajuda na precisão. Vou dizer uma coisa, vi o modelo novo sendo testado. Um protótipo. As balas parecem foguetes.

– Está brincando. Como a velha Gyrojet?

– Não conheço essa. Mas vi o teste dessa lindeza e ela não dá tranco. Atira uma bala calibre .50 sem recuar.

– Quando terminar de mostrar seus brinquedinhos – disse Sophie, tentando ignorar a proximidade de Bat.

– Gostaria muito de me casar com seu peito – gracejou Bat.

– Bat. Cai fora. Agora – disparou Tallow. – Ele quer dizer com seu comunicador eletrônico. Bat adora tecnologia.

– Mesmo assim, é inaceitável – queixou-se a mulher, afastando-se de Bat.

– Ele é um perito – disse Tallow com um sorriso diferente do que tinha por dentro, maldoso. – O que se pode fazer? Sabem como essas pessoas são.

Tallow arrependeu-se do comentário imaturo assim que viu a expressão mortificada da mulher. Ela tentou ser civilizada e ele a ofendeu. Tallow queria, e aquela não era a primeira vez, ser mais hábil com as pessoas. Ele nunca precisou se preocupar com isso antes de conhecer aquele lugar. Descobriu o quanto odiava aquele prédio, um local sufocante com o resplendor da imundície humana.

– Onde fica o elevador? – perguntou Mike, guardando a arma.

Tallow sentiu-se um pouco melhor em ter de dizer a Mike que não havia elevadores e observar sua reação. No entanto, o homem pegou o carrinho em uma das mãos, com caixas e tudo, a bolsa de Sophie com a outra e começou a subir as escadas, dizendo:

– Terceiro andar, certo?

– Eis um cara que sabe o nome de todos os seus músculos – admirou-se Scarly.

– Pensei a mesma coisa – concordou Tallow. – Um rato de academia.

– Não, quero dizer que ele deu nomes a todos eles. É o tipo de cara que chama um dos músculos de Steve.

Tallow gesticulou para Sophie com um "Depois de você" e pegou Bat, que tentou segui-la, com firmeza pelo colarinho.

– Tente se controlar, Bat.

– Só quero tocar na virilha dela, onde fica o aparelho do cinto.

– Eu vou tocar na sua virilha com a minha arma se você não se segurar, Bat – Tallow falou com a voz mais baixa. – Quero que vocês observem cada movimento dos dois. Como se eles fossem parte da cena do crime.

– Já podemos reclamar? – perguntou Scarly.

– Quando chegarmos lá em cima. Mas não façam parecer reclamação, está bem? Ajam como se fizessem perguntas, como se tentassem entender o processo para saber se a empresa deles tem boas ideias. Estão comigo?

– Estamos, John.

A dupla da Spearpoint olhava pelo buraco aberto na parede do 3A.

– Que droga – disse Mike, afastando uma das fitas amarelas. – Parece que vou ter de fazer duas viagens.

– Então – começou Scarly –, como é o procedimento de vocês, Mike? Quer dizer, depois que analisarem as armas e as colocarem nas caixas. Vão levá-las diretamente para mim no One Police Plaza? O café de lá é ótimo.

– Não – respondeu Mike, agachado, com as mãos no joelho e examinando o local. – Está muito tarde. Vamos deixá-las no depósito hoje e levá-las para vocês amanhã.

– Vocês vão... – Scarly ia dizendo quando Tallow tocou-a no ombro. Ela tirou-as com força, mas sabia o que ele queria dizer. – ... Está bem.

Só acho que vai ser mais um elemento para a cadeia de custódia, o que significa mais burocracia para vocês. Seria muito mais fácil se levassem tudo direto para o One PP.

– Temos o pessoal que cuida da papelada – respondeu Mike um pouco distraído.

– Deve se lembrar – complementou Sophie, abrindo uma das caixas de plástico – de que nossa equipe é bem maior que a de vocês. A Spearpoint tem recursos suficientes para realizar um trabalho desses para a prefeitura sem cobrar nada.

– Não estão cobrando da prefeitura? – indagou Tallow, genuinamente surpreso.

– Por que deveríamos? Não é um bom negócio.

– Eu acho que não receber nada é um mau negócio – comentou Bat, abrindo outra caixa para Sophie, sem conseguir parar de agradá-la.

– Não é assim que funciona. Não é cobrando mais alto que se ganha da concorrência. O certo é reduzir o preço, tornar-se útil, indispensável e, em seguida, oferecer um serviço extra por um preço um pouco maior. Depois outro. E outro. E antes que a empresa perceba, já está gastando toda a grana com você, matando todos os seus concorrentes.

Sophie percebeu o que estava dizendo e sorriu arrependida.

– Sei o que isso pode parecer e peço desculpas. Mas a segurança privada é o caminho para o futuro. Não que já não haja polícia privada. O Big Six Towers Public Safety no Queens. O Departamento de Segurança Pública de Operações Cooperativas no Bronx.

– Aer Keep – disse Tallow.

– Aer Keep! Somos nós que trabalhamos lá, sabia?

– Sério?

– É. A Spearpoint nos treina para coleta de provas, controle de multidões, esse tipo de coisa. Sabe, o trabalho da polícia. Porque faz muito mais sentido que nós façamos isso. E, bem, somos totalmente responsáveis, diferente de vocês. Quer dizer, podemos ser processados por qualquer falha em nossos serviços. Vocês, não.

– Então foi assim que a Spearpoint cresceu? Acabando com seus concorrentes um a um.

– Só estou dizendo – explicou Sophie – que é dessa forma que as coisas funcionam. Esse é o caminho do futuro. Os serviços públicos não têm verba suficiente. É só olhar para isso – ela apontou para o aparelho no cinto. – Esta coisa? Com isto, a OPS sabe onde estou a qualquer momento. A trava é biométrica, portanto, só funciona comigo. Tem sensores ambientais. Lê meus sinais vitais. Fica na escuta por toda a área buscando picos no nível sonoro. Estou na rede da Spearpoint e em seu mapa.

– O mapa da Spearpoint – repetiu Tallow.

– Isso. É assim... estou aqui, na cidade. Mas também apareço em um mapa que cobre tudo isso. Nosso mapa. Temos todos os dados sobre o trânsito. Nosso pessoal e nossas viaturas são pontos móveis no mapa. Temos áreas seguras por toda a cidade; elas não são divulgadas publicamente e só podem ser vistas através do mapa da Spearpoint. Temos *webcams* que jogam informações para o mapa através da... como é o nome daquilo, Mike?

– Segurança Ambiente – murmurou o homem de dentro do apartamento.

– Isso mesmo. Segurança Ambiente. Por um valor simbólico, os donos de lojas podem adquirir um adesivo em suas vitrines com os dizeres "Essa Propriedade é Segurada pela Spearpoint" e uma *webcam* com um cartão de memória wi-fi. Chamamos de tomada as fotos tiradas por ela. A tomada é emitida para os nossos servidores e analisadas por um leitor de algoritmos, um software que talvez seja tão esperto quanto um cachorro. Ele avisa quando algo realmente estranho está acontecendo em seu campo de visão. Mas o mais importante é que a Spearpoint mantém câmeras de segurança por toda Manhattan, escondidas atrás das fachadas das lojas, que nos enviam tudo o que veem. Vocês jamais poderiam fazer o mesmo.

– Claro que não – disse Bat. – Isso é a parafernália do Big Brother.

– Talvez, se for imposto pelo estado. Mas, nesse caso, trata-se apenas do efeito colateral da transação pela segurança privada. Por proteção.

Bat bufou.

– O mercado negro da proteção. A segurança privada é um efeito colateral de ter seu próprio sistema de vigilância espalhado por toda Nova York.

– Que merda é essa? – interrompeu-o Mike.

Tallow entrou no apartamento antes dos outros e encontrou Mike com as mãos na cintura, olhando para as costas da porta de entrada. Grande parte das armas foi retirada pelas ECPs, de modo que o detetive pôde caminhar sem precisar ficar na ponta dos pés ou se esticar para chegar até lá.

– É, eu disse algo parecido – contou Tallow a Mike. – Tem alguma ideia de como isso funciona? Fiquei perplexo com ela.

– Claro – respondeu Mike. – É uma das nossas. Como veio parar aqui?

Tallow sentiu seu estômago revirar desde o momento em que viu aquela dupla. Agora suas entranhas não passavam de gelo e ácido.

– Espere. Está dizendo que isso é um dos sistemas de segurança da Spearpoint?

– Ou é muito parecida. Sophie.

Sophie já estava na sala, atrás deles.

– É. Creio que seja a Spartan Wave de sétima geração. Já tem alguns anos. Bastante sofisticada.

Tallow nunca vira Mike tão pensativo, buscando pela memória num esforço quase manual.

– É claro. Já vi uma sendo instalada. Um banqueiro. Colocamos uma dessas atrás da porta de seu quarto do pânico.

– Conte-nos como ela funciona – pediu Bat, com firmeza, do outro lado da sala.

Mike tirou um pouco da poeira do aparelho. Scarly, que estava na visão periférica de Tallow, titubeou.

– Trata-se de um sistema de cartão mágico. Pegamos a porta original e a enchemos por dentro. Núcleo de aço, impulsos elétricos...

– Não sei o que são essas coisas – interrompeu Tallow.

– São alavancas que empurram o mecanismo até o batente, trancando-a – esclareceu Mike. – Entre outras coisas, o importante é que há uma bateria de longa duração aqui dentro que alimenta um sensor que gasta pouca energia. Dali, onde está aquele magrinho, é só abanar o cartão como uma varinha mágica; o sensor percebe o movimento e aciona a porta. A energia chega aos ímãs e motores, e a porta destrava.

– Então, o cartão também é uma fonte de energia?

– Sim, mas é como... já viu aqueles tênis infantis com luzes que piscam no calcanhar? A energia é renovada enquanto correm por aí. O mesmo acontece com o cartão. E só balançá-lo no ar por um tempo e haverá energia suficiente para abrir a porta. Sem a varinha mágica, é impossível entrar neste apartamento. Pode lançar um foguete contra esta porta e ela estará mostrando o dedo para você quando a fumaça se esvair.

– Ímãs – disse Bat.

Tallow afastou-se e olhou para o apartamento de fora do buraco. Viu Bat fuçando na bolsa com um cartão de crédito entre os dentes. Pegou uma lata de tabaco toda embrulhada em tiras e fios de metal. Abriu-a e tirou de dentro um pequeno disco preto de metal atrás do qual ocultavam-se alguns fios. Bat apertou um pequeno botão vermelho e passou o disco da extremidade esquerda até o meio da porta. Ouviu-se um estalido. Ele repetiu as passadas diversas vezes em ambos os lados e também do topo ao chão. Em seguida, o perito devolveu o disco à lata e colocou a cartão de crédito do lado em que ficava a fechadura original. Depois de dez segundos, a porta se abriu.

– Como você fez isso? – espantou-se Mike.

Bat parou embaixo da porta aberta e disse:

– Sou um perito da UPF do NYPD, seu retardado maldito, e não há nada que eu não consiga fazer.

– Acho que está na nossa hora – Tallow apressou-se em dizer. – Foi um prazer conhecê-los.

E foi direto para as escadas sem olhar para as paredes onde os pedaços da cabeça de seu amigo Jim Rosato haviam se espalhado e deslizado até o chão.

Tallow não interrompeu o passo até chegar ao carro. Os peritos estavam dez segundos atrás dele, agitados.

– Entrem – pediu Tallow. – Vou levá-los de volta ao One PP. Depois, vou falar com minha tenente.

– Pelo jeito, você precisa falar com seu capitão – rosnou Scarly.

– Não. Preciso que minha tenente lide com ele. Entrem.

Eles obedeceram. Tallow ligou o motor. Scarly e Bat trocaram um olhar incomodado, mas nenhum dos dois perguntou qual era o motivo da pressa. Bat preferiu perguntar:

– Estamos muito ferrados? Quanto em uma escala de zero a dez?

Tallow segurou a primeira resposta que lhe passou pela cabeça e a engoliu.

– Eu ia dizer treze. Mas, sinceramente, acho que já estávamos nesse nível mesmo antes de jogarmos as provas aos lobos. Não tenho nada além de ligações que não posso comprovar porque, ei, não temos nada. Nem sequer sabemos qual é o assassinato mais recente do cara. Os analistas de perfis iriam morrer de rir com o que tenho para oferecer nesse momento.

Pelo retrovisor, Tallow viu Bat mexendo em seu *tablet* e em seu aparelho de wi-fi.

– Ei, Bat, foi você quem fez a pergunta. Pelo menos, escute a resposta.

– Estou escutando. Pode continuar.

Tallow percebeu que não tinha como ir muito mais longe.

– Então, a menos que o DNA das tintas nos traga alguma coisa ou a próxima leva de análise das armas nos dê um assassinato cometido na semana passada, as provas que temos não nos levarão a lugar nenhum. Não. Tem outra coisa. A menos que as armas nos tragam mais mortes que nos ajudem a completar um pouco o quadro.

– Ainda quer conversar com alguém do Departamento de Propriedade Intelectual? – perguntou Scarly.

– Minha tenente quer agir conforme o protocolo. Por enquanto, já basta saber que existe alguma ligação com esse Departamento. Aliás, vocês conseguiram sentir o cheiro no ar do apartamento?

– Acho que me distraí um pouco por lá, John – respondeu Bat.

– É, eu percebi – disse Tallow. – Droga.

– Estou me perguntando se alguém na Spearpoint sofreu um pequeno acidente nos últimos anos – disse Scarly devagar. – Talvez um instalador.

– Ah, droga – falou Tallow entre dentes. – Você está absolutamente certa.

– Talvez nosso suspeito tenha conhecido um técnico instalador da Spearpoint em um bar e dito, "Ei, se eu lhe der dinheiro vivo mais uma generosa gorjeta, talvez você possa me ajudar". Daí, uma porta de segurança pode ter simplesmente escorregado do depósito para dentro da van do cara da instalação. E, numa tarde tranquila ou talvez num domingo, a porta foi colocada. Mas o problema é que o instalador teria visto o suspeito. Da mesma forma que o cara do Departamento de Propriedade o teria visto. E agora está morto.

– Varangian Security – ouviu-se a voz de Bat no banco de trás. – Fundada em Rochester, Nova York, por Phil Lyman há cerca de vinte anos, fornecia serviços de segurança privada dentro dos três estados. Sua expansão foi interrompida com a trágica morte do carismático Lyman em blá, blá, blá... A empresa foi adquirida e incorporada à Spearpoint Security dois anos mais tarde.

– O quê? – surpreendeu-se Tallow.

– O que o quê? Estou lendo informações da Wikipédia. A tela do seu *tablet* está zoada, por falar nisso. É como tentar ler através de uma camada de sêmen velho. Bem, só estou trabalhando em cima do que temos, certo? Estou entrando nessa doideira.

Tallow parou em um cruzamento. Um ônibus passou chacoalhando, o anúncio digital brilhava em sua lateral. Aparentemente, outro musical baseado em um antigo filme da Disney estrearia na Broadway. Uma animação reluzia na tela: a mais bela e branca princesa "índia" que Tallow já vira brincou com as penas em seu cabelo antes de olhar para ele por sobre os ombros, sorrindo e piscando.

O detetive seguiu em frente.

– Já que está com o *tablet* ligado, Bat, procure algo sobre Werpoes para mim.

Bat digitou e fez um som de desaprovação para si mesmo.

– Merda de autocorretor. Wempus? Como se escreve isso?

– Meu Deus, sei lá. Ela disse Werpoes. W-E-R...

– Espere – interrompeu-o Bat. – Espere. Merda. Encoste.

– O que foi?

– Encoste a merda do carro.

– Que droga, Bat... – Tallow verificou os espelhos e parou o carro na guia em estranhos vinte segundos.

Bat inclinou-se, colocando o *tablet* na frente de Tallow e Scarly. Ele encontrara na web a imagem de um tipo de trabalho artesanal com contas, uma larga faixa de conchas que formavam estranhas estampas e formas e, ocasionalmente, ângulos ondulados.

– Chama-se *wampum* – informou Bat. – Cintos *wampum*.

– Ah, droga – exclamou Scarly assim que viu a figura.

– Aqui diz que os americanos nativos teciam essas contas no intuito de codificar a história e as leis, de registrar eventos sociais, de transmitir informações... fabricavam-nas aqui em Manhattan antes de os europeus chegarem. E, quando estes chegaram, perceberam o quanto os nativos valorizavam aquelas contas e passaram a produzi-las, para funcionar como moeda – Bat bateu na tela com a ponta do dedo. – Essas coisas eram arte, livros e instrumentos. John, os cintos *wampum* eram memoriais.

Tallow esfregou os olhos. Olhou novamente para a imagem dos cintos *wampum*. Conseguiu ver semelhanças. A fotografia do cinto de contas era um trabalho mais refinado e os espirais eram mais difíceis de serem executados... mas quem quer que os tivesse fabricado não era louco.

As semelhanças eram impressionantes. O assassino que procuravam havia transformado o apartamento inteiro em um memorial feito de armas.

Os dois peritos o observavam.

– Muito bem – disse Tallow. – Agora já sabemos por que ele fez aquilo. A motivação além da fase totem. É uma informação a mais. Mas ainda não é a solução. Vou levá-los de volta ao One PP. Já disse isso a vocês, é a perícia que vai resolver esse caso. Até aqui, estou certo.

– Você é um filho da mãe preguiçoso, John – disparou Scarly, porém sorrindo.

# *VINTE E CINCO*

RÁDIO DA POLÍCIA no caminho entre o One Police Plaza e Ericsson Place:

Homem morto encontrado dobrado dentro de uma mala abandonada no fundo de um prédio vazio em Williamsbridge. A primeira impressão é de que o corpo já estaria ali há três meses.

Mulher morta encontrada em frente à Igreja St. Brigid em East Village. Os policiais que estavam no local disseram não saber o que ela havia tomado, apenas afirmavam que a mulher não tinha mais estômago.

Homem morto encontrado em um apartamento no Bronx, esfaqueado até a morte naquela semana. O trabalho da polícia forense foi complicado, pois parte do cadáver havia sido devorada por ratos e um pequeno cachorro de estimação.

Um indivíduo de sexo desconhecido explodiu a si mesmo no Parque Bushwick Inlet. Outra fatalidade ligada ao caso: de alguma maneira, o braço do indivíduo foi lançado com a velocidade de uma bala em direção à janela de um caminhão estacionado, quebrando o pescoço do motorista.

Tallow desligou o rádio. Havia entrado em um desvio até a Fulton quando seguia para Ericsson Place e precisava se concentrar. Dirigindo devagar, observou as fachadas dos prédios do lado oposto ao Fetch.

Sentiu uma pontada de medo no peito ao ver o adesivo de segurança da Spearpoint na vitrine de uma loja de sapatos barata quase em frente ao Fetch.

Tallow observou e fez alguns cálculos. A lojinha não dava para a lateral do Fetch onde ficava o beco. Havia grandes chances de a câmera colocada naquela vitrine, se é que havia uma, não ter registrado nada. Notou também que não havia fitas amarelas da polícia impedindo a entrada do beco nem avisos a possíveis testemunhas pregados nas redondezas.

Tallow continuou seu caminho, plenamente consciente de ter, mais uma vez, contado com a sorte.

Seu telefone tocou no momento em que estacionava em Ericsson Place. Ele o colocou desajeitadamente sobre o volante, tentando fazer as duas coisas quando sua própria mente já estava em sete lugares ao mesmo tempo. Tallow conseguiu colocar o aparelho no ouvido na terceira tentativa.

– Alô?

– Detetive?

– Sra. Westover?

– Sim – Emily Westover soltou uma breve gargalhada que o deixou incomodado. – Eu só queria agradecê-lo mais uma vez. Sabe, por ter cuidado de mim.

Tallow tentou escutar o som ambiente da ligação. Ela estava em seu apartamento. A voz da mulher tinha a característica abafada própria de um local revestido por grossos vidros, do tipo que silencia o ruído exterior e absorve o som interior. Havia música em outro ambiente. Cantos de americanos nativos, pôde notar, embora não autênticos. Era uma daquelas gravações dos anos 1990 nas quais fontes de áudio étnicas eram montadas sobre batidas suaves e música eletrônica.

– Não há de quê, Sra. Westover. Posso ajudá-la em alguma coisa?

– Não vá a Werpoes – disse ela apressadamente.

– O quê? Por que eu iria? – falou o detetive, pensando "Vejamos".

– É que não é seguro. Fiquei preocupada em talvez tê-lo feito pensar em ir.

– Seu marido já voltou ao trabalho?

– Já. Ele não sabe que estou ligando para o senhor. Mas acho que vai descobrir quando checar os registros no telefone, sabe, a conta detalhada. Mas estou ligando para agradecê-lo.

– Sra. Westover, eu quis lhe perguntar antes. O broche em sua jaqueta. O que é?

– É um símbolo uapiti. É... o senhor promete que não vai rir?

– Prometo – respondeu ele, deixando-a ouvir o sorriso em sua voz.

– É um amuleto. Um amuleto mágico. Na medicina dos americanos nativos, o uapiti protege-nos do desconhecido.

Tallow sentiu uma súbita onda de compaixão por Emily Westover. Aquele broche devia ter custado uns quinhentos dólares. Provavelmente, sua pilha de CDs era cheia de MP3 tão nativas quanto a bobagem que ela escutava naquele momento. Tallow não pôde deixar de pensar na Vivicy, nos misteriosos magos que Machen contratava, embora não soubesse coisa alguma, no escritório que ostentava sem o mínimo senso de estética e organização que a natureza concede até ao mais comum dos ratos e na música que evocava um paraíso pré-fabricado cujo fornecedor comprara em lojas de segunda categoria.

E ali estava ela, vivendo uma mentira, usando seu dinheiro para comprar belas bugigangas falsas, trancada em um castelo de vidro no qual todos os guardas trabalhavam para o marido.

– Entendo – afirmou o detetive. – Sra. Westover, por que não me diz com o que está preocupada de verdade?

Ela estava tentando dizer ao detetive, em sua maneira sinuosa, que sabia. Ela havia descoberto que Westover e o matador estavam ligados de alguma forma e não sabia o que fazer com aquela informação. O que a destruía. A única coisa que podia fazer era tentar ir mais fundo com o pouco que descobrira. Tentava conhecer mais a respeito dos americanos nativos. O resultado de sua pesquisa foi passar a temer tudo e todos.

Ela deu novamente aquela gargalhada estrondosa.

– Com o que estou preocupada de verdade. Meu Deus, Detetive, eu poderia falar com o senhor o dia todo. Mas, então, me pergunto: com o que devo me preocupar? Estou rodeada por todas as pessoas que conheço. É que às vezes parece que, bem, estou rodeada por todas as pessoas que conheço. Se é que o senhor entende do que estou falando. Eu digo isso a todo momento. Fico preocupada que as pessoas não saibam do que eu estou falando ultimamente. Acho que não me expresso com tanta clareza quanto antigamente o fazia. Ou não penso com tanta clareza. Mas é difícil, porque minha vida era mais simples antigamente, e não havia tantas coisas em que pensar. Era como andar pelas calçadas da cidade, só era preciso pensar em uma coisa de cada vez. No entanto, quando se caminha pela trilha de uma densa floresta, é preciso considerar três ou quatro coisas ao mesmo tempo...

– Nunca caminhei na trilha de uma densa floresta – disse Tallow. – A senhora vai ao campo com frequência?

– Eu queria que as pessoas pudessem me entender – repetiu ela, parecendo melancólica.

Tallow teve a impressão de que o humor da moça mudava naquele momento, o que podia ser percebido pelo seu tom de voz. O detetive lembrou-se de Bobby Tagg e fechou os lábios com força para conter uma onda de suco gástrico.

– Todos nós dizemos isso, não é? – disse Emily. – Dizemos, "entendo o que quer dizer", é a metáfora do esclarecimento. Mas, às vezes, gostaria que as pessoas vissem as figuras que estão na minha cabeça sem que eu precisasse descrevê-las com palavras. As palavras são atrapalhadas. Queria me comunicar com imagens.

– Como os cintos *wampum* – experimentou Tallow.

– Só queria ter um amigo que não contasse tudo ao meu maldito marido! – gritou ela, desligando o telefone.

Tallow ficou um tempo olhando para o celular, decidindo se deveria ou não ligar de volta para se desculpar por algo que tivesse dito. Mas convenceu-se de que qualquer coisa a teria feito explodir. Pensaria naquilo mais tarde. Ele transferiu o número de Emily para sua página de contatos e o salvou.

A sala principal estava lotada de gente, mas ninguém notou quando Tallow entrou. O escritório da tenente estava com as cortinas fechadas. Tallow parou em frente à porta e bateu.

– Eu disse que essa reunião era particular.

– Não vim para a reunião, senhora. Desculpe.

– Tallow? É você?

– Sim, senhora.

– Entre, por favor.

Tallow abriu a porta, sentindo os olhares das pessoas de fora em suas costas. Aparentemente, sentiam-se mais confortáveis em olhar para o detetive quando ele não estava vendo.

– É terrivelmente educado para um policial rebelde que está por um fio, Detetive – disse o capitão, sorrindo e estendendo sua mão frágil. Seus dedos pareciam se mexer com o vento como galhos quebradiços de vinhas carregadas.

– A única coisa que está por um fio é o horário da minha janta, senhor. Olá.

– John não lida muito bem com a coisa do livro-de-regras-do-policial--enfezadinho – comentou a tenente sem se levantar de sua mesa. – Sinceramente, ele é preguiçoso demais para isso.

– Você tem sorte de eu saber que ela está brincando – falou o outro homem presente na sala, que não lhe estendeu a mão e parecia esperar alguma coisa.

– Assistente-chefe – disse Tallow, estendendo-lhe a mão.

O assistente-chefe Allen Turkel era o oficial comandante do sul de Manhattan, que englobava dez distritos, inclusive o 1º. Suas duas estrelas estavam cuidadosamente polidas. Tão bem polidas que pareceu a Tallow que o ouro precisava de retoques.

– Detetive – respondeu o assistente-chefe com um discretíssimo sinal de cabeça e um aperto de mão fraco e superficial. Tallow teve a impressão de que o homem recusava seu cumprimento. Sua postura era a de alguém que constantemente encolhe o estômago. – Imagino que esteja aqui para conversar com a tenente sobre seu encantador apartamento na Pearl Street.

– Entre outras coisas, senhor.

Duas cadeiras de plástico haviam sido colocadas ali, uma para o capitão e a outra para o assistente-chefe. Não havia uma terceira. Ambos voltaram a se sentar. Tallow preferiu ficar em pé com as costas apoiadas na porta fechada, numa posição que lhe permitia vê-los de perfil. Ele colocou as mãos para trás e estudou a sala.

O assistente-chefe decidiu se referir à tenente:

– O senhor tem uma tenente muito inteligente, sabia disso, Detetive? A mais inteligente tenente-detetive de todo o meu comando. Gosto de pensar que, um dia, vou tê-la trabalhando comigo no One PP. Então, pergunto-me, por que vou tirar a melhor das minhas tenentes da linha de frente se ela faz um trabalho tão bom?

Ele riu. A tenente sorriu discretamente. Um som parecido com galhos estalando saiu da boca do capitão. A intenção nas palavras do assistente-chefe não escapou a ninguém. Ele conferiu o relógio enquanto todos os outros fingiam prudentemente se divertir. Tallow observou o relógio de seu superior. Parecia ser um Hublot, um aparelho suíço em ouro rosado escovado, com a borda e os números em cerâmica negra, decorado com parafusos, gradeamento e ponteiros que evocavam a estética construtivista da ficção-científica dos anos 1920 presente no filme *Metrópolis*. A pulseira era de borracha negra. Não era o relógio de um policial. Era um objeto de fetiche. Tallow lera que os Hublots atualmente vinham acompanhados de cartões de segurança eletrônicos que permitiam ao consumidor, pela internet, provar ser o dono do objeto.

– Muito obrigada, senhor – disse a tenente. – E agradeço-lhe por vir até aqui pessoalmente. Não precisava fazer isso.

Tallow não sorriu com o discurso bem empregado, mas teve vontade.

– Oh, sim, eu vim pessoalmente – protestou o assistente-chefe em um tom falsamente orgulhoso. – É minha área. Meu comando. Achei que vocês tinham o direito de receber uma explicação direta sobre tudo isso.

– Bem, obrigada.

– Oh, não precisa agradecer, não precisa, vocês sabem. Charlie – disse, apontando para o capitão – sabe que eu providenciarei o que for necessário. Mas também temos de estar atentos com os caminhos para o futuro. E um caso como esse... Ah, sim, Charlie, sei que é um pesadelo... Temos de tomar cuidado com os recursos. As Equipes de Coleta de Provas foram uma boa ideia e ajudarão a equilibrar o peso, mas um caso como esse faz as coisas fugirem ao controle.

O capitão parecia, na visão de Tallow, simplesmente abatido demais para falar. Era apenas dez anos mais velho do que Turkel, mas estava havia trinta anos na corporação contra vinte e cinco do assistente-chefe, e os últimos dez anos tinham evidentemente espremido o homem de um modo que Tallow nunca imaginou conhecer. Sobrou para a tenente negociar as minas explosivas espalhadas por Turkel.

– Nenhum de nós esperava que as ECPs fossem testadas dessa maneira, é óbvio – disse ela. – E eu não sou contra, em princípio, a ideia de recebermos ajuda do setor público. Gostaria de saber como vai funcionar a cadeia de custódia, senhor.

– Oh, não é necessário, não é necessário. Imagine apenas que uma ou duas conexões serão acrescentadas à cadeia. Conheço Jason Westover há muitos e muitos anos. Ele sabe realmente quais são nossas necessidades nessa situação.

Tallow se mexeu.

– E ele é...? – perguntou a tenente.

– Fundador e CEO da Spearpoint Security. Nos conhecemos há muito tempo. – O assistente-chefe usou um tom desdenhoso e falsamente humilde que demonstrava que o que ele havia dito não devia ser desprezado e que era de extrema importância que todos soubessem sobre seu relacionamento com pessoas abastadas e influentes.

– Conheci Jason Westover hoje, pela manhã – intrometeu-se Tallow.

Por um segundo, pareceu ao detetive que bombas fantasma surgiram penduradas em fios invisíveis por toda a sala: como a enxurrada de circunstâncias que o levaram a uma armadilha quando pensava estar caminhando em direção à luz. Como ver que o promissor nascer do sol no horizonte era, na verdade, o brilho de corpos em chamas ou de uma casa incendiada.

– É mesmo? – indagou o assistente-chefe, com uma das sobrancelhas meio levantada, fingindo um meio interesse.

Tallow soube decifrar a expressão do homem. Estava muito interessado.

– Sim. E a mulher dele também.

– Oh, sim, sim, Emily. Ela não tem se sentido muito bem ultimamente. Espero que não tenha sido, humm, um assunto profissional...?

– Creio não seja pauta para essa reunião, senhor.

A expressão no rosto de Turkel iluminou-se.

– Certo. É verdade. Obrigado.

– Bem – disse Tallow –, há duas pessoas da Spearpoint literalmente carregando caixas e mais caixas com as minhas provas e que pretendem levá-las a um de seus depósitos em duas viagens.

– Disseram isso a você? – quis saber a tenente, retraindo-se levemente.

– Sim, senhora. Logo depois de me informarem que o mecanismo de segurança altamente elaborado da porta do apartamento pertencia à Spearpoint.

– O quê?

– Isso mesmo, senhora. O que, no mundo ideal, nos levaria a dados de contratação e instalação na empresa, o que nos daria o nome do nosso suspeito. Mas vivemos no mundo real e tenho muitos motivos para acreditar que a perícia acabará encontrando entre o acervo de armas a que foi usada para eliminar um funcionário da Spearpoint que aceitava trabalhos por fora para ganhar um dinheiro extra. Da mesma maneira que nos deparamos com a morte de um cara do Departamento de Propriedade Intelectual ao procurarmos uma explicação para a arma usada no crime do Filho de Sam estar no acervo.

Tallow percebeu que o capitão o fitava, mas a expressão em seu rosto era difícil de decifrar.

– Qual é o seu nome mesmo, Detetive?

– Tallow, senhor.

– Não. Seu nome completo.

– John Tallow, senhor.

– John Tallow. Muito bem. Continue.

Tallow não tinha a menor ideia da razão daquela pergunta.

– Bem, não tenho muito mais a acrescentar nesse momento. O assistente-chefe não tinha como saber que a generosa oferta de seu amigo vinha da mesma companhia que instalou as fechaduras na porta de nosso suspeito. Talvez isso não tenha a mínima importância. Isso posto, a mesma empresa que teve um sistema de segurança tirado de seu depósito e colocado no apartamento de um possível assassino em série pretende ficar a noite toda com quase todos os itens de nossas provas.

– Detetive – alertou a tenente.

O capitão moveu-se com algum desconforto.

– Acho que John está apenas nos alertando para questões óbvias, Tenente.

– Sim – disse Turkel. – Bem. Trata-se de uma oferta bastante gentil de uma empresa que deseja ajudar a cidade e um departamento de polícia já sobrecarregado pela gestão do caso. Penso que não podemos recusar uma oferta como essa baseando-nos apenas em suposições.

Turkel levantou-se e acrescentou:

– De qualquer modo, a busca pela solução desse caso é um tanto quixotesca.

A frase não passou despercebida a ninguém.

Tallow decidiu colocar lenha na fogueira para ver o que acontecia.

– Falando nisso, Tenente – começou ele de modo sutil –, recebemos outro resultado do exame de balística. O cara matou a filha do assistente-chefe Tenn.

O atual assistente-chefe ficou imóvel.

O capitão piscou devagar, como um lagarto tomando sol, e arregalou os olhos amarelados na direção de Tallow.

– A filha de Del Tenn?

– Isso mesmo, senhor.

– Foi uma bala perdida em um tiroteio de gangues.

– Não, senhor – disse Tallow, dirigindo-se ao capitão, mas ousando fitar diretamente o assistente-chefe. – A arma está no acervo da Pearl Street. Nosso suspeito simplesmente aguardou o momento oportuno para agir. Tiroteio, o caos. Ele cometeu o crime escondido. Assim como todos os seus outros crimes.

– Que droga – falou o capitão, pensativo e afundando o corpo na cadeira. – Sabe do que eu gostava em Del Tenn? Ele me disse certa vez: "Todo mundo fala para mim que eu vou continuar sendo promovido até não ter mais de trabalhar. Eu cuido do sul de Manhattan, onde eu e meu pai nascemos. Por que eu ia querer outro emprego?".

– Eu não o conhecia – comentou a tenente.

– Um cara adorável – lamentou o capitão. – Ficou em frangalhos quando perdeu a filha. No funeral, disse-me que sentia como se Manhattan o tivesse traído. Nunca mais o vi.

– É – o assistente-chefe conseguiu dizer. – Bem.

Tallow ofereceu-lhe um sorriso afável sem desviar o olhar frio.

– É quixotesco, senhor, concordo. Mas, como pode ver, estamos conseguindo montar a figura de nosso suspeito. A forma com que ele trabalha.

– Sim – respondeu o assistente-chefe. – Bem.

– O tipo de pessoa com quem ele gosta de lidar.

– Sim – falou o assistente-chefe.

– O senhor conhecia o assistente-chefe Tenn, senhor?

– Não, Detetive. Quer dizer. Não muito bem. Marcus Casson assumiu no lugar de Tenn e eu assumi no lugar de Casson.

– Sim, é verdade – interveio o capitão, falando baixinho, como se estivesse distante, dentro de uma caverna. – Casson foi chefiar o Departamento de Trânsito depois da morte de Beverly Gaza.

*As linhas da rede*, pensou Tallow, *são quase invisíveis de tão finas até que a luz as revelem.*

– Como ela morreu, Capitão?

– Se me derem licença – interrompeu o assistente-chefe.

Tallow ainda estava encostado à porta.

– Desculpe, senhor?

– Se me derem licença – repetiu Turkel –, preciso voltar ao meu escritório.

– Oh – disse Tallow. – Claro, senhor. O senhor precisa voltar ao trabalho.

O detetive deu um passo para o lado e abriu a porta.

– Obrigado por vir até aqui para nos dar algumas explicações. Foi muita gentileza. Acho que agora sabemos onde estamos pisando.

O assistente-chefe Turkel encarou Tallow com firmeza. O detetive viu um homem sem nenhuma empatia. Já tinha ouvido algo a respeito, que ele era capaz de fingir quando necessário, mas que não sentia nada por ninguém. O olhar que lançou em direção a Tallow era o mesmo olhar que lançaria a um animal morto na estrada.

– Está sozinho nesse caso, não é?

– Sim – respondeu Tallow.

– Você não devia estar afastado das ruas?

– Disseram-me que não tínhamos recursos suficientes para isso, senhor. Afinal de contas, todo o sistema fugiu ao controle. Por isso, fui alocado onde faço muito bem o meu trabalho.

– Talvez sim – disse o assistente-chefe e saiu.

Tallow fechou a porta.

– John Tallow – era a voz do capitão –, não sabia que o senhor era um homem esperto.

– O júri ainda não decidiu a esse respeito – opinou a tenente.

O capitão soltou um riso sussurrado, levantando-se com alguma dificuldade.

– Sabe de uma coisa – disse ele –, se fosse esperto assim esse tempo todo, já teria ouvido falar do senhor. Mas vou lhe dizer uma coisa. Quando eu era detetive, tinha como parceira uma mulher inteligente. Muito inteligente. Tão inteligente que ganhou uma promoção, subiu de cargo e se distanciou de mim. Meu parceiro seguinte, pobre homem, era tão burro que o pessoal teve de criar novas expressões para descrevê-lo. Era como não ter um parceiro. E foi naquele momento, John Tallow, que eu finalmente aprendi o que era ser um policial. Você provavelmente era um rapaz esperto ao entrar para a corporação. Mas tenho a sensação de que só agora está se tornando um homem inteligente.

O capitão foi até a porta, visivelmente sentindo dores. Tallow abriu-a. O capitão olhou para o detetive com firmeza.

– Não posso lhe dar cobertura, John. Tenho de sair daqui e voltar à minha sala para aprovar requisições de compra de clipes de papel ou coisas do tipo. O cargo de capitão do 1º Distrito não faz de mim nem a pessoa mais importante na gestão dos materiais de escritório. Isso é com os Mestres do Universo da Wall Street. Eu não tenho prestígio com ninguém, tenho apenas uma equipe de funcionários altamente capacitada só esperando que eu sofra um ataque do coração no banheiro no meio da manhã. Estou vendo como o senhor está conduzindo as coisas. E só vou lhe dizer uma coisa: é melhor que o senhor tenha sucesso.

Tallow repetiu a pergunta:

– Capitão, como Beverly Gaza morreu?

O capitão sorriu muito discretamente.

– Foi atropelada. Uma ironia para a Chefe de Trânsito, não é? Mas vou lhe dizer uma coisa. O patologista jurou para quem quisesse ouvir que encontrou vestígios de pólvora no que restou da cabeça da mulher. Como se alguém tivesse atirado para, só depois, passar com o carro sobre ela. A perícia chegou a descobrir uma bala no local. Mas não passou disso, é uma pena.

– O senhor a conhecia bem?

– Diz isso por eu me lembrar tão bem dos fatos? Não. Eles ficaram na minha cabeça por causa daquela bala. Uma .357 disparada de um revólver de ação simples restaurado. Foi um projeto pessoal do chefe do antigo turno da noite da perícia durante seis meses. Lembro-me bem disso porque ele encontrou uma combinação estranhíssima. Pensou que a bala teria vindo de uma pistola Pinkerton, o tipo de arma utilizada pela polícia ferroviária nos anos 1800. O antigo chefe da perícia queria realmente entender o que acontecera. Ele, sim, era amigo de Beverly. Eu não. Não sou amigo de ninguém. Nunca fui.

O capitão saiu sem nenhuma energia para se dar conta da tenente.

– Feche a porta, John – pediu ela.

Ele obedeceu.

– Sente-se, John – outro pedido.

– Prefiro ficar em pé.

– Sente-se.

– Suas cadeiras são uma droga, Tenente.

Ela soltou uma gargalhada.

– O que você acabou de dizer?

– É sério. Elas machucam minha bunda. Por isso, você as comprou. Para ninguém ficar muito tempo em sua sala.

– Você é um incrível babaca – brincou ela, ainda rindo. – Você por acaso já...?

– Da primeira vez, tive de me sentar aqui durante uns cinco minutos. Minha coluna demorou o resto do dia para voltar para o lugar.

– Vai esperar eu buscar um travesseiro macio para você, Detetive?

Tallow sentou-se.

– Aonde quer chegar com tudo isso? Quantos problemas exatamente você me criou hoje?

– Não tantos quanto os que criei para mim mesmo.

– Oh, o assistente-chefe deixou bem claro que vai procurar maneiras de te ferrar, isso é verdade.

– Mas não é com isso que estou preocupado – disse ele e fez uma pausa.

Tallow mediu o quanto da história contaria à chefe. Ela não precisava saber de tudo ainda, pensou ele. Poderia ser contraproducente.

– Certo – começou ele, respirando fundo. – Hoje, até o final do dia, terei mais evidências para sustentar meu argumento de que a Spearpoint Security está, de alguma maneira, envolvida nesses crimes.

– Você disse que a porta no apartamento pode ser coincidência.

– Pode ser. No entanto, nosso suspeito matou um dos concorrentes da Spearpoint. Talvez isso também seja coincidência. Mas aposto com você, aposto uma bela almofada para essa cadeira, como o assistente-chefe está em sua sala neste momento ligando para seu grande amigo Jason Westover. E o bondoso Jason Westover está pensando em como poderá entrar em contato rapidamente com nosso cara.

A tenente cruzou os braços.

– Você não tem como provar que Jason Westover conhece nosso cara.

– Não – concordou Tallow. – O que tenho é o fato de o nome da Spearpoint aparecer muitas vezes na conversa. O que tenho são muitas perguntas. Por que a Vivicy quer comprar aquele prédio? Foi nessa empresa que Westover conheceu a esposa. Uma mulher que tem verdadeira fixação pela história dos americanos nativos, a ponto de surtar ao se deparar com um mendigo parecido com o caçador de índios mais malvestido já visto em um filme de faroeste barato às duas da manhã. Nosso suspeito também é um aficionado pela cultura dos nativos. Eu...

Tallow parou um momento, escolhendo as palavras sob os olhares da tenente. Então, disse:

– As coisas se escondem no meio da chuva.

– Não entendi.

– Às vezes, a chuva é tão forte que olhamos para cima, para suas gotas, quando deveríamos nos fixar no tamanho da poça que ela formará. Isso tudo foi uma chuva. Uma chuva de vinte anos em que todos olharam para cima enquanto essas pessoas andavam invisíveis na parte de baixo. Elas nem sequer passavam por ruas que reconheceríamos. E a chuva caía tão pesada sobre a cidade toda que ninguém pensou em olhar para baixo e ver as pegadas cheias d'água. Eu estou começando a vê-las agora. Só preciso conseguir ver os mapas.

– John, volte a si, por favor.

Tallow passou os dedos pelo cabelo.

– Não há coincidência. Fomos pegos por uma rede, como uma armadilha no meio da floresta. Se o cara tivesse jogado as armas no rio depois de cada crime, nunca saberíamos de nada. Acho que nosso cara é um assassino dirigido. Contratado não seria o termo correto. E ele é tão bom, mas tão bom, que o cara ou caras que o dirigem sabiam que seus crimes acabariam no arquivo de casos sem solução de uma metrópole densa e violenta. Sabiam que, contanto que ninguém se deparasse com aquela rede fina, toda a operação seria invisível. A única coisa que temos a nosso favor é a loucura do criminoso, que guardou todas as armas.

– Por quê? Quero saber o motivo de ele tê-las guardado. É um maluco que gosta de guardar os troféus de suas mortes?

– Não são para ele. O apartamento é uma linguagem visual, a codificação de uma ideia em imagens. A ideia exata que se passa em sua mente eu não sei. Mas, ao tirarmos sua armas para analisá-las, estamos desmantelando o trabalho de uma vida. É como ir tirando a tinta de uma obra de arte ou desfazendo os fios de uma tapeçaria.

– John. Sério. Estamos perto de pegar esse cara? Porque o capitão acaba de lhe dizer que não vai poder salvar sua pele, eu muito menos e, quanto ao assistente-chefe, sabemos que ele tem meios de tirá-lo do caso e trancá-lo em seu apartamento para o resto de sua vida. E, para ser sincera, eu já pensei nisso mais de uma vez. Se o assistente-chefe está pensando em acabar com tudo, e pode ter certeza absoluta de que ele está, é o que ele vai fazer. Por isso, preciso de alguma coisa. Você não achou nenhum DNA, nada além de uma trama circunstancial, algumas análises de armas e brilhantes, fascinantes, mas malucas especulações. Diga-me. Estamos mais perto de pegar o cara?

John Tallow fechou os olhos e respirou.

– Provavelmente não tão perto quanto ele está de me achar, Tenente.

# *VINTE E SEIS*

O CAÇADOR OBSERVAVA a esquina do topo do telhado. O homem de corte de cabelo militar procurou algo pelo quarteirão e retornou à casa de Kutkha.

A oficina de carros do outro lado da rua fechara para o almoço. O caçador encontrou um beco atrás da loja de ferragens, deu a volta no quarteirão, invadiu a oficina e pegou algumas coisas de que ninguém daria falta de imediato, entre elas uma jaqueta e um boné que estavam guardados em uma mochila nos fundos do estabelecimento. Fediam a motor de carro, mas ele precisaria estar disfarçado em suas idas e vindas nas próximas horas, por isso, vestiu-os para que pudesse levar os objetos roubados até a loja de ferragens.

Na escuridão fria da loja abandonada, o caçador começou a fabricar suas ferramentas.

Torceu cuidadosamente longos fios de corda e os preparou para mergulhá-los na lata de gasolina que pegara na oficina.

O cadáver do grandalhão não passava de material bruto àquela altura. O caçador cortou diversas tiras da roupa do homem, observando que naquele tecido laranja havia uma boa quantidade de polímeros. O caçador embebeu as tiras no sangue da vítima. Quando ficaram encharcadas, ele as enfiou em duas das três garrafas de água vazias que encontrara nos fundos da loja, junto com um punhado de enchimento de isopor que recolhera do chão.

Ele não conseguiu encontrar um arco de serra decente no local, o que, pensando melhor, teria feito muito barulho. Deu a volta sorrateiramente por fora do estabelecimento à procura de canos de cobre finos e passou pacientes minutos arrancando dois deles da parede o mais silenciosamente que pôde. Ficou mais algum tempo amolando a ponta de um parafuso e usou o instrumento para criar furos de respiro ao longo dos dois canos. Em seguida, passou um fio de corda por dentro de cada um dos canos. Tinha de ficar atento à passagem do tempo. Aquele tipo de trabalho o deixava tão maravilhosamente envolvido e extasiado que poderia passar dias ali. A preparação de ferramentas era um processo lindo em sua visão, mesmo as improvisadas, como aquelas. Atar um nó em volta de uma porca era um ato de devoção e de preservação das artes sagradas tão importante quanto a criação de uma oração a partir das folhas do tabaco. Ele misturou a gasolina ao sangue, ao tecido e ao isopor e enrolou a parte livre da corda em volta da extremidade oposta do cano para não perdê-la quando jogasse a parte do nó dentro da garrafa. Empurrou a extremidade do cano oito ou dez centímetros para dentro da garrafa e vedou-a com um pedaço de fita adesiva que roubara da oficina. Uma das extremidades da corda ficou dentro da garrafa presa pelo peso do nó; a outra ainda estava enrolada ao cano. Repetiu todo o processo com a outra garrafa.

Suspendeu uma das lanças de cobre para testá-la. O comprimento estava bom. Passou, então, a procurar algo que pudesse dar mais peso às extremidades onde estavam as garrafas, no intuito de criar maior precisão na hora de levantá-las.

A porta da propriedade de Kutkha ainda era um problema. Quando o peso das garrafas o agradou, o caçador rodeou o prédio em busca de mais ingredientes.

Achou uma vassoura velha com a haste lascada e cerdas, que imitavam crina de cavalo, caindo ou quebradiças. O objeto serviu para resolver um problema que estava no final de sua lista. Devagar, partiu-a em duas metades – evitando quebrá-la bruscamente – e, com a ajuda da faca, começou a descascar o topo da madeira, transformando-a em serragem enquanto caminhava pelo prédio vazio.

Dez minutos depois, o caçador já havia recolhido um porta-sabonete, um frasco quase cheio de desentupidor líquido, um tubo fechado de cola resistente e um isqueiro descartável que parecia ter cerca de cinco mililitros de butano. Ele tirou as luvas e esguichou uma pequena gota do sabonete na ponta de um dos dedos. Cheirou-o e, em seguida, esfregou-o com o polegar. Era à base de álcool. Só Deus podia saber qual era o outro cheiro do líquido, pensou ele acidamente. Ele sabia que havia uma pequena quantidade de pregos e alfinetes no andar de baixo. Pegou novamente sua faca, enterrou-a nas paredes à sua volta à procura da fiação de iluminação e puxou vários metros de fio sem o reboco.

Desceu as escadas, colocou a serragem no chão e pegou a arma que havia tirado do cadáver. Era uma versão da Beretta 92, algum modelo novo que nunca tinha visto. Um pouco mais leve do que imaginara, dado o modelo. Observando com mais atenção, viu que algumas partes eram feitas de plástico. Ainda assim, sem dúvida alguma, tratava-se de uma Beretta 92, nove milímetros e profissional. O ferrolho era forte e deslizava facilmente. O caçador extraiu o carregador e tirou uma das balas. Em seguida, cortou a parte de cima da terceira garrafa, despejou os resíduos da lata de gasolina dentro dela, desparafusou o dispenser do porta-sabonete e jogou o líquido por cima do combustível. Partiu em busca de pregos. Para seu completo deleite, depois de dez minutos de caçada, já havia coletado um bom número de pregos de alumínio, que foram para dentro da garrafa.

Enquanto o cadáver endurecia no outro lado do ambiente, o caçador trabalhava com sua faca na bala, nos fios e nos outros objetos, sentindo o coração se iluminar.

Já era final de tarde quando concluiu satisfeito a fabricação das ferramentas. Então, o caçador voltou-se, metodicamente, para a preparação do material inflamável. Agindo o mais silenciosamente que pôde, quebrou em pequenos pedaços as prateleiras de madeira aglomerada. Começou a descascá-los e raspá-los para criar mais serragem, certificando-se de que conseguiria alcançá-la facilmente mesmo quando partisse em busca de mais madeira para produzi-la.

O fogo seria enorme, capaz de cozinhar o grandalhão morto sob uma pilha de madeira escura e coberto pelo poliéster derretido de suas roupas.

O caçador parou naquele momento, pegou o último pedaço de carne de esquilo e, mastigando-o sem pressa, analisou sob todos os ângulos o que havia feito e o que estava por fazer.

O sol baixou. O caçador dispôs suas ferramentas perto da porta dos fundos e subiu ao telhado para dar uma olhada no movimento e aguardar. Do canto do telhado, na esquina do quarteirão, tinha uma visão razoavelmente boa. Sabia como chegar à rua lateral e ao quintal de Kutkha através do beco da loja de ferragens.

O sol se escondeu. A rua foi ficando deserta.

O militar abriu a porta de entrada, levou dois sacos de lixo para fora e fechou a porta novamente com um sonoro clique.

O caçador se moveu.

Cinco minutos depois e completamente ciente da passagem do tempo, o caçador já estava próximo à casa de Kutkha, enfiando um prego na tábua da porta, chutando um dos sacos de lixo para a frente do prédio – *Que sorte!*, pensou ele. Em seguida, colocou uma das garrafas cheias de partículas improvisadas sobre o saco. Puxou os fios pendurados na garrafa e amarrou uma das pontas ao prego colocado no batente mais baixo da porta. Fixou outro prego perto da fechadura, amarrou ali a outra ponta do fio, checou se estava tudo certo e se afastou rapidamente.

Na escura loja de ferragens, o caçador produziu faíscas. As serragens que cercavam o corpo do grandalhão pegaram fogo imediatamente. Pegou um pouco mais dos pequeninos pedaços de madeira e os guardou em um pequeno pote. Ouviu um carro chegar do lado de fora. Parou e escutou atentamente. Ouviu o carro entrar pela rua lateral, virar, manobrar a entrada pelos fundos e parar.

O caçador produziu mais faíscas sobre a serragem que carregava, que pegou fogo. Acendeu as pontas das cordas encharcadas na parte em que saíam dos dois canos e passou-as pela cerca que o separava da rua lateral. Depois de dar cinco passos, não podia mais ser visto do quintal, mas tinha clara visão dos fundos da casa de Kutkha.

Pegou uma das lanças de cobre e arremessou-a por cima da cerca até uma das janelas do terceiro andar. Apanhou a outra enquanto a primeira terminava seu trajeto, calculou a força extra que precisaria usar e jogou-a para dentro de uma das janelas do quinto piso. Conseguiu ver pequenas chamas através dos furos de respiro ao longo dos canos conforme os pavios embebidos em gasolina queimavam em direção às garrafas. Ouviu-se um forte estrondo no terceiro andar como se um gigante batesse no chão com a mão fechada. O napalm caseiro – sangue coagulado, plástico e gasolina – explodiu e o caçador sentiu-se recompensado com os grunhidos vindos do terceiro piso. Uma janela no quinto pavimento quebrou assim que o segundo napalm estourou.

O caçador pegou a Beretta e se dirigiu até o quintal. Havia um carro grande, de sete lugares, estacionado. O caçador pôde ver o rosto de quatro pessoas pequenas no banco de trás do carro e notou que as portas estavam trancadas. Dois homens estavam em pé do lado esquerdo do veículo, de costas para o caçador.

Ele atirou na nuca do primeiro. A bala fez uma curva e rasgou a pele na junta direita da mandíbula, fazendo o maxilar inferior dobrar-se na direção do caçador.

Atirou no segundo também pela nuca e escutou um punhado de massa encefálica do tamanho da mão de um bebê, esmagar-se na parede da casa.

Kutkha carregava uma valise. Atrás dele, estava o garoto idiota e, a seu lado, o homem de corte militar, que já pegava sua arma escondida.

O caçador deu um tiro na testa do militar, que, durante um longo segundo, relutou em morrer. Seus olhos faiscavam de ódio. Ele ameaçou xingar o intruso, e uma golada de sangue vermelho claro caiu de sua boca. Suas pernas cederam e ele desabou no chão num movimento espiral, como uma cobra desfalecida.

O caçador desceu um pouco a mira da arma e atirou na virilha de Kutkha, castrando-o com precisão. Empurrou para longe o russo que berrava e atirou duas vezes na cabeça do garoto, sorrindo ao pensar consigo mesmo que a segunda bala era para o caso de ter errado o cérebro na primeira.

O terceiro e o quinto pavimentos do prédio estavam tomados pelas chamas. Os grunhidos haviam diminuído em uma ou duas vozes.

O caçador seguiu rapidamente até a pesada porta dos fundos do local e guardou a arma no bolso da jaqueta – ela estava quente demais para ser colocada na cintura naquele momento. Pegou um punhado de fios do bolso direito e os enfiou grosseiramente na fechadura. Espremeu o que restava do tubo de cola de resina dentro do buraco da chave, preenchendo-o da melhor forma possível. Tirou a arma do bolso novamente e esperou trinta segundos sem tirar os olhos de Kutkha, que ainda gritava e esperneava.

Alguém tentou abrir a porta pelo lado de dentro, mas não conseguiu destrancá-la. Ele ouviu a porta chacoalhar e, em seguida, silêncio.

O caçador aproximou-se de Kutkha e pisou em seu pescoço enquanto se abaixava para pegar a valise. Estava destravada. Dentro dela, havia dinheiro e, em dois sacos plásticos, a arma com as vinte e quatro balas que negociara. A Police Service era curiosamente adorável. Ele rasgou o plástico. Era maravilhosa. Seria perfeita para sua próxima tarefa.

Decidiu pegar também um dos montes de dinheiro. Seria útil.

– Por quê... – gorgolejou Kutkha. – Por quê? Nós sempre negociamos.

– Receio que, dessa vez, eu não possa permitir que ninguém me veja, Kutkha.

Ouviu-se uma enorme explosão. Alguém abrira a porta de entrada do prédio, ativando o artefato explosivo improvisado do caçador. Desentupidor líquido misturado a pregos de alumínio, álcool-gel, água e um pouco de gasolina, acionados por pólvora e butano. O caçador lamentou muito não ter assistido àquela cena. A bola de fogo e a corrente quente de gás cáustico, o gel inflamável e a tempestade de pregos em chamas. Devia ter sido uma beleza, um clarão em meio à escuridão da noite. Os sacos de lixo também deviam estar queimando naquele momento. Ninguém conseguiria sair do local.

Kutkha engatinhou até o cadáver do militar. Ele devia saber onde seu funcionário escondia a arma. O caçador pisou outra vez no russo. Kutkha protestou, desesperado:

– Temos o mesmo sangue! Os meus ancestrais vieram para a América e se tornaram os seus ancestrais. Somos iguais!

– Não – disse o caçador. – Não somos.

E atirou na nuca de Kutkha. O russo ficou imóvel. O topo de sua cabeça se abriu e uma substância gelatinosa esguichou e escorreu pelo chão por cerca de vinte e cinco centímetros, como uma criatura marinha.

O caçador percebeu que estava sendo observado. Quatro pares de olhos brilhavam dentro do veículo.

Ele suspirou, pegou a faca e cortou duas tiras das peculiares bermudas de Kutkha. Caminhou até a rua lateral e pegou o pote com serragem, que ainda queimava. O plástico do pote pretejava e borbulhava.

Levou-a até o carro, abriu a aba do combustível, enfiou as duas tiras de tecido no orifício e as acendeu com a serragem em chamas. Jogou o pote e a Beretta sob o veículo e se afastou, recusando-se a prestar atenção aos pequenos punhos que batiam no vidro da janela, às vozes abafadas, àqueles olhinhos.

O caçador já chegava ao final da rua lateral quando o carro foi pelos ares. A loja de ferragens também já estava em chamas. Ouviam-se sirenes, mas não conseguiriam chegar a tempo. Nunca chegavam.

Ele caminhou até a orla, sentou-se perto da água e viu Great Kill cintilar na escuridão enquanto as casas de seus inimigos queimavam atrás dele.

# VINTE E SETE

TALLOW SAIU de Ericsson Place exausto, um tanto decepcionado, sentindo-se bem menos firme do que deixara transparecer para a tenente. Não podia provar nada. Tinha apenas uma teoria que, a cada dia, se tornava mais ampla, mais abrangente, mais difícil de lidar e mais à beira da loucura. Tentou se concentrar em alguma coisa – que não fosse a direção – e lembrou-se do momento em que acreditava ter estado com o cara do apartamento 3A. Tallow tentou recuperar cada detalhe daquela experiência. As cores do cabelo e da barba do homem. Seu cheiro. A linguagem corporal que usava. A forma com que pegara o cigarro da mão de Tallow. O modo como arrancara o filtro para guardá-lo no bolso.

"Aquele maldito", o detetive murmurou consigo mesmo. Podia ser um homem que apenas não gostava de usar os filtros do cigarro. Mas, pensou Tallow, como teria sido maravilhoso se pudesse voltar lá e recolher aquele filtro com uma linda impressão digital cravada no papel que o revestia.

Tallow girou o volante, subiu na calçada com uma das rodas, pisou no freio e, por muito pouco, não foi responsável por um engavetamento. Nem sequer escutou o coral de buzinas que passou por ele.

O homem tirara o filtro. Mas fumara o maldito cigarro. Ele tinha de ter deixado a bituca em algum lugar. Por mais cuidadoso que tivesse sido com o filtro, não poderia ter cortado a ponta e guardado também a bituca. Poderia? Não. Seu cheiro não era forte. Aquilo federia dentro do bolso e Tallow acreditava que ele não era o tipo de homem que gostaria de ser reconhecido pelo cheiro. Ele tinha de ter esmagado a bituca em algum lugar. Ou a ter jogado por aí, esperando que ela queimasse até o fim.

Era uma esperança idiota e insana.

Tallow voltou para a pista e pisou fundo para a Pearl Street.

Estacionou do lado oposto ao edifício. Tirou luvas, um plástico com *zip lock* e uma pinça do porta-luvas. Estava no mesmo local em que esteve quando encontrou com o cara. Olhou em volta e, com toda a força, tentou se lembrar. O detetive fora embora antes de o homem terminar o cigarro. Tallow colocou os pés na posição que o homem ocupara. Colocou a mão no bolso do paletó, simulando guardar o filtro. A pinça fazia o papel de seu cigarro. Soltou uma fumaça imaginária da mesma maneira que o homem fizera.

Fingiu terminar o cigarro, que queimava na direção de seus dedos. Naquele dia, Tallow já havia jogado o seu fora. O detetive olhou para a valeta. Havia três bitucas espalhadas em meio a algumas folhas secas, um pequeno caco de vidro, uma moeda e um saco de batatas chips. Cada uma das bitucas estava amassada e retorcida pelo contato com objetos maiores. Todas tinham os filtros. Tallow se abaixou para ver melhor. Uma delas era da marca que ele fumava.

Tallow olhou em volta, procurando um local em que pudesse esmagar a bituca de um cigarro sem filtro sem queimar os dedos.

Nada.

Agachou novamente na valeta. Pegou o saco de batatas chips. Olhou para o céu, respirou fundo e controlou o tremor em seus dedos.

Durante alguns segundos, teve a sensação de uma cobra em seu estômago pronta para dar o bote em seu coração. Desdobrou e abriu o pacote com repugnância. Alguém o retirara da valeta, dobrara-o, amarrara-o com um nó, pisara sobre ele para que parecesse naturalmente esmagado e o jogara de volta à rua para que fosse ignorado, chutado e varrido.

Havia uma bituca de cigarro no meio do nó. Tallow riu.

Pegou a bituca, colocou-a no plástico e o vedou. Voltou ao carro levando o plástico e o pacote de batatas, que colocou desajeitadamente dentro de outro plástico ao entrar.

*Tudo o que eu quero*, pensou Tallow sozinho, é *uma prova de que você também não é invisível.*

Ao chegar à entrada principal do One Police Plaza, Tallow, ainda no modo hiperatento, sentiu o clima pesado. As pessoas o observavam pela primeira vez desde que o caso o levara até ali. Apressou o passo, a bolsa do laptop nas mãos, e se dirigiu para o elevador mais distante que encontrou.

Caminhou pelo prédio da perícia a passos largos. Bat estava jogado sobre a bancada dentro de sua sala asquerosa e nem sequer levantou os olhos ao falar:

– Bae Ga. Vinte e quatro anos. Nascido em Incheon, Coreia do Sul. Morto em Kitchen há dezoito meses. Matemático. Arma usada: uma Daewoo DP-51. Uma pistola originalmente sul-coreana.

Tallow pôs a bolsa na bancada com cuidado.

– Um matemático. Ele estudava aqui?

– Trabalhava aqui. No meio financeiro, para uma empresa chamada Stratagilex. Fundos mútuos ou coisa parecida. Não entendo muito disso.

– Encontre alguém dessa empresa. Um chefe. Um telefone. Onde está Scarly?

– Atrás de você.

– Meu Deus. Certo. Tenho uma coisa para você. Bat, levante daí.

– Não se enquadra no perfil, John. É um ponto fora da curva. Fingiram um ataque a um gênio coreano da matemática e atiraram nele coincidentemente com aquela arma, mas a vítima não tem nada a ver com o que vimos até aqui.

– Discordo – respondeu Tallow, abrindo a bolsa. – Veja isso, Scarly.

– Que diabos você tem aí?

– Eu disse que achava que já tinha me encontrado com o cara. Dei um cigarro a ele. Ele arrancou o filtro e o guardou no bolso. E fumou o cigarro. Ele não poderia ter guardado a bituca, porque ficaria cheirando e ele se preocupa com essas coisas. Por isso, ele jogou a bituca dentro de um pacote de batatas chips que encontrou na rua, pensando, "Quem seria maluco de pensar em voltar aqui e ficar procurando por toda a sarjeta uma única bituca de cigarro que poderia ter sido jogada em qualquer lugar?".

Scarly olhou firmemente para o detetive.

– E quem seria maluco de achar que poderíamos conseguir tirar alguma coisa de uma bituca de cigarro que provavelmente estava quente ao ser jogada no saco, fazendo-o derreter sobre ela?

– Eu. Olhe. Ele deixou uma bituca longa. Não tinha como fazer outra coisa, não é? Não tinha filtro. Além disso, ele nem gostou muito.

Scarly desviou os olhos para o objeto.

– Merda. Bat, tire o pessoal da sala limpa e veja se foi aplicado UV nos materiais de plástico.

Bat estava perto do laptop, rabiscando nas costas de uma tira de papelão tirada do copo de café. Ele entregou o papel a Tallow e deu a volta na mesa.

– O que temos aqui?

Scarly tirou luvas de látex do bolso da calça.

– Papel de cigarro para procurarmos digitais, e quero cortar a extremidade usada na boca e submetê-la ao método rápido de proteinase EA1.

– O rápido? – questionou Bat.

Tallow viu que ele mudara para o modo profissional.

– É. Não creio que tenhamos tempo para outra coisa.

– O corte vai ser um problema. Precisamos de um centímetro quadrado de papel para fazer o teste rápido, e isso vai chegar à parte das digitais.

– Não se cortarmos toda a volta da ponta, daí teremos o total de um centímetro quadrado. Reservaremos um pouco do tabaco para o caso de nos sobrar tempo.

– Calma aí – intrometeu-se Tallow. – Mais tempo? Método rápido?

Scarly suspirou.

– O chefe da minha chefe disse que estamos gastando recursos demais nesse caso. Vamos acabar sendo tirados do caso mais cedo ou mais tarde.

– E quem vai ficar no lugar de vocês?

– Ninguém, John. Não sei o que está acontecendo, mas o mundo mudou de dois dias para cá. Todos os nossos pecados serão perdoados e esse caso vai afundar assim que algum idiota encontrar uma âncora para pendurar nele. Possivelmente uma exatamente do seu tamanho.

Tallow inclinou-se sobre a bancada.

Scarly endureceu a expressão em seu rosto.

– Então, é isso. Estamos esperando a decisão. Mas, enquanto isso, ainda estamos no caso. Portanto, vamos fazer o teste rápido, tirar o pessoal da sala limpa e fazer o máximo que conseguirmos no menor tempo possível. Está bem?

– Está bem. Vão logo.

– Eu estava indo.

Bat abriu as asas e arrastou-a para fora da sala.

– O cara só está tentando fazer o trabalho dele, Scarly. Não seja dura.

– Eu não fui dura.

– Foi sim.

– Não é minha culpa, sou autista, merda...

Tallow leu as informações que Bat escrevera no papelote e discou um número. Após noventa segundos de breves conversas com secretários, ouviu a voz de uma executiva de nome Benson.

– Sra. Benson, obrigado por me atender. Serei rápido: estou investigando um homicídio e parece que ele está ligado à morte de um antigo funcionário da senhora, Bae Ga. A pergunta é simples. Só preciso saber que tipo de cargo ele ocupava.

– Bae? Bae era brilhante. Ele escrevia nossos algoritmos. – A voz dela, pensou Tallow, parece a de Lauren Bacall, com os cigarros e o *brandy*, experiente o suficiente para conhecer o mundo e jovem o bastante para ainda se decepcionar com ele. – Era da nova geração. Falava inglês muito bem (ele era de uma cidade portuária, sabe, com uma percepção bastante internacional) e era brilhante, muito talentoso. Foi um alívio encontrá-lo. Antes dele, tínhamos de contratar físicos russos para os algoritmos. Uns lunáticos, na maioria das vezes. Bae iria nos fazer crescer.

– A senhora está falando de *trading* algorítmico?

– Sim.

– Alguém de fora chegou a tentar contratá-lo?

– Todos tentaram – ela riu. – Goldman Sachs, Vivicy, Blackrock, pode escolher. Mas ele não foi para nenhuma. Ele era jovem e acreditava em lealdade, era uma joia.

– A senhora gostava dele.

Novamente o riso.

– Eu cuidava dele. Às vezes, me pergunto o que teria acontecido se eu não tivesse aberto a porta do meu closet para ele. Naquela noite, ele estava indo para uma festa em um daqueles prédios horrorosos em Clinton,sabe, para encontrar o namorado. O rapaz era adorável também, um jovem estudante de arquitetura. Eu incentivava Bae a sair um pouco de sua gruta de mago de vez em quando. Disse a ele, "Você encontrou um cara legal que quer mostrar o namorado brilhante nas festas que frequenta, então vá".

Ela fez uma pausa. Quando voltou a falar, sua voz era mais baixa e grave.

– E aí. Morto a tiros, como um cão.

– Só tem mais uma coisa, por pura curiosidade, que gostaria de lhe perguntar. Como a perda do Sr. Ga afetou seus negócios?

A Sra. Benson riu.

– Andy Machen estaria engraxando meus sapatos se Bae ainda estivesse comigo, Detetive. Ele era, e ainda é, insubstituível. Só se tem a sorte de encontrar uma mente como a dele uma vez em cada geração.

– Agradeço pelo seu tempo, Sra. Benson.

– Se o senhor descobrir alguma coisa...

– Se souber de alguma novidade, com certeza, procurarei a senhora.

– Obrigada. Os negócios não importam, sabe? Continuamos na batalha. Mas sinto falta dele. Ele não merecia isso, nem um pouco.

– Obrigado, Sra. Benson.

Tallow desligou e guardou o papelão na bolsa antes de se dirigir para o elevador e descer até o mapa da sala de um assassino no subsolo.

O assistente-chefe Allen Turkel estava em pé, observando a sala de simulação.

Tallow cuidou para não diminuir o passo ao se deparar com o homem.

– Senhor – disse ele com um aceno de cabeça e seguindo direto para a mesa do lado de fora da sala.

– Detetive John Tallow. É um trabalho impressionante.

– Obrigado, senhor. Posso ajudá-lo?

– Ainda não sei, Detetive. Só queria ver o que senhor tinha aprontado aqui, com o espaço que roubou do meu prédio.

Turkel sorria, tentando sugerir que apenas brincava. Tallow ainda estava agitado. Notou o desgaste na aliança de Turkel. Era um homem que costumava tirá-la com frequência. E não apenas para tomar banho. O anel ia parar em seu bolso muitas vezes. O assistente-chefe pagava regularmente uma boa quantia de dinheiro para o corte de seus cabelos, e seus dentes eram tratados de modo a prepará-lo para uma função que exigia o contato com as câmeras e o público a todo o momento. Usava sapatos de couro macio com uma peça de prata sobre a costura.

– Pedi emprestado, senhor. Usar a cena do crime não daria certo. Atrasaria ainda mais a retirada das provas.

– Bem, isso mostra que, pelo menos, o senhor se importa o mínimo com os recursos do departamento, Detetive. Diga-me: já pensou em ser promovido?

Tallow apenas olhou para o homem.

– É só uma pergunta Detetive. Quer ser detetive pelo resto da vida?

– Para ser sincero, senhor, não sou muito de fazer planos. Mas, já que o senhor perguntou: não, nunca pensei em promoção.

– Conheço tiras como o senhor – disse Turkel, levantando o queixo e sorrindo com o olhar de alguém que pensava saber de que lado estava o poder naquela sala. – Sempre dividi os policiais em três tipos. Os que pensam ter nascido para o emprego que têm, como o senhor, e que farão a mesma coisa até morrer ou se cansar. Policiais como a sua tenente, que desejam ser promovidos simplesmente porque a promoção existe e eles acreditam que consegui-la é sua função. Os desse tipo não são muito úteis. Oh, a sua tenente é uma boa gestora e posso usá-la para muitas coisas, mas, cá entre nós, ela nunca será uma boa policial. Só está aqui para ganhar uma boa promoção.

Turkel fez uma pausa e Tallow aceitou a deixa com falsa polidez.

– E o terceiro tipo? Senhor?

– O terceiro tipo são os policiais como eu. Pessoas que precisam ser promovidas porque sabem qual é o trabalho de verdade. Os tiras das ruas muitas vezes têm dificuldade de ver as coisas dessa forma, Detetive, mas policiais como eu são os verdadeiros idealistas nesse ramo. Somos quem de fato tem a visão de como o departamento pode se adaptar, mudar e servir melhor à cidade. Foi por isso que busquei a promoção. E ainda a desejo. Porque quero mudar e melhorar sua vida.

– Minha vida.

– A vida dos policiais sob meu comando. O que inclui o senhor. Mas também tenho grande responsabilidade sobre o povo dessa cidade. São eles, afinal, que pagam nosso salário indiretamente. E vai chegar o dia em que nos pagarão diretamente. Por isso, tenho de cuidar dos recursos. Como isto aqui. Qual é o objetivo desse espaço?

– O caso se concentra nele, senhor – respondeu Tallow.

– Achei que eram vários homicídios sem solução que o senhor reabriu.

– Quer mesmo falar sobre isso, senhor? Digo, quer falar sobre isso de verdade?

Turkel olhou calmamente para Tallow.

– Sim – disse após um momento de silêncio.

– Muito bem, então. É claro que se trata dos homicídios sem solução. Para nós. Mas, para ele, trata-se desse apartamento. Os assassinatos foram os meios para esse fim.

– Não compreendo – disse Turkel. – As mortes eram o fim. Ele só guardava as armas depois de agir para que ninguém as encontrasse.

– Não, senhor. Esse apartamento é o principal para ele. Deixe-me...

Tallow foi até a sala e observou o local do ponto em que Turkel estava.

– Não. Fique aqui. Vire para essa parede e sente-se no chão.

Turkel franziu o cenho.

– Prefiro ficar em pé.

– Está bem. – Tallow afastou-se do perímetro do quadro branco. – Concentre os olhos no meio daquela parede.

– Existe um formato.

– Sim, senhor. Agora, gire pela sala para a sua esquerda.

Tallow caminhou em volta do local sentindo-se como um animal que ronda a fogueira de um acampamento.

– Dando a volta toda?

– É. O senhor saberá onde parar.

– Meu Deus. Existe uma espécie de padrão. Parece que as armas quase se juntam em uma coisa só. Há espaços vazios, mas...

– Isso mesmo, senhor. Espaços vazios. E cada um deles é um futuro assassinato.

– Oh. Oh, meu Deus. Oh, meu Deus. Chega a cobrir o chão.

– E aí há mais espaços em branco. A organização das armas segue assim por todos os outros cômodos e volta para esse mesmo ponto.

A voz de Turkel saiu baixa.

– O que é isso, Tallow?

– São informações, senhor. É o trabalho de um homem desequilibrado, muito metódico e prático, que está escrevendo um livro com as máquinas com que mata pessoas. É um fluxo de informações, um código, um pictograma, uma matemática que não significa nada a ninguém, só a ele. O trabalho de um assassino em série que vive permanentemente em fase totem, permanentemente motivado, permanentemente no momento e permanentemente na luta para concluir sua mensagem para a história. É isso o que tem passado despercebido em Manhattan nos últimos vinte anos, senhor.

Turkel parecia querer vomitar.

– Há quanto tempo conhece Andrew Machen, senhor? – quis saber Tallow.

– Há mais de vinte anos – murmurou o assistente-chefe, parecendo distante, com os olhos ainda presos ao cinto de bronze que circundava a sala. – Por quê? O que foi?

– Diria que conhece Jason Westover pelo mesmo período?

– O quê?

Turkel voltou a si e procurou Tallow, que caminhava em volta da sala. Turkel viu de relance o detetive entre dois espaços no quadro branco.

– Por que acha que Andrew Machen decidiu comprar o prédio, senhor?

– O quê? Cadê você? Por que ele compraria o prédio?

– Para seus magos, senhor. Para que seus *traders* de algoritmos pudessem continuar criando mapas invisíveis do 1º Distrito e ganhar dinheiro com isso.

– O senhor não está falando coisa com coisa. Fique quieto, droga. Por que Machen compraria...

– Está vendo, é isso o que me incomoda, senhor. Mas acaba de passar pela minha cabeça que todos estão tão ocupados criando os novos mapas invisíveis da cidade que... bem, nenhum de vocês enxerga mais os outros mapas.

– De que diabos está falando, Tallow?

Turkel estava começando, pensou Tallow, a soar um pouco confuso. A impressão fez com que Tallow acabasse com os sussurros de medo que sentia por dentro.

– Andrew Machen não viu os mapas desenhados pelo matador por toda a cidade. Comprou o prédio da Pearl de acordo com as necessidades de seus próprios mapas, sem ter a menor ideia de que o assassino que contratara usava o local para armazenar todas as armas. Acredito que tenha sido um choque e tanto.

Tallow entrou na sala, atrás de Turkel.

– Tudo é um mapa, senhor. Isto aqui é um mapa. Um mapa de um apartamento.

Turkel virou-se para Tallow, os olhos agitando-se nas órbitas, pensando o mais rápido que podia.

– Está me dizendo que Andy Machen contratou esse cara para matar todas essas pessoas? Está mesmo afirmando uma coisa dessas? Onde estão as provas? O que tem para sustentar seu argumento?

– Ainda estamos sendo honestos, senhor?

Turkel respirou fundo, endireitou-se e reuniu coragem:

– Sim.

– Sem que ninguém nos escute.

– Isso mesmo, Tallow.

– O senhor quer que eu diga o que penso sobre o caso.

– Vá se ferrar, Tallow. Que diferença faz se você nem vai ficar no caso tempo suficiente?

– Muito bem, então – disse Tallow, andando em um pequeno círculo em volta do assistente-chefe. – Há vinte anos, o senhor devia trabalhar como patrulheiro, Jason Westover acabava de sair do exército e Andrew Machen, sei lá, vendia dentes de ouro de idosas nas ruas. Os três se conheciam. Talvez frequentassem o mesmo bar. Talvez fossem amigos de infância. Quem sabe? Eu vou descobrir. Eram jovens, razoavelmente arrogantes e ambiciosos, e ávidos, e um tanto gananciosos, e estavam um pouco cansados de como as coisas caminhavam lentamente até mesmo numa cidade grande como essa. Certa noite, um de vocês disse, "E se matássemos todos os babacas que estão no nosso caminho e no das coisas que desejamos?". Todos riram e pediram outra cerveja. Mas a ideia ficou no ar, não ficou? Não conseguiram tirá-la da cabeça. E vocês, um policial, um soldado e um banqueiro, não puderam deixar de pensar em como as coisas poderiam ser feitas. O que aconteceu depois? Um de vocês conhecia um cara? Começaram a procurar por um? Alguém em quem pudessem confiar totalmente. Alguém a quem pudessem pagar e que se dedicasse tanto ao trabalho que se tornasse, eis a palavra de novo, invisível pelo tempo que fosse necessário. E sempre pareceu demorar mais do que vocês esperavam, não foi? Sempre havia alguém que precisava ser tirado do caminho para que vocês continuassem avançando. E o senhor conhecia as estatísticas, não é? Sabia quantos homicídios sem solução poderiam ser escondidos nos relatórios anuais. Mas o que nos trouxe a este local neste momento são as coisas que o senhor desconhecia. O senhor não sabia que o cara que contrataram guardava todas as armas que usara em um apartamento na Pearl Street. Jason Westover certamente não tinha ideia de que os aparelhos de segurança que sumiram de seu depósito, fato para o qual fez vista grossa, foram usados para fazer a segurança da porta do dito apartamento. E Andrew Machen não percebeu que comprava justamente aquilo que revelaria todo o esquema de vocês.

Turkel sentiu convulsões e vomitou.

Enquanto o homem estava de quatro esvaziando as entranhas, Tallow teve de resistir ao fortíssimo ímpeto de chutá-lo no estômago revirado. Mas, em vez disso, se afastou do fedor.

Tallow acrescentara pelo menos três coisas completa e espontaneamente inventadas em sua narrativa, incluindo a história de Westover saber sobre a porta do 3A. Sua intuição lhe dizia que os três homens vinham se comunicando regularmente, e uma pequena informação falsa poderia lhe dar alguma vantagem pelo caminho. Se é que haveria um caminho.

– Que diabos está acontecendo aqui?

Os fortes solavancos de Turkel cobriram o som das portas dos elevadores se abrindo. Tallow conhecia aquela voz e sabia o rosto que veria. O rosto de uma mulher que parecia estar constantemente sob uma boa dose de uísque escocês.

– Primeira Comissária Adjunta – disse Tallow.

Estava acompanhada por duas mulheres vestidas à paisana e caminhou rapidamente dando passos curtos, sem olhar para Tallow.

– Não estou falando com você. Al, quer sair desse chão!

– A comida estava estragada – ganiu Turkel, levantando sobre os quadris e procurando um lenço.

– Que bom. Talvez você morra disso antes que eu precise matá-lo. Que diabos você está fazendo, Al?

– Wanda...

– Vou lhe dizer o que está fazendo. Está tentando me fazer perder o emprego. Não pense que não o conheço, Al Turkel. Eu devia agarrá-lo pela nuca e afundar seus olhos nos seus malditos joelhos. Se quer minhas quatro estrelas, seja homem e tire-as apontando a merda de uma arma.

– Oh, meu Deus – falou o assistente-chefe –, o que está havendo?

– O que está havendo é que você quer enterrar o caso da Pearl na mesma semana em que ele foi aberto, é isso o que está havendo. Está tentando enterrá-lo e acabar com ele quando sabe muito bem que se o comissário for chamado pelo prefeito ou por sabe-Deus-quem para prestar contas, é em cima do meu pescoço que ele vai cair, não do seu, porque é para isso que serve um adjunto. Seu merda.

– Você é louca, Wanda.

– Quer saber quem é louco? O capitão do 1º, um cara que tem menos de meio litro de prestígio, que ele tem economizado para comprar sua aposentadoria com todos os benefícios alguns anos adiantada e que resolveu gastar o pouco que tem com esse rapaz aqui – apontou para Tallow sem olhar, acertando mesmo assim exatamente sua posição –, depois de ter encontrado um memorando em sua mesa falando sobre o fechamento do caso.

Tallow ficou levemente espantado.

– Eu não tenho de consultá-la para gerir minha área, Wanda – disse Turkel, levantando-se trêmulo.

– Sua área. Minha cidade. Que merda você está aprontando?

– É insolúvel. Só serve para desperdiçar recursos. Estou reunindo todas as provas, a perícia vai continuar a analisar o caso sem priorizá-lo até que haja alguma coisa sólida com o que trabalhar.

– Al, seu imbecil maldito. Um cara matou um policial com a arma usada no crime da merda do Filho de Sam. O que você acha que vai acontecer quando uma merda dessas vazar? É você quem vai ter de responder às perguntas? Não. Algum babaca infeliz vai botar uma câmera em cima do comissário depois de ele passar uma hora enchendo a bunda do prefeito de dinheiro (ou seja lá o que o comissário precisa fazer para garantir o emprego semanalmente)... botar uma câmera em cima dele e dizer, "Ei, soube que o seu departamento enterrou o caso do assassino em série que roubou a arma que pertenceu a outro assassino e estava guardada com a polícia. Depois, usou-a para matar um tira, e este fazia parte de um grupo de mais de duzentos homicídios que o senhor conseguiu não perceber que tinham alguma ligação entre si. O senhor tem algo a dizer?".

– Wanda – disse Turkel, parecendo exausto –, você não devia estar tomando seus remédios em dias como esse?

– Vá de foder. Sua ordem não foi acatada.

– Você não pode fazer isso.

– Posso e fiz. Sei que quer meu cargo, Al. Sei que quer o cargo do comissário também. E você é muito bom. Comete poucos erros e cresceu na hierarquia muito rápido. Mas vou lhe dar um conselho de graça: está pensando como um gestor. Acredita que, onde está, basta limpar a barra e esconder as estatísticas do que você não conseguiu limpar. Assim não tem nenhum problema com o CompStat ou com os relatórios de promoções. Mas, no meu nível, Al Turkel, é preciso enxergar um mapa bem maior. É preciso trabalhar com as estatísticas ou será detonado pela mídia e pelos políticos. E, nesse caso, por todos os policiais do departamento que me perguntam o que pode acontecer se levarem um tiro inconveniente com uma arma que você não quer admitir que sumiu de nosso acervo.

Ela literalmente cuspiu no chão perto de onde estava Turkel. Tallow começou a entender por que a comissária adjunta estava sempre acompanhada de seguranças.

– Vá se foder – disse ela a Turkel. – Aja como um policial.

Ela girou os calcanhares e voltou pelo mesmo caminho pelo qual chegara, passando por Tallow. Ao se aproximar, olhou para ele e perguntou:

– Você é John Tallow?

– Sim, senhora.

– Você é um imbecil – disse, ao sair pisando duro em direção aos elevadores.

– Sim, senhora.

Tallow ficou observando Turkel enquanto escutava a comissária adjunta sair. Contou mais um minuto mentalmente, observando Turkel limpar-se e tentar se recompor. Em seguida, Tallow também seguiu para o elevador.

Turkel não disse nada enquanto Tallow aguardava. Depois de dois minutos, o elevador voltou e suas portas se abriram ruidosamente.

Tallow entrou. Turkel, sem olhar para ele, falou vagarosa e deliberadamente, a voz como vidro se rachando:

– Eu poderia acabar com tudo. Lembre-se disso ao chegar em casa essa noite. Eu poderia impedir o que vai acontecer. Mas, agora, não vou mais.

As portas se fecharam com um tranco e um sacolejo. O painel eletrônico do elevador pifou por alguns instantes. Durante alguns segundos, tudo ficou escuro.

Tallow ficou quinze minutos tentando fazer com que um zelador limpasse a sala e, mesmo depois de convencê-lo, teve de suborná-lo com uma nota de dez dólares.

– Não acredito que tenha de lhe dar uma grana para fazer o seu serviço – disse Tallow.

– Mesmo assim, o senhor está aqui, me dando dinheiro para que eu faça o trabalho que já sou pago para fazer – falou o homem ao puxar a nota dos dedos do detetive. – O mundo dos negócios é uma coisa misteriosa e assustadora, e não cabe a nós compreendê-lo.

– Eu poderia muito bem tê-lo obrigado a fazer isso – observou Tallow.

– Talvez sim. – O zelador sorriu e colocou os dez dólares no bolso.

– Tenho certeza de que havia uma maneira de eu fazer o serviço sem deixá-lo mais pobre. Mas a gente nunca sabe, não é mesmo?

Os olhos de Tallow ficaram opacos ao processar as palavras de Turkel.

– Aquele maldito – disse finalmente. E saiu.

Seu telefone tocou quando retornava para a área da perícia. Era a tenente.

– Só foi adiado – disse o detetive.

– Como é?

– A ordem do assistente-chefe foi anulada. Mas isso só significa que amanhã ele emitirá outra ordem, escrita com outras palavras e, provavelmente, através de outros canais. Nesse exato momento, ele deve estar pensando em como vai fazer isso.

– Tallow, o que está acontecendo aí?

– Juro por Deus, eu acabo de ver a primeira comissária adjunta acabar com o assistente-chefe Turkel bem na minha frente.

A tenente explodiu em uma gargalhada surpreendente.

– Ah, meu Deus. Ela estava usando aqueles tênis esquisitos de caminhada?

– Estava. E andava como se esmagasse formigas pelo chão.

– Gosto tanto dessa mulher – disse a tenente. – Espero do fundo do coração que um dia ela chegue a comissária.

– Turkel conhece Machen – comentou Tallow. – Machen, o cara da empresa que está comprando o prédio na Pearl Street. Machen, o cara que é tão amigo de Jason Westover que o apresentou à esposa. Machen, o homem que tentou contratar um mago coreano da matemática de outra empresa e não conseguiu e, pouco depois, o tal mago foi encontrado morto com um tiro disparado por uma arma fabricada em seu país.

– Pelo amor de Deus, John – disse ela –, quero provas, chega de especulações.

– Acha que estou errado?

Ele escutou-a respirar fundo.

– Não completamente. Mas isso está se tornando cada vez maior e mais caótico rápido demais, e você não está ajudando muito, vendo conexões em todo lugar. Preciso de uma coisa que possa ser vista a olho nu. Porque se você estiver certo em um único ponto, John, é provável que o assistente-chefe encontre outra maneira de afundar o caso. E isso acontecerá porque você terá permitido. Se você não tiver nada de concreto, ele vai se agarrar à única coisa que considere possível de se livrar...

– Ah, droga – queixou-se Tallow. – E a primeira adjunta entregou a coisa de bandeja. Brigou com ele por causa da Bulldog .44.

– Encontre alguma coisa. Rápido. Porque o capitão já começou a guardar as tralhas da mesa dele em uma caixa, John. Ele já está fora, só está esperando que lhe digam para ir embora. Ele se jogou na frente da bala por nós. Não deixe que atirem outra. Porque eu não vou me jogar por você.

– Entendido. Mas você percebeu o tamanho disso tudo, não é, Tenente? Consegue ver como tudo está conectado.

– Não fale comigo nesse tom, John. Ou minha conclusão será de que você está fora de si e deveria estar de licença.

– Está bem. Está bem. Nos falamos amanhã – disse Tallow, desligando o telefone com a certeza de que aquilo era mentira.

Tinha plena certeza de que fosse lá o que tivesse atraído para si, aconteceria naquela noite. Com isso em mente e o telefone em mãos, Tallow analisou a si mesmo. Sentia um medo calmo, um vazio no peito e os pensamentos voarem. Contudo, ainda acreditava estar com a razão, e suas mãos não tremiam. Era, portanto, um medo útil.

Tallow foi tomado por uma memória sensorial por alguns instantes: estava com cinco ou seis anos de idade, voltando para casa depois da escola. Sua mãe o esperava do outro lado da rua. Ele viu. Uma intersecção em "T" e ele teria de atravessar a rua, que constituía a barra vertical do "T". Primavera. Tardes mais longas e a promessa que traziam de ficar acordado até mais tarde e de fazer mais coisas, usando os momentos de cálida luz dourada para a alegria e a diversão ou simplesmente para passar mais tempo junto dos pais. A promessa parecia nunca se tornar real, mas, durante a primavera, a promessa em si já bastava para aquecer seu coração. A mãe estudava o movimento dos carros. Ela levantou os braços. Era um momento seguro para atravessar. Naquela manhã, ela havia dito que iriam ao mercado e tomariam sorvete depois do jantar. Ele correu em sua direção. Quando se tem a expectativa de uma noite agradável, com o céu ainda iluminado, é como se roubássemos mais um dia do mundo.

Tropeçou. Tallow lembrava com detalhes. Tropeçou no meio da rua e caiu com o peito no chão. Se não estivesse com a cabeça tão inclinada para frente com a excitação de correr em direção à mãe e à tarde que começava, teria rasgado o queixo ou arrancado um dente com a queda. Mas tombou sobre o peito, a palma das mãos atingindo em cheio o asfalto, batendo os dois joelhos. Ele olhou para a mãe, que se virara para ver o trailer VW que fazia a curva. Era azul e branco. Ele seria capaz de apontar o exato tom de azul se lhe mostrassem uma cartela de cores naquele momento. O menino conseguiu ver a ponta de ferrugem no logo da VW na frente do veículo. Uma gorda estava ao volante; tinha cabelo grisalho de corte quadrado e um suéter verde.

O medo estava ali, em seu peito, aquela sensação horrorosa de vazio. Sentiu o ar dos pulmões sumir, desaparecer. Seu corpo lhe dizia que não adiantaria respirar, pois os pulmões já não funcionavam. Seus pensamentos entraram num turbilhão, um praxinoscópio de imagens e cálculos simples.

O trailer brecou. A mãe de Tallow deu um grito sufocado e correu para a rua para pegar o filho. O garoto conseguia se mexer tranquilamente, mas a mãe levantou-o e o colocou na calçada, acenando e agradecendo aos berros a sorridente mulher ao volante. Tallow observou a motorista e constatou que ela parecia mais agradecida do que sua mãe. O detetive lembrou-se da mulher batendo no volante e respirando fundo. O alívio de uma mulher que, no final das contas, não atropelou um garotinho que ia para casa. Tallow ficou pensando naquilo a semana toda antes de dormir. A mulher agradeceu a seu veículo por ter obedecido ao comando de frear.

Tallow ficou pensando naquela imagem, ele com cinco ou seis anos, olhando para o teto em que o pai grudara estrelas de plásticos feitas de um material que brilhava no escuro, na tentativa de formar uma constelação. Pensou também em como ele tinha consciência de que, apesar do medo ou por causa dele, poderia ter saído da frente do trailer. Ia dormir sorrindo, com a absoluta certeza de que poderia ter se levantado e deixado o caminho livre para o veículo.

Havia muitos anos que não tinha motivos para se assustar. Não John Tallow. Agora teria, tão viva e friamente como sentira naquele dia de sua infância.

Tallow chegou à caverna da dupla de peritos. Bat estava lá, digitando no laptop.

– Onde está Scarly?

– Trabalhando no papel do cigarro – respondeu Bat, sem prestar muita atenção. – Ela não gosta que eu a ajude. O processo todo me faz tossir e uma vez... bem, tínhamos comido uma pizza horrorosa e fiquei com algumas coisas presas no dente. Estávamos tentando achar as digitais e a fumaça me fez tossir. Ela começou a gritar comigo e eu não parei de tossir até que um pedaço de anchova voou da minha boca para a dela.

– Por isso, ela não permite sua ajuda.

– Não muito. Estou tentando extrair algum DNA do pedaço cortado.

– O método veloz?

– Não é tão veloz assim – disse Bat. – Mas consigo manuseá-lo daqui pelo computador. Com muita boa vontade e com toda a sorte do mundo, porque estamos trabalhando nisso há pelo menos uma hora. E não sou um cara sortudo, apesar de trabalhar na Polícia de Nova York, sabe como é?

– Sei – disse Tallow. – Escute, posso pegar você emprestado por uma hora?

– Do que você precisa?

– De você. E de algumas das suas coisas.

– Você parece ter um plano, John.

– Passamos da fase de planos, já entramos no território do último-esforço-desesperado. Ou talvez no território do deitar-na-via-enquanto-uma-van-se-aproxima.

– Certo, está bem. Mas antes me deixe falar com Scarly.

– Sobre o quê? – perguntou Scarly, chegando atrás de Tallow. Tinha os olhos arregalados e a respiração curta e rápida.

– O que você fez? – indagou Bat e, em seguida, disse a Tallow – Conheço esse olhar. Ela conseguiu alguma coisa. Tenho certeza.

– Acertou – disse Scarly. – Consegui uma digital.

– Puta merda – disse Bat.

– Não é uma digital maravilhosa – apressou-se ela –, mas é uma digital. E acho que é o suficiente para encontrarmos o cara se ele já for um velho cliente do NYPD. Conseguimos uma maldita digital, John. Como raios você foi pensar nisso?

– Estou pensando em, neste momento, chamar um papiloscopista para confirmar a digital – disse Bat.

– Não jogue areia, Bat. Consegui uma digital da bituca de um cigarro grudada num saco de batatas. Você devia fazer reverência e chamar umas prostitutas para mim.

– Não precisamos de um especialista para confirmá-la ainda – intrometeu-se Tallow. – Tente achar a ficha. Saberemos quem é o cara quando o virmos. Tenho certeza absoluta disso. Preciso roubar Bat por uma hora. Voltaremos logo. Vamos perder esse caso amanhã, Scarly, então, só temos hoje à noite para transformar uma coisa que parece teórica em fato. Posso contar com você?

– John, eu tenho mulher. Não posso ficar aqui a noite toda.

– Ei. Scarly. O que aconteceu com o "consegui uma digital" de cinco segundos atrás? – comentou Bat.

Scarly inclinou-se e encarou John furiosamente com as sobrancelhas comicamente baixas:

– Está bem. Eu admito. Chegamos muito longe para pararmos agora. Mas vamos precisar comer e eu vou precisar dar um jeito de minha mulher não mandar minha cabeça descarga abaixo pela privada. Deixe-me fazer uma ligação.

– Ligue para quem quiser – disse Tallow. – A digital está sendo processada agora?

– Está.

– Ótimo. Bat, preciso de algumas de suas tralhas.

Já no carro, Bat disse:

– Você deve estar batendo pino se acha que isso vai dar em alguma coisa.

– Estou meio cansado de ouvir que sou maluco.

– Bem, acostume-se. Digo, não quero me meter na sua vida, mas você já era assim antes de seu parceiro morrer?

– Achei que a Scarly era a autista sem nenhuma habilidade social.

– Não, não, eu tenho noção do que perguntei. Sei que ainda dói. Mas é uma pergunta sensata. Sente que está se comportando diferente do que estaria se estivesse trabalhando com o seu parceiro? Existe, sei lá, alguma possibilidade de... Não quero dizer que você esteja traumatizado ou que precise de um abraço, essas merdas, mas...

Tallow suspirou.

– Está me perguntando se ver Jim morrer me deixou meio pirado?

– Basicamente – disse Bat. – Só que de uma maneira mais sutil.

Um policial fardado caminhou até o meio da rua e sinalizou para que o trânsito parasse. Mais à frente, havia uma ambulância estacionada sobre a calçada. Havia um homem em chamas na esquina. De joelhos, encoberto pelo fogo, quase morto, desabando vagarosamente. Um chapéu-coco coberto por fezes de aves do qual saíam penas de peru era arrastado pelo vento do outro lado da rua atrás do policial.

Tallow ouviu uma voz familiar em sua cabeça que dizia, *só perguntei se ela tinha um isqueiro.*

– Está me perguntando se sou meio pirado – murmurou Tallow num tom quase inaudível.

– Sim, estou – disse Bat. – Esse plano é maluco.

– E, mesmo assim, você está aqui.

– É, estou. Nunca disse que não gostava de planos malucos. Só estou dizendo que não vamos conseguir nada com ele.

– Escute – disse Tallow –, consegue fazer o que eu pedi ou não?

– Consigo. Na verdade, vai ser até divertido. Só acho... ah, droga. Um Índio Ninja, sem cadeia de custódia, o histori-fu dele é mais forte que o seu, o caso não tem solução e assim por diante. Já dissemos isso uma dúzia de vezes a você.

– Histori-fu – repetiu Tallow devagar.

– Você sabe o que eu quis dizer. Embora eu questione por que o histori-fu o impediu de agir e o Índio Ninja simplesmente apareceu.

Tallow respirou fundo.

– Certo – falou o detetive enquanto soltava o ar –, preste atenção. O prédio onde eu moro tem três saídas. A da frente, a dos fundos e a de incêndio...

O processo todo levou menos de uma hora. Bat acabou se empolgando com a execução do plano e terminou o trabalho mostrando-se tão hiperconcentrado que Tallow se perguntou se Scarly seria mesmo a autista da dupla. Bat ainda vibrava de alegria quando voltavam ao One PP.

– Então, gostou do plano maluco – comentou Tallow.

– Há! Foi por isso que escolhi essa área, cara. Essa porra aqui.

– Você virou policial porque... gosta de prédios?

Bat riu novamente, remexendo-se no banco do passageiro.

– Não. Quer saber por que me tornei policial?

– Claro.

– Seriados sobre tiras.

– Está de brincadeira – disse Tallow.

O detetive já tinha escutado aquilo, mas não acreditara. Se fosse idiota o suficiente para pensar que aqueles seriados tinham alguma coisa a ver com o trabalho real da polícia, ponderou Tallow, nunca teria entrado para a corporação, pois é necessário ter o mínimo de inteligência e saber abotoar a própria roupa.

– Não. O Tao dos seriados de tiras, cara. Todos os que cresci assistindo, principalmente os da década de 2000, diziam a mesma coisa. Se você for inteligente o bastante e for bom em Ciência, com "C" maiúsculo, se se recusar a desistir e usar a Ciência até o fim em um problema, conseguirá achar a solução. E o problema é sempre o mesmo: o mundo para de ter sentido e os tiras têm de usar a Ciência para fazê-lo voltar ao normal. Esse é o coração de todos os seriados sobre tiras. Entregue--se a um episódio de uma hora e verá uma ruptura no código ético, o processo pelo qual se deu essa ruptura, como é possível consertá-la e fazer com que nunca mais aconteça. É por isso que todos amam esses seriados. Falam como tudo está uma merda e, em seguida, mostram como fazer para descobrir o que realmente aconteceu (simplificando o mundo) e como lidar com aquilo. Porque todo mundo sabe disso... diga-me uma coisa, você já traiu uma namorada?

– Uma vez – disse Tallow, apenas para manter a conversa, já que nunca o fizera. Mesmo porque nunca teve a oportunidade.

– Então sabe. Você quebrou aquela parte do código ético, a regra básica que diz Isso Não Se Deve Fazer, o que é difícil só na primeira vez. Quando o sol nem aparece por você ter agido tão mal... bem, na próxima vez, as coisas ficam mais fáceis. E na seguinte. Por isso, todos os que assistem aos seriados de tiras sabem que o carinha do mal não vai fazer maldades apenas uma vez. Ele precisa ser tirado de circulação. Era isso o que eu queria fazer. Adorava a ideia de ser o cara que tiraria esse bandido das ruas apenas usando o cérebro e as mãos. Vou lhe contar um segredo. – Bat sorriu. – Eu não falo para ninguém que sou policial. Digo às pessoas que sou um perito.

– É a mesma coisa.

– Quer saber? Sem querer ofender, mas não acho que seja a mesma coisa. Sou um perito. Resolvo coisas. Busco, construo e resolvo usando a ciência. Sabe o que um tira de Nova York faz? Agride manifestantes. Estupra mulheres.

– Ei!

– Você não pode negar isso, John. Lembra-se daquele detetive que estuprou uma mulher na porta do prédio dela no Bronx? Lembra-se do que, segundo ela, ele havia dito? "Não sou tão ruim quanto aqueles tiras que estupraram a outra menina." Lembra-se do que aconteceu no protesto *Occupy Wall Street*? Cercaram as mulheres para depois jogar gás de pimenta nelas? Agredir jornalistas com cassetetes? Quebrar a cabeça de um vereador? Arrancar mulheres de suas cadeiras de rodas? Isso é o que um tira de Nova York faz. Estamos longe de ser heróis. Então, não, não digo às pessoas que sou tira. Não gosto de trabalhar em campo. Gosto do meu One PP, onde praticamos ciência e resolvemos problemas sem nem precisar botar os pés na rua para dar um soco na cara de alguém que esteja em um lugar inconveniente e que esteja falando as merdas que merecemos escutar...

– Quer respirar um pouco, Bat?

Bat nem se incomodou em fingir uma risada respeitosa.

– Sabe por que os peritos odeiam agredir policiais e detetives? Porque vocês nos lembram de onde trabalhamos.

– É – disse Tallow. – Caçando o Índio Ninja.

Dessa vez, Bat bufou um princípio de risada e olhou pela janela.

– Ei. – disse ele. – Onde estamos?

– Desviando um pouco. Eu queria ver uma coisa.

Bat correu os olhos de um lado para outro como se acompanhasse o trajeto aleatório de uma mosca.

– Ali é o Collect Pond Park? Achei que tivesse uma lagoa aí.

– Está em obras há anos – explicou Tallow. – Uma pequena lagoa foi colocada recentemente, mas a secaram e agora estão reescavando, alguma coisa assim.

O Collect Pond Park era um quarteirão triste e ladrilhado tão cinza que a cerca amarela que indicava obras acabava deixando-o mais alegre.

– Aqui – disse Tallow – fica Werpoes. Havia uma fonte na Spring Street formada pelo riacho escavado do canal, de onde a Canal Street recebeu seu nome, que desaguava na lagoa que acabou se tornando conhecida como Collect Pond. Nos anos 1800, a lagoa era apenas um poço venenoso e, para secá-la, fizeram o canal. Então, encheram de água e construíram a Canal Street sobre o canal. E tudo isso pertencia a Werpoes, a principal vila dos americanos nativos na Baixa Manhattan, às margens da lagoa. O que sobrou, bem, foi isso. A bacia da lagoa, os restos das ocas de Werpoes e qualquer outro sinal de que já houve um povo aqui, está tudo debaixo da terra, agora. Sob aquela parte do parque e ali.

Tallow apontou para outra direção e Bat seguiu seu dedo.

– O presídio Tombs – disse Bat.

– Isso. O Complexo de Detenção de Manhattan foi construído sobre Werpoes e a Collect Pond. Assim como o tribunal de justiça. O complexo original do Tombs foi, na verdade, desgastado pelo que restou da lagoa... O trabalho de secamento foi tão malfeito que, mesmo quando a bacia foi tapada, toda a área se transformou num pântano e a umidade subiu pelas paredes do Tombs. E, então, me pergunto...

– Por que seu cérebro começou a receber informações massivamente desinteressantes sobre história?

– Pergunto-me por que a esposa de Jason Westover me alertou para não chegar perto de Werpoes. E também, Bat, vou me lembrar disso da próxima vez que você disser que meu histori-fu é fraco, pois foi exatamente por isso que li tanto a respeito. Insinuaram que nosso suspeito assombra Werpoes. O Tombs, o tribunal, um parque incapaz de esconder um chihuahua gordo, prédios oficiais... onde um cara que guarda seus troféus em um prédio caindo aos pedaços na Pearl Street iria se esconder por aqui?

– Além de muitos policiais – comentou Bat.

– Inclusive nós – disse Tallow, ligando o carro novamente.

Scarly estava no escritório-caverna que dividia com Bat, iluminada pelo monitor de seu computador.

– Encontrei – disse ela sem desviar os olhos da tela. Tinha o rosto estranhamente inexpressivo, fazendo com que o estômago de Tallow se revirasse ao prever involuntariamente a sensação de medo.

Bat entrou na sala aos tropeços, agitando os braços e a cabeça.

– Você o encontrou? Quem? Quem foi encontrado?

– Nosso suspeito – disse ela, impassível.

– Não acredito – espantou-se Bat.

– O cara tornou-se cliente do NYPD bem no topo da introdução da listagem de coleta de DNA. A ficha dele está na base de dados. Consegui encontrá-lo.

Bat olhou a tela sobre o ombro da colega e soltou um sonoro "Meeeeeerda".

– John – disse Scarly –, você vai querer ver isso.

Foi quase uma ameaça.

Tallow não queria.

O detetive preferia fugir daquilo, dizer a eles que continuassem com suas vidas, voltar para o 1º e deixar o mundo girar. Sem nem mesmo assisti-lo girar. Lembrava-se dos dias em que o mundo era simplesmente um cenário móvel de um palco ocupado somente por ele, sentado em qualquer cadeira confortável que encontrasse, pensando em qualquer coisa, ouvindo qualquer música ou lendo qualquer parágrafo até que seu turno acabasse. Parecia ter sido havia vinte anos. Sabia que fizera aquilo até a semana anterior, mas não conseguia lembrar dela com clareza. Parecia uma imagem de infância no verão – ou, talvez mais precisamente, uma fotografia da semana anterior borrada e revestida por algum aplicativo digital que estampava sobre ela a pátina de uma memória que se esvaía.

Tallow aproximou-se e olhou para a tela.

Era o homem com quem conversara do lado de fora do prédio da Pearl Street.

No mínimo, vinte anos mais jovem. Não tão calmo. Magro, mas nem tanto. Havia sangue em seu rosto. O sangue não era dele.

Havia um nome na tela. O que não parecia ter muita importância. Tallow notou que conseguia sentir a própria pulsação. Ao engolir a saliva e fechar os olhos, a voz de Scarly chegou com um estrondo em seus ouvidos.

– ... ex-soldado. O médico que o acompanhou fez uma observação na ficha dizendo que o cara era provavelmente esquizofrênico. Há ainda uma anotação feita a mão na cópia do documento. DDP?

Tallow sorriu.

– Vocês não passam muito tempo em prontos-socorros.

– O que isso significa?

– É uma gíria entre os médicos do PS. DDP significa Doido de Pedra.

– Que ótimo.

Tallow inclinou-se. O homem havia sido fichado por agressão, mas a vítima, de alguma maneira, parecia ter desmaterializado. Por isso, tudo o que tinham era um veterano lunático que usava o sangue de outra pessoa e bagunçava a cela. Dado o estado de superlotação e o sentimento geral de que havia coisas mais importantes com que se preocuparem, foi escrita uma nota suplementar indicando que os policiais que prenderam o homem provavelmente estariam enganados e que o sangue pertenceria ao DDP. E, diante da ausência do crime ou de uma vítima, o indivíduo em questão deveria ser julgado e mandado de volta às ruas.

– As anotações só falam em ex-soldado – disse Scarly. – Não dá para ter ideia se o cara era veterano ou se fora dispensado antes mesmo de ser enviado. Servicinho de porco. Aposto que foi só uma pessoa que decidiu julgá-lo e soltá-lo, porque tudo indicava que ele seria recorrente. Provavelmente o mesmo perito que raspou o sangue do rosto do maluco. Gostaria muito de levantar o histórico desse cara.

– Podemos fazer isso daqui?

– Provavelmente sim – disse Scarly. – Mas não agora. Já temos muito em que pensar e posso demorar horas para obter essas informações. Além disso, temos uma visita a fazer.

A perita chacoalhou o corpo todo como se tentasse acordar de um sonho ruim ou se livrar de gotas de chuva fria em sua pele.

– Vamos. Mexam-se.

– Mexam-se para onde? – perguntou Bat.

– Para o carro, Bat. John pode nos seguir com o dele. Vamos para a minha casa, onde minha mulher vai nos dar o que comer.

Tallow sentiu repugnância imediata à oferta.

– Eu não quero incomodar.

– John. É uma ordem direta. Você vai ao meu apartamento comer com a gente.

– Eu me viro por...

– John – disse Scarly –, eu recebi ordens. Se chegar sem você, vou ser castigada. Você não quer que isso aconteça, quer?

Tallow estava prestes a responder quando viu Bat atrás de Scarly, virando a cabeça de um lado para o outro rapidamente como quem dizia "Não, John, não comente nada sobre o que eu disse aquele dia no bar e que está fazendo você coçar para responder: 'Mas você gosta de ser castigada, Scarly', não faça isso, as consequências serão terríveis".

– Eu só não acho uma boa ideia – disse Tallow, andando de costas para a porta.

– John. Estamos trabalhando todos os dias até tarde e ainda temos muito sobre o que conversar. Talia se ofereceu para cozinhar para nós. Não estamos tentando te arrastar para um culto ou algo do tipo.

– E – acrescentou Bat –, ainda temos coisas a fazer hoje à noite. Certo, John?

Scarly olhou para Bat como se ele fosse um criminoso.

– Coisas? Temos coisas para fazer ainda?

– John tem um plano – disse Bat, satisfeito com a deliciosa sensação de saber algo de que a parceira não sabia.

Scarly aproximou-se de John, apertando um dedo surpreendentemente forte contra o peito do detetive.

– Então, estamos conversados. Bat vem comigo. Você segue a gente. Talia o alimenta. E você conta o que está escondendo de mim.

– Não estou escondendo nada.

– É inaceitável que Bat saiba de uma coisa da qual eu não tenha tomado conhecimento antes. Ou, pelo menos, que eu possa ser convincente ao afirmar que sabia, mas que havia esquecido, porque sou muito mais importante do que ele. – Ela começava a voltar a si. – Além disso, tenho quase certeza de que ele roubou meu Twine e um frasco de... Deixa pra lá. Você me explica depois. Agora, vamos.

– Mas...

– Não tem mas nem meio mas. Vamos.

Tallow queria se enfiar em algum lugar e morrer. A ideia daquele jantar era completamente contrária ao modo com que construía sua vida. A ideia caminhava dentro dele como uma aranha, causando-lhe uma repulsa involuntária. Ele não queria fazer parte de...

Tallow conteve o pensamento em sua mente e fez uma pausa antes de concluí-lo. E terminou assim: *eu simplesmente não quero fazer parte da vida das pessoas.*

Ele teve de revirar aquela frase em sua cabeça para analisá-la sob todos os ângulos e buscar pistas que pudessem sugerir quando ela se tornara tão concreta.

"Você deve estar batendo pino", a frase de Bat surgia na memória de Tallow. Tallow sabia que não estava. Era capaz de estudar friamente aquela frase e perceber que não era louco e que ficar longe das vidas das pessoas era bom e a coisa certa a se fazer. Ele não precisava do que as pessoas tinham e elas não precisavam tê-lo por perto. Ocorreu-lhe que jamais conseguiria fazer alguém entender seu ponto de vista. Ele pegava os argumentos das pessoas e acabava com eles com eficiência lógica.

Demorou um longo momento para perceber que era exatamente isso o que um maluco faria.

– Está bem – disse Tallow –, quero conhecer sua mulher. Para onde vamos?

Tallow parabenizou-se discretamente por ter deixado todas as opções em aberto. Quem sabe poderia chegar, cumprimentá-la e ir embora? Disse a si mesmo que não tinha intenção alguma de se aprofundar na vida daquelas pessoas.

O trânsito mais pesado sobre a Ponte do Brooklyn já havia acabado e, um carro atrás do outro, conseguiram sair da ilha relativamente sem parar.

A preocupação de Tallow era tanta com a ameaça iminente de conhecer outras pessoas e com a desconfortável sensação de que talvez fosse realmente maluco que demorou mais de cinco minutos para perceber que ligara o rádio da viatura por reflexo.

Muitos crimes no Bronx depois que o diretor de uma escola católica, que levara um tiro ao encontrarem-no com um drive externo de um terabyte contendo pornografia infantil, livrara-se da cadeia.

Um cliente espancado até a morte em uma sex shop em Sunset Park; cruzes pintadas no balcão e nas vitrines com o sangue do homem morto, o equivalente a aproximadamente quatrocentos dólares roubados em pornografia brutal alemã. Presumia-se que a arma do crime fosse um vibrador de borracha de sete quilos.

Em Williamsburg, um garoto de dezessete anos encontrado nu e sangrando com mais de trezentos cortes pelo corpo.

Queens: um proprietário talhou seu inquilino até a morte com um facão e, em seguida, tentou se matar sem fazer bagunça. Ainda estava consciente quando a equipe de resgate chegou apesar de ter se transformado, segundo uma testemunha, em um "porta balinhas Pez humano".

Cinco membros de uma gangue, todos menores de dezoito anos, foram encontrados empilhados em uma esquina da Watkins Street em Brownsville em plena luz do dia, todos mortos e castrados. Ninguém vira nada.

Também em Brownsville, uma garota de dezesseis anos abriu a garganta de um menina de treze, matando-a em minutos. A jovem teve de ser impedida de se matar, pois afirmava que sua intenção era apenas criar uma cicatriz na menina de modo que o cafetão das duas não pudesse mais usá-la para serviços especiais (que pagavam vinte dólares extras).

Homem encontrado no Prospect Park masturbando-se no cano de uma pistola nove milímetros. Por ter sido perturbado, atirou em um guarda do parque, um homem que praticava corrida, um homem que cobrava para passear com cães e uma babá, antes de atirar no próprio cérebro através da boca aberta.

Ouviram-se algumas risadas em meio ao chiado: o prédio em Hell's Kitchen usado por um insignificante negociador de armas de nome Kutkha, mais conhecido como Antonin Anosov, estava em chamas naquele momento. Muitos detetives dos Cinco Bairros conheciam Anosov havia muitos anos e, em geral, sentiam desprezo por ele. Era uma das poucas figuras genuinamente excêntricas que o cenário do crime local produzira nos últimos tempos e, embora ninguém dissesse explicitamente gostar dele, o homem era certamente respeitado por aqueles com quem fazia negócios. Por isso, surgiram algumas piadas sobre como o lugar teria pegado fogo.

Alguns minutos mais tarde, houve relatos de corpos encontrados no local. Muitos corpos. As piadas viraram cinzas, voaram do rádio e desapareceram no ar. Sinais de fumaça.

# VINTE E OITO

O CAÇADOR tinha tempo para matar.

Estava experimentando uma sensação que passara a considerar como exaustão da repulsa. O nojo existencial e devastador que o mundo moderno causava em suas entranhas, revirando-as, queimando-as e as enchendo de pústulas simplesmente o exauriam por longos períodos. Ver-se, em certo grau, constantemente repelido e enojado pelo mundo estranho com o qual tinha de interagir o esgotava. Sentia-se séptico, cansado e um tanto velho.

A exaustão o assustava. Tornava-o fraco mentalmente. Deixou-se levar profundamente por Mannahatta enquanto caminhava, tanto que começou a perder a capacidade de enxergar as fontes de luz modernas. A noite chegava rapidamente e os carros tornavam-se lobos velozes de olhos cor de âmbar. O caçador passava entre as árvores da melhor forma que conseguia, mantendo as palmas das mãos sob as axilas para conter o cheiro do temor presente em seu suor. Nenhum homem pode estar em harmonia com os lobos. São animais que comem até os mais exímios caçadores, pois não existem códigos nem honra para os predadores, e as vísceras de qualquer um cheiram da mesma maneira quando abertas em uma noite fria.

Um carro veio da floresta cantando pneus e quase atingiu o caçador com sua lata.

Este girou e grudou-se a um bordo vermelho no momento em que o carro passava correndo por ele, indo se misturar a uma alcateia de lobos prateados que desapareciam pelas árvores escuras.

O caçador fechou os olhos com força e, em seguida, experimentou abri-los. Sua recompensa foi uma imagem embaçada constituída talvez por 80% da Manhattan moderna junto com uma dor de cabeça pulsante. Dava para aguentar: a dor deixaria seus instintos aguçados por um tempo, antes que sua persistência o enfraquecesse ainda mais. Talvez desaparecesse antes disso.

Comer ajudaria. Não ousaria arriscar a comida de Manhattan. Certa vez, em circunstâncias de desespero, vasculhara um saco marrom deixado sobre uma lixeira onde havia um hambúrguer pela metade. A carne tinha tanto sal que ele sentiu um espasmo em seus rins enquanto mastigava. Além disso, o sabor guardava a marca de um animal cujas próprias fezes constituíam parte considerável de sua dieta. O pão que a envolvia, supôs ele, era algum tipo de primo distante do milho, mas sentiu nele gosto de amônia e giz. Meia hora depois, vomitou tudo o que tinha no estômago, longa e dolorosamente. Vomitou em cores que nunca imaginou poder produzir e teve certeza absoluta, depois de vinte minutos de agonia, de ter visto a raiz negra de um dente de leite que engolira aos seis anos de idade. Vivera dos frutos da ilha e de muitas colinas por tanto tempo que não era capaz de metabolizar o lixo processado do qual as pessoas modernas sobreviviam.

Começou a revirar os bolsos e a bolsa até encontrar um pequeno punhado de noz negra já quebrada e seis frutinhas selvagens embrulhadas em um pedaço de jornal, tudo colhido no Central Park. Começou a caminhar novamente, comendo conforme se movia, mastigando cada porção completa e metodicamente antes de engoli-la, alternando os pedaços de noz ricos e de sabor vinoso e defumado com as doces explosões das frutas. Aquelas migalhas lhe dariam forças para chegar até o Central Park e obter mais comida para aguentar até o fim da noite. Percebeu um tanto distraidamente que chorava enquanto caminhava, mas preferiu não tomar consciência disso. Era algo distante em sua mente, em sua visão periférica, em que podia escolher não se concentrar.

Presente, mas não imediato: o som de sua própria voz gritando desesperada que ele era um maluco, um maluco sem conserto, e que deveria procurar ajuda ou pular na frente de um carro, porque vivia como um animal demente e como é que aquilo podia ter acontecido com ele e por que estava tudo errado e por que as luzes da rua estavam virando fumaça e por que os orelhões estavam respirando e por favor e por favor e por favor...

Em um cruzamento, o caçador notou que as pessoas modernas olhavam para ele de maneira estranha. Ignorou-as. Pelas expressões aturdidas em seus rostos, acreditavam que ele andara chorando e gritando por aí. E não é isso o que se espera de um caçador.

Ele atravessou a rua em direção às cercas do Central Park e deslizou por entre suas vigas como uma faca.

# VINTE E NOVE

DESCOBRIU-SE QUE Scarly e Talia moravam numa área indeterminada nos arredores de Park Slope: próximo o bastante do distrito para reduzir o estresse cultural de duas mulheres morando juntas e distante o suficiente de suas fronteiras para tornar o preço do apartamento acessível. Havia, para surpresa de Tallow, um estacionamento público do lado oposto da rua onde ficava o prédio delas, além de vagas vazias em frente ao edifício. Como morador de Manhattan, acostumado a caminhadas de cinco minutos entre o carro e um edifício, Tallow sentiu-se traído, como se o paraíso estivesse ali o tempo todo, atravessando a ponte, e ninguém lhe dissera nada.

Parou atrás de Scarly e Bat em frente ao prédio, um largo edifício de tijolos vermelhos de apenas quatro andares.

Scarly e Talia moravam no quarto piso, e Talia os esperava com a porta do apartamento aberta. Era tão alta quanto Tallow e estava em infinitamente melhores condições. Tinha uma juba cor de cobre quase surreal que, presa em um elástico, fazia a parte de trás de sua cabeça parecer um emaranhado de cabos telefônicos. Vestia uma regata cinza que exibia sua musculatura pesada e bem trabalhada e calça cargo preta, completando o visual de oficial da SWAT fora do expediente. Descalça sobre o tapete em frente à porta, mostrava pés tão cheios de calos que Tallow arriscaria dizer que o principal exercício que praticava seria o *kickboxing*. Não usava maquiagem; a pele era tão pálida que chegava quase à translucidez; retribuiu o abraço e o beijo de Scarly com grande afeição, ao mesmo tempo que manteve um olho em Tallow.

– Obrigada por isso – disse Scarly.

– Sem problemas. Sejam bem-vindos.

Bat subiu as escadas e Talia teve de suportar um beijo em seu rosto e um "Ei, Tallie". Ela deu um tapa na nuca de Bat, não tão carinhosamente, empurrando-o para dentro.

Tallow estendeu a mão, olhando-a diretamente nos olhos.

Talia franziu os lábios, estudou o olhar do detetive e apertou sua mão com força. Ele respondeu com a mesma firmeza e disse:

– Sou John.

Ela ameaçou um sorriso no canto dos lábios e assentiu com a cabeça como se dissesse "Você serve". Tallow pensara brevemente em como criar uma boa primeira impressão à anfitriã, mas ali, olhando para ela, duvidou que ela pudesse cair na dele e ficou satisfeito por ela parecer notar seu esforço.

– Talia – disse ela. – Entre, John.

O apartamento contrastava imensamente com a caverna de ogros em que Scarly trabalhava. Não havia sequer um objeto no apartamento que não fosse belo ou útil, ou ambos. Simples e espaçoso, mas aconchegante, era um lugar cuidadosamente organizado com muito bom gosto, muito longe de ser frio e minimalista. Havia um doce e esplêndido aroma de boa comida no ar.

Um pouco à frente do grupo, dirigindo-se para a cozinha, Scarly jogou o casaco no chão perto do sofá.

– Scarlatta – rosnou Talia.

Scarly parou, voltou alguns passos, recolheu o casaco e o colocou sobre o sofá.

– Vou permitir que você o deixe aí ao invés de guardá-lo no armário porque temos convidados. Você não está mais no trabalho.

– Bem – disse Scarly com a voz baixa –, meio que estou.

Talia virou-se e levantou as sobrancelhas para Tallow.

– Se eu não for bem-vindo – disse Tallow –, sério, posso ir embora sem problemas. Eu já achava que estava incomodando. Não tem problema, sério.

– Não foi isso o que eu quis dizer – disse Talia. – Queria saber que tipo de poder você tem que faz com que Scarlatta se sinta feliz, ou que pelo menos concorde, em trabalhar um segundo a mais das horas que é obrigada.

Talia aproximou-se, colocou a mão nas costas do detetive e o conduziu para dentro do apartamento.

– Quero que se sente à minha mesa, John, e me ensine um pouco dessa mágica porque, assim, poderei usá-la em minha mulher para que ela seja mais organizada e, quem sabe, talvez até comece a lavar as coisas. Embora isso seja um teste e tanto para as suas habilidades de mago. E, em seguida, talvez você também possa me contar um pouco a respeito desse caso que me fez preparar o jantar para vocês e perder minha esposa a noite toda.

Ouviu-se um ganido vindo da cozinha.

– Ah, Tallie. O que você fez?

– Como assim, o que eu fiz?

– Tallie, a gente não tem grana para isso. O que foi que eu te falei?

Assim que Talia saiu pisando duro, Tallow deu um passo para o lado para conseguir obter uma visão angular da cozinha, onde, sobre um papel desembrulhado de açougue, estavam alguns belos bifes de contrafilé.

– O que você disse – respondeu Talia – foi que as únicas coisas que você viu John comer foram hambúrguer e carne, então não me restaram muitas opções do que preparar para ele.

– Tallie, temos tantas coisas para pagar...

Talia chegou perto da esposa e pôs a mão sobre seus ombros, fazendo-a parecer ainda menor.

– Sim, nós temos. Mas o açougueiro me devia um favor e eu fui até lá no final do dia. Essa carne foi quase de graça, assim como o pão ciabatta. Se eu fizesse macarrão instantâneo teria gasto mais. Você não precisa se preocupar tanto, Scarly. Desse jeito, você vai morrer logo e eu ainda tenho muito que fazer com você.

Scarly entregou-se com um leve sorriso e Talia delicadamente beijou-lhe a testa.

– E vou lhe dizer mais uma coisa. – Talia sorriu. – Nenhum *hipster* de nenhuma espelunca para turistas na parte baixa de Manhattan faz sanduíches de carne melhores do que eu. Eu não aceito isso. John, você é um cara que bebe?

– Sou um cara que dirige – respondeu o detetive.

– Entendi. Mas uma cerveja não vai matá-lo. Tenho algumas importadas que acho que você vai querer provar.

– Talvez possamos dividir uma.

– Fechado. Sente-se, sente-se. Oh, como gosta da carne?

Tallow sentou-se à mesa oval da cozinha. Era antiga e gasta, provavelmente comprada em uma liquidação ou possivelmente recolhida da rua. Alguém lixara os diversos recortes e escavados até o ponto em que as extremidades não estivessem mais pontudas e rústicas. Parecia ter obtido o aspecto liso pela ação do clima.

– Ao ponto, eu acho.

– Ao ponto? Deus, que chato. No meio do caminho. Isso é para pessoas que não sabem escolher. Mal passada ou bem passada?

– Uh... então, bem passada.

– Bem passada. Você quer dizer estragada. Essa carne é das boas. Não vou aceitar isso. Vai comer mal passada e vai gostar.

– Ela só sabe fazer bife mal passado – disse Scarly.

– Cale a boca, mulher – disse Talia. – Como temos convidados, vou fazer um esforço para deixá-la ao ponto.

O cheiro doce era das cebolas que caramelizavam em uma panela. Uma bandeja com fatias de bacon e cogumelo estava sobre a grelha apagada e os pães ciabatta aquecidos estavam abertos na prateleira do forno. Talia abriu uma garrafa de cerveja, verde e de formato estranho, com um rótulo em que se lia "St. Peter's Summer Ale" e despejou metade do conteúdo em um longo copo de vidro para Tallow. Ela brindou com a garrafa num movimento irônico de sobrancelhas e entornou o líquido ao se virar para o fogão; cutucou as cebolas com uma colher pontuda e jogou um aromático azeite de oliva dentro de uma frigideira grossa.

Tallow bebericou a cerveja sem sentir seu gosto, evitando os olhos de todos naquele momento. Observou o azeite na panela. O aquecimento era demorado por causa da espessura da panela, mas esquentava por igual. Levantava pequenos pontos roliços, como a areia depois que a maré se vai. Observou-o começar a tremer e fulgir com pequenas ondas cintilantes de espuma. O azeite se agitava e brilhava como o reflexo da lua cheia sobre uma lagoa verde. Talia pegou dois bifes magros e colocou-os com destreza na frigideira. Houve uma enorme crepitação enquanto a carne tostava. Ela apertou os bifes levemente com a ponta da pinça de metal para garantir que não grudavam e ficou olhando a carne fritar. Tallow arriscaria que ela levara um minuto para virá-las. A gordura derretera maravilhosamente, mas o detetive se perguntou quanto tempo Talia vinha servindo carne ao ponto para Scarly dizendo se tratar de carne mal passada.

Talia foi até o forno, pegou dois pães e colocou-os em pratos, retirou a assadeira de cima com a pinça e arrumou algumas fatias de bacon e de cogumelos próximas à área de corte da metade superior de cada pão. Em seguida, com a colher, levou um punhado de cebola caramelizada até a metade inferior dos pães. A essa altura, o segundo minuto já havia se passado: Talia tirou os bifes do fogo, colocou um na metade inferior de cada um dos pães e pressionou os sanduíches antes de servi-los a Bat e Scarly.

– Os nossos já vão sair – disse ela a Tallow.

– Tudo bem – respondeu Tallow, que, sem nenhuma razão aparente, teve vontade de se encolher em um canto escuro e chorar com todas as forças.

Sabia que era aquilo o que vinha evitando. Ver as outras pessoas vivendo suas vidas. Uma coisa tão trivial, boba e comum como ver alguém cozinhar para a pessoa que ama estava esmagando seu coração.

– Você parece estar a quilômetros de distância – observou Talia, servindo-lhe um prato e se sentando à sua esquerda, entre ele e Scarly.

Tallow levantou os olhos e percebeu que não vira onde foram parar os últimos dois minutos. Mas havia comida em sua frente e Bat e Scarly lançavam-lhe aquele olhar levemente assustado que, conforme aprendera nos últimos dias, indicava que ele estava agindo de maneira estranha.

– Desculpe – disse Tallow. – Muitas coisas na cabeça.

– Experimente o sanduíche – pediu Talia, sem ser rude.

Ele obedeceu. Estava incrivelmente bom e ele a elogiou.

– Viu? – disse Talia, virando-se para Scarly. – Agora não venha me dizer que John lhe traz os melhores sanduíches de carne do mundo. Eu faço os melhores sanduíches de carne do mundo. Entendeu?

– Entendi – Scarly forçou um sorriso.

Tallow provou novamente a cerveja, dessa vez sentindo o sabor, e achou-a igualmente gostosa, forte e encorpada, um excelente acompanhamento para a comida.

– Então – começou Talia –, diga-me o que tanto enche sua cabeça. E nem pense em dizer que esse é um caso confidencial e que não pode falar nada, blá, blá, blá. Isso não funciona nesta casa, está bem?

– Está bem – concordou Tallow e, entre uma mordida e outra, contou-lhe por cima sobre o caso.

No meio de seu relato, notou que Bat e Scarly não interferiam nem acrescentavam nada. Talia comandava a casa. Ocorreu-lhe que ele próprio já entrava na dela e procurava de alguma maneira sua aprovação sem perceber.

Mesmo contado em grossas pinceladas, o caso surtia um poderoso efeito e Talia recostou-se na cadeira para absorver os golpes.

– Nossa – disse ela, finalmente.

Virou-se para Scarly e comentou:

– Você está certa. Ele é bom. Mas não consigo ver o que fazer agora. Ele disse que nenhuma investigação sobre a bituca do cigarro pode ser sustentada num tribunal.

– Isso – complementou Tallow devagar –, se o caso chegar aos tribunais.

Talia arregalou um pouco os olhos com essa informação.

– Eis o que você ainda não sabe – disse Tallow, dirigindo-se a Scarly. – O assistente-chefe Turkel disse na minha cara que sou um homem morto. Se eu estiver certo, Turkel nunca sujou as próprias mãos. O que significa que nosso cara...

– O DDP – disse Bat, com um sorriso irônico.

– ... o DDP, que seja. Isso significa que o DDP vai receber uma tarefa extra de Turkel. O que nos leva a crer que Turkel sabe onde encontrá-lo. O que provavelmente significa que Westover e Machen também sabem. Mas vamos guardar essas informações por um momento, porque o cara que estamos perseguindo, em pouco tempo, virá atrás de mim. Com as coisas acontecendo tão rapidamente no caso, acredito que esse "pouco tempo" seja hoje à noite. E sejamos honestos: não dá para dizer que Al Turkel não sabe onde eu moro.

– Vou arrumar o sofá para você – disse Talia, secando o restante da garrafa.

– É muita gentileza sua – disse Tallow –, mas não precisa. Vou para a minha casa esta noite.

Talia praticamente martelou a mesa com a garrafa.

– De jeito nenhum. Depois do que você acabou de me contar? Olhe, eu não o conheço, mas se esses dois dizem que você é um cara legal, para mim já é meio caminho andado. Além disso, você não se saiu mal aqui hoje. E mesmo se tivesse, não seria humano da minha parte mandá-lo de volta para a sua maldita casa onde um maluco assassino está à espreita.

Então, Tallow contou ao casal o que Bat e ele haviam feito naquela tarde. Achou estranho ninguém ter se animado depois disso. Nem mesmo Bat, que fizera o trabalho.

– Qual é? – disse o detetive. – Pelo menos temos um plano, não é?

– Café? – perguntou Talia, levantando-se e se dirigindo a um aparelho tecnológico ameaçador no canto do balcão da cozinha.

– Obrigado – respondeu Tallow.

– Você ainda nem bebeu – disse Bat.

– Bat, você tem o sistema digestivo de um esquilinho doente. John é obviamente mais forte. Ainda que seja um pouco maluco.

– Por que todo mundo me chama de louco?

Talia, perto da máquina, respondeu:

– Já lhe ocorreu que você poderia transformar esse caso em possibilidade de promoção para você, para Scarlatta e até para Bat?

Tallow inclinou-se na cadeira.

– O quê?

– Você poderia muito bem ter dito a esse assistente-chefe: "Certo, sei qual é o seu jogo"... o que você vai ganhar se ninguém descobrir? Você poderia ter dito: "Eu quero ser inspetor ou tenente e minha grande amiga Scarlatta gostaria de um cargo de supervisão, além de um gordo aumento. E Bat gostaria de perder a virgindade. Faça isso e esqueceremos de tudo". É o que você podia ter feito. Já pensou nisso, John?

– Não – respondeu ele, recostando-se novamente. – Nunca.

– Agora que a ideia surgiu, arrepende-se de não ter agido dessa forma? – quis saber Talia.

Instantes depois, Tallow respondeu, com a voz baixa:

– Não.

– Louco. – Talia sorriu. – Mas tudo bem. Ainda pode dormir aqui. Só que vou lhe dizer uma coisa: imagino que sua vida como detetive tenha sido desnecessariamente difícil ao longo dos anos.

– Nem tanto – disse Tallow, mais para si mesmo do que para ela. – Não até agora.

O telefone do detetive tocou.

# TRINTA

O CAÇADOR COMEU mais um pouco, sentado sob uma fileira de árvores, para que pudesse se recuperar, e adormeceu por um tempo.

Acordou de um sono agitado em choque, como se o sonho o tivesse atravessado com uma lança.

Olhando para cima e tentando controlar o tremor em suas mãos, o caçador observou algumas estrelas e a lua para saber que horas eram e calculou que chegara o momento de seu compromisso. Pegou a bolsa e verificou seu conteúdo – mesmo com a arma e as coisas que roubara da loja de ferragens, sentia-se preocupantemente despreparado. Em seguida, levantou-se e começou a caminhar, tendo alguma dificuldade em espantar o frio nas pernas. Com as coxas e panturrilhas já bastante aquecidas, embrenhou-se na mata fechada que circundava o local designado para o encontro, usando passos largos e lentos que treinara para se mover pela floresta, e aproximou-se silencioso e invisível.

Havia três pessoas no local.

O caçador sorriu. Ainda bufavam e tremiam como três garotos nervosos de vinte anos. O encontro obviamente seria mais demorado do que ele gostaria, mas valeria a pena pela diversão.

Ele surgiu das árvores, permitindo ser visto. A reação coletiva foi tão prazerosa que quase se sentiu culpado.

– Olá – disse ele. – Estou vendo que a turma toda está aqui.

Os homens pareciam sentir ânsia de vômito, uns mais, outros menos.

– Faz muito tempo que não nos encontramos no mesmo lugar – disse o caçador. – Estou me perguntando por que todos vieram fazer com que eu me sinta tão especial esta noite.

Westover estendeu a mão devagar, tinha um pedaço de papel entre os dedos. O caçador, tratando-o com humor condescendente, pegou o papel com a mesma morosidade.

– Esse – disse Westover – é o nome e o endereço do policial em questão.

– Sabemos alguma coisa sobre seus hábitos? – indagou o caçador, notando que teria de fazer uma caminhada de cerca de duas horas.

– Não tem vida social – respondeu Turkel. – Parece que passa as noites lendo e ouvindo música.

O caçador guardou o papel no bolso.

– Excelente. Então, devo ir?

– Creio que tenhamos de conversar sobre como tudo isso vai terminar – ponderou Westover.

– Como isso vai terminar? Com a morte do cara cujo endereço acabei de receber.

– É mesmo? É assim que tudo vai terminar?

– Depende – retorquiu o caçador – do que você quer dizer com tudo isso. O que quero dizer é que espero que a morte desse homem dificulte as investigações a tal ponto que elas sejam efetivamente encerradas.

– Para mim, isso não está claro – intrometeu-se Machen.

– Se me permite – disse Turkel ao caçador, que lhe ofereceu um largo e debochado sorriso e permitiu que ele prosseguisse fazendo um amplo gesto com a mão.

Turkel engoliu em seco e continuou.

– Tallow é o problema. Que eu saiba, ele não enviou nenhum relatório até agora. A morte dele apagará informações suficientes para prejudicar de vez as investigações. E, sinceramente, ele parece ser o único interessado em seguir em frente. Tenho a impressão de que ele sofre de problemas mentais. Existe outra questão envolvendo uma das armas retirada do depósito, mas do ponto de vista investigativo, é...

– Um beco sem saída? – O caçador riu baixinho.

– ... um caminho improdutivo – concluiu Turkel, mostrando um leve desgosto no rosto ao olhar para o caçador.

– Então, é isso – disse o caçador. – A morte desse homem acabará com as dificuldades que teríamos de enfrentar. Mas não cogito o final de tudo isso. Ainda há muito trabalho a ser feito.

– Que trabalho? – perguntou Westover.

– Meu trabalho. Ele foi desfeito e deve recomeçar. Meu esconderijo foi invadido e meu trabalho foi desmanchado e roubado. Duvido muito que eu consiga algum dia recuperar todas as peças, e, de qualquer maneira, elas já estariam contaminadas demais para voltar a seus lugares.

– Se estamos entendo corretamente – disse Machen –, sua... coleção levou boa parte desses vinte anos para ser reunida. Mas o trabalho foi feito.

– É mesmo? – O caçador riu novamente. – Todos vocês atingiram suas maiores ambições? Todos os sonhos foram realizados? Não há nada mais que almejem? Duvido. Não acredito que, para vocês três, a cobiça seja algo para se usar durante o inverno da juventude e jogar fora como um casaco ao entrar em uma sala quente. Querem mesmo me dizer que não há nada mais que desejem possuir? O senhor, Sr. Machen. O senhor poderia continuar como diretor do principal celeiro financeiro dessa cidade. Em vinte anos, o senhor poderia se tornar prefeito. O Sr. Turkel aqui ainda não chegou a comissário, chegou? Sr. Westover... bem, estremeço só em pensar nos horrores que ainda estão por vir em sua vida. Embora, se puder ser franco, eu não fique muito impressionado com a segurança de sua casa.

– Você não quer parar – disse Machen, sem demonstrar emoção na voz.

– Eu não quero parar. Tenho algo a terminar. E como vocês três também têm algo a terminar, creio que todos estejam de acordo.

Westover perguntou:

– O que precisa ser feito para você parar?

O caçador deu uma gargalhada surpreendendo a si mesmo inclusive.

– É uma pergunta séria – disse Westover. – E vem acompanhada da promessa de uma generosa remuneração e de qualquer outra coisa que desejar.

– Podemos começar na casa do meio milhão de dólares em notas não consecutivas – complementou Machen.

– E, claro, a garantia de sair com segurança dos Cinco Bairros, e providenciaremos um carro ou uma passagem aérea – concluiu Turkel.

– Muito bem, muito bem – disse o caçador. – Vocês têm conversado entre si, não é? Três velhos gordos se reunindo no parque na calada da noite para encontrar um jeito de se livrar da vida que escolheram para eles mesmos. Esperando receosamente poder comprar o agente de seu sucesso para que ele caia fora.

– Nós o contratamos e podemos... – começou Machen.

– Vocês me contrataram e agora podem me demitir? Eu trabalho para vocês? É isso o que está me dizendo? Seus idiotas. São uns palermas irracionais, uma piada e não valem nada. Eu não trabalho para vocês. Vocês trabalham para mim. Encontrei três pessoas tão ávidas por ser alguém na vida que acabei ganhando dinheiro para fazer o que sempre tive a intenção de fazer. Vocês não me deram um objetivo. Financiaram o meu. Aproveitei a estrutura de suas necessidades em meu próprio benefício. Vocês trabalham para mim e sou eu quem decide quando parar. Os três continuam sendo os mesmos medíocres de quando os conheci. Só que com sapatos melhores. Olhem para vocês. Acham que eu matei sob o comando de vocês para que enriquecessem. Vocês não são de nada. São o que boia na superfície quando não há nada que impeça. Vocês não têm como me comprar porque, para mim, isso nunca foi uma questão de dinheiro. O que importa é o trabalho. Vocês continuarão a me financiar conforme o acordo original, continuarão a me indicar mais pessoas modernas para matar porque isso me deixa alegre. Entenderam?

Houve silêncio e o cheiro do medo que exalava dos três.

– Vocês nunca souberam quem eu sou, não é? Nunca entenderam nada. Estavam concentrados demais nos ganhos pessoais.

Westover abriu o paletó.

A mão do caçador alcançou a bolsa, encontrando a empunhadura da arma que tirara de Kutkha.

Westover percebeu o movimento, inclinou levemente a cabeça e moderou a velocidade de seu gesto. Tirou um envelope do bolso interno do casaco e entregou-o ao caçador.

– Acredito que saiba dirigir – disse Westover.

– Quando necessário – disse o caçador, afastando-se em direção às sombras para disfarçar a repulsa que a ideia lhe causava.

Apalpou o envelope; havia algo plástico junto a um farfalhar de papel dobrado.

Westover baixou a voz.

– O envelope contém detalhes sobre o que você precisará para recuperar suas armas. Os nomes que estão aí são... descartáveis.

Turkel virou-se para ir embora.

– Bem – disse o caçador –, tenho uma noite cheia pela frente. Portanto, vou deixar os cavalheiros com o restante das suas. Quero vê-los neste mesmo lugar amanhã à noite. Apenas um de vocês já está bom. Escolham. Para decidir como vamos proceder a seguir. Ainda somos muito jovens e há muito que se conquistar nessa ilha enorme. Não acham?

Turkel já se afastava, de costas para o caçador. Machen e Westover o seguiram. O caçador observou-os partir, trocando de posição de vez em quando durante cinco minutos até que tivesse certeza de que cada um tomava caminhos completamente diferentes. Então, avistou uma fonte de luz que seria suficiente para analisar o conteúdo do envelope.

O caçador não estava satisfeito com a ideia de viajar em um veículo motorizado, mas a velocidade de um transporte moderno seria indubitavelmente útil. Ele precisava apenas decidir que posição o Detetive John Tallow ocuparia em sua lista de obrigações daquela noite.

# TRINTA E UM

– ME AJUDE – disse Emily Westover.

– O que foi? – perguntou Tallow, levantando-se da mesa e estendendo a palma da mão para os olhares curiosos das outras pessoas.

– Jason está lá embaixo. Disse que precisa falar com um de seus funcionários. Falou que vai sair hoje à noite, mas não pode levar a cachorra para passear.

– Não sei o que isso significa.

– Ele sai às dez e quarenta e cinco com a cachorra e passeia um pouco com ela pelo Central Park. Todas as noites. Hoje, ele disse que vai sair às dez e quarenta e cinco, mas não pode levar a cachorra com ele.

– Tenho certeza de que não há nada com que se preocupar, Sra. Westover.

– Ele tem recebido ligações de dois amigos dele. Sei do que se trata.

– Que amigos?

– Não posso falar.

– Sra. Westover, com todo o respeito, a senhora também não deveria estar falando comigo no telefone. A senhora acabou de me pedir ajuda. Não posso ajudá-la se não souber tudo o que está acontecendo.

– O senhor acha que sou louca.

– Não, senhora.

– Bem, mas devia.

Ela riu. Um riso tolo, na verdade. O som fez Tallow se arrepiar por alguma razão.

– Eu sou louca. Mas não a ponto de não ter consciência de que sou louca, e acho que essa é uma diferença importante. Andy Machen e aquele maldito asqueroso do Al Turkel. Ele tem falado com eles. Algo muito sério vai acontecer essa noite. Jason me contou, e sei do que se trata. Quer dizer, trata-se do que..., do que..., do que ele fez para chegar aonde chegou. O que eles fizeram. O senhor está entendendo?

Tallow passara para outro cômodo. Viu seu reflexo em um pequeno espelho na parede e analisou a si mesmo antes de falar.

– Sra. Westover, do que a senhora tem medo em Werpoes?

– Dele. Ele mora lá.

– Werpoes está enterrada e construíram coisas por cima, ninguém pode se esconder ali.

– Jason me disse para ficar longe dali.

Dado que o acervo da Pearl Street pareceu pegar a todos de surpresa, faria sentido pensarem que o DDP morava em algum outro lugar? Não. Eles pagavam pelo apartamento na Pearl, e Westover provavelmente fora, pelo menos, um auxiliar no processo de aquisição da porta de segurança. Porém, o DDP não poderia morar no prédio da Pearl e dificilmente dormiria ao relento todas as noites.

Tallow deixara alguma coisa escapar. O DDP tinha mais de um esconderijo. Talvez muitos. Se alguma coisa desse errado nesses vinte anos, ele teria de contar com outro lugar para se proteger. Talvez lugares sobre os quais seus contratantes não soubessem. Faria sentido se ele imaginasse que algum dia um deles pudesse ser pego ou fosse descuidado. Ou, ainda, ter um ataque de culpa e contar tudo à esposa.

– O Sr. Westover disse para a senhora ficar longe dali porque o homem morava na região.

– Ele mora lá. Jason não sabe exatamente onde, mas... Werpoes. Ele está lá.

– Diga-me como posso ajudá-la, Sra. Westover.

– Salve Jason. Por favor.

As palavras de Tallow morreram em sua garganta.

– Por favor. O senhor me salvou. Salve Jason. Isso tudo é demais para ele. Salve-o. Ele trouxe aquela coisa, aquele maldito manitu da poeira da Velha Manhattan, e ele vai matá-lo. Por favor, John.

A mente de Tallow trabalhava em duas linhas paralelas. Procurou um bloco de notas e uma caneta. O apartamento não tinha telefone fixo e, portanto, não havia uma mesa para anotar recados.

– Não sei bem como posso fazer isso, Sra. Westover.

Entrou na cozinha e gesticulou "escrever" furiosamente. Talia abriu uma das gavetas e retirou um caderno e um lápis.

– Eu não sei. Fale com ele. Prometa-lhe segurança. Argumente. Alguma coisa. Ele quer sair, eu sei disso.

Talia colocou o papel e o lápis sobre a mesa da cozinha. Tallow escreveu o mais claro e rapidamente que pôde e girou o caderno para Bat e Scarly. Ambos assentiram, trocando instantaneamente para o modo profissional. Bat pegou seu smartphone, tirou o som das teclas e começou a digitar algo enquanto Scarly levantava-se e saía.

– Posso ir hoje à noite – disse Tallow –, mas não agora. Aguarde e prometo que estarei lá. Não diga nada a ele. Será melhor se ele não souber de nada. Está bem?

– O senhor vai salvá-lo?

– Prometo que farei tudo que estiver ao meu alcance para salvá-lo.

– Obrigada – murmurou ela, claramente lutando contra uma vontade estarrecedora de cair em prantos.

Tallow desligou.

Scarly já estava com um laptop na outra sala.

– Era a esposa de um dos caras que acreditamos ter contratado o matador – informou Tallow a Talia, num tom alto o suficiente para que todos os escutassem. – Ela quer que eu induza o marido a confessar seu envolvimento, salvando-o das consequências. Ela também acha que Westover, Machen e Turkel vão encontrar o assassino hoje à noite no Central Park.

– Ótimo – disse Talia. – Enviem a cavalaria. Cerquem os malditos e os peguem no flagra.

– Mesmo que soubéssemos em que parte do Central Park, que é um lugar imenso e difícil de trabalhar à noite, mesmo que conseguíssemos reunir o pessoal necessário, o que duvido... meu capitão não tem prestígio, minha tenente não acredita em mim e eu não tenho amigos... não creio que funcionaria.

Tallow explicou a eles por que imaginou que Emily Westover havia sido advertida a não se aproximar de Werpoes.

– Meu Deus – disse Talia finalmente. – Então, o que vão fazer?

Tallow sentou-se com um pesado suspiro e esperou longos trinta segundos antes de responder.

– Tenho certo receio em dizer que há anos não me sinto assim, mas sei exatamente o que vamos fazer. Só não sei se vai funcionar. E não sei se acabei me tornando um maluco também. O pior tipo de loucura, quando não se sabe que é louco. Ouvi dizer que essa é uma diferença importante.

– Você é louco – disse Bat sem tirar os olhos de seu celular.

– Obrigado, Bat.

– Temos de ir embora logo? – perguntou o perito. – Porque preciso usar o banheiro, esse maldito estômago da morte.

– Não – respondeu Tallow. – Quero resolver tudo isso aqui primeiro. Precisa encontrar o que estou procurando e depois pegue alguns equipamentos no porta-malas do carro de Scarly. Acho que é lá que você guarda suas tralhas.

– Ele guarda todas as merdas que ele tem no meu carro – disse Scarly, da outra sala. – Tem uma cueca presa ao meu estepe.

– Ótimo. Também verifiquem suas armas.

Dessa vez, Bat olhou para ele. Tallow ignorou-o. Estava repassando toda e qualquer eventualidade com que pudesse se deparar nas próximas horas. A única coisa para a qual não estava se planejando, pensou com um sorriso frio, era a manhã seguinte.

# TRINTA E DOIS

HAVIA UM GUARDA da Spearpoint atrás do volante do automóvel. Estava exatamente no local onde o bilhete de Westover dizia que o caçador o encontraria, a menos de quinze minutos de caminhada da Trilha. O caçador ficou algum tempo observando o carro sob quatro ângulos diferentes antes de se convencer de que era seguro se aproximar.

Ele caminhou até o veículo pela última vez e bateu na janela do motorista, que fingiu estar preparado para aquilo. O carro foi destravado e o caçador entrou no banco de trás.

– Sabe para onde vamos? – perguntou o caçador. Não gostou do ar ansioso e agitado que pôde ver nos olhos do homem pelo retrovisor.

– Sim, senhor. Centro da cidade. Armazenamento Privado B.

– Então, comece a dirigir.

– Sim, senhor. – O motorista sorriu pelo espelho.

– Não lhe disseram para não olhar para o meu rosto? – declarou o caçador.

– Oh. Sim, senhor. Disseram. Desculpe. É que tudo isso é novo para mim.

– Você não está acostumado a dirigir?

O carro começou a se mover. O motorista continuou a falar.

– Eu, bem, acho que acabei de ser promovido. Normalmente faço a segurança do Aer Keep. Mas enfrentei um policial hoje e acho que fui notado. Por isso, o Sr. Westover me disse, hoje à noite, que terei novas e muito importantes funções.

O motorista se encheu de orgulho e seus olhos brilharam com um novo ar de poder e ascendência. O caçador ficou descontente.

– Dirija – disse o caçador, inclinando-se e colocando a cabeça entre as mãos. A sensação do carro em movimento era estranha demais para ele naquele momento.

– O senhor está bem? – quis saber o motorista.

– Estou tentando não olhar pelas janelas – respondeu o caçador. – E, em geral, prefiro que não olhem para mim. Apenas dirija.

– Sim, senhor. Não devo discutir com uma pessoa tão importante como o senhor. Deve estar envolvido com negócios importantes para usar um motorista particular a essa hora da noite. Bem, estou aqui para isso. O senhor pode dizer ao Sr. Westover que esse é o tipo de trabalho que sei fazer muito bem...

O caminho foi muito longo. O caçador não conseguiu medir a passagem do tempo, mas a julgar pelo fluxo contínuo de barulho emitido pelo motorista, o caminho havia sido demorado demais. Ele estava passando mal com a corrida e, mesmo que estivesse com um humor mais tolerante, não tinha o costume de ficar preso em um mesmo lugar com um humano barulhento cuja tagarelice o estava cegando de raiva.

Finalmente, pararam em uma rua calma. O caçador olhou em volta e viu as enormes portas sanfonadas do armazém privado – que era basicamente um local onde vans podiam ser descarregadas e guardadas durante a noite.

– É aqui, senhor – disse o motorista.

O caçador esticou o corpo e socou o pescoço do motorista três vezes com força descomunal para que a morte fosse rápida e com o mínimo de agonia.

Esperou até que os espasmos cessassem e saiu do carro. Abriu a porta do motorista para procurar uma arma no cadáver, segurando a respiração para não sentir o fedor de urina e excremento que vinha de suas calças. Era uma Beretta exageradamente cheia de detalhes. De acordo com suas pesquisas, conduzidas religiosamente na época em que conseguia enfrentar a tela de um computador, o caçador acreditava ser uma Neos semiautomática. Ele examinou-a o mais rápida e silenciosamente que pôde: uma bala do cano e mais nove no cartucho. Teria de ter cuidado. Era o tipo de arma que usava o gás quente do disparo de uma bala para iniciar um novo ciclo e recarregar a próxima bala. O ferrolho teria um recuo de alguns centímetros. Colocou a estúpida pistola no bolso e fechou o carro.

A porta sanfonada do armazém estava trancada. Havia uma entrada para pedestres ao lado, em um cubículo dentro do qual havia uma trava desativada por cartão. O caçador estava com sérios problemas para controlar o estômago. Havia uma câmera de segurança sobre a porta. Conforme dizia o bilhete de Westover, a luz vermelha estava apagada. Dentro do envelope, o caçador encontrou um cartão de plástico. Respirou fundo ao segurá-lo, tentou fazer com que seus dedos o obedecessem e deslizou o cartão pelas abas negras do leitor. A porta abriu com um estalo e um rangido.

Lá dentro, havia concreto cinza, uma única caminhonete com o logo da Spearpoint, degraus de metal que levavam a um escritório e duas vozes.

– Sophie – disse a voz masculina –, temos quem cuide da papelada. Só quero ir para casa. Perdi um treino, perdi a merda do jantar, agora quero ir para casa dormir.

O caçador aproximou-se pela lateral da caminhonete. As vozes vinham de trás do veículo.

– Pelo amor de Deus, Mike. Vai levar só dois minutos. Se eu não fizer isso agora, vou levar apenas dez minutos amanhã de manhã, quando algum babaca do escritório, e nessas horas é sempre um babaca, resolver que quer justificar seu trabalho. Onde estão as chaves?

– Na ignição.

– Pelo amor de Deus, Mike. Você é realmente um babaca com músculos gigantes.

Sophie deu a volta por trás da van em direção à porta do motorista e deu de cara com o caçador. Ela arquejou, a boca escancarada, puxando uma quantidade suficiente de ar para um grito ou um golpe. O caçador atravessou o palato duro da moça com a faca até chegar ao cérebro e torceu a arma. Ela morreu na hora e o único som que se pôde ouvir foi o do sangue que se esvaía de sua boca caindo sobre o chão de concreto.

Mike espiou por trás da caminhonete, sorrindo. O caçador furou os olhos do homem, enfiou a lâmina até o fundo de sua cabeça, colocou as duas mãos no cabo e puxou-a para cima. Mike ficou pendurado pela faca a alguns centímetros do chão, morrendo depois de teimosos quinze segundos. O caçador abriu o crânio do cara como uma ostra e chacoalhou a lâmina para que se soltasse. Um pedaço de massa encefálica cinza e úmida saiu de suas órbitas destruídas.

A porta de trás da van não havia sido trancada. Tinha dois terços ocupados por caixotes de plástico. Os caixotes estavam cheios de armas. Suas armas.

O caçador ficou parado por um longo momento, extasiado pela beleza destruída de suas peças. Seu verdadeiro significado estraçalhado por idiotas que as manipularam sem cuidado, jogando-as em caixas como se fossem equipamentos agrícolas.

Mas ainda conservavam sua beleza. Poderiam voltar a ter significado. Aquela pequena parte arrancada de sua máquina ainda poderia ser aproveitada.

Dentro do envelope, encontrou o volume de plástico que sentira anteriormente. Pegou a chave e usou-a para destravar a porta sanfonada, que se abriu, enrolando-se até o teto. O caçador fechou a caminhonete e pegou o volante. Aquilo era terrível para ele, mas necessário para sua missão. Tratava-se, até onde ele sabia, de um resgate. Experimentou tocar a chave de ignição deixada no contato do veículo. Ela tremeu sob a ponta de seus dedos como um inseto. O caçador firmou o punho, segurou a chave com força e girou-a, determinado. A caminhonete acordou, uma imitação vil e engasgada de um animal com vida. Puxou pela memória como aquilo funcionava e operou a coisa com cautela, levando-a da garagem em direção à rua. Sentiu um ácido prazer com a lembrança perfeita sobre como se dirigia, algo que havia anos não fazia, para não dizer décadas. Parou três metros adiante, desceu rapidamente da cabine, puxou a porta sanfonada e a trancou.

O caçador levou sua máquina até a casa de John Tallow, os galhos negros da floresta de Mannahatta formavam garras indignadas por todo o caminho contra os vidros e o ruído do veículo.

Nenhuma viagem de carro em Nova York era breve, mesmo àquela hora da noite – *Que horas seriam?*, pensou ele, já que não conseguia ver as estrelas e o painel não tinha relógio –, mas acreditava que havia cruzado a parte baixa de Manhattan em um tempo razoável. Encontrou uma vaga da qual era possível ver o prédio de Tallow e consultou o envelope mais uma vez. Alguém – supunha que fosse Westover – ocupara-se com aquilo. Um rascunho da planta do andar do apartamento de Tallow havia sido anexado, com todas as disposições e saídas. O caçador colocou a cabeça para fora do vidro e, após alguns segundos de dificuldade, localizou o norte. Atendo-se ao rascunho, descobriu que, dali, conseguiria ver a janela do apartamento do policial.

Assim que visualizou qual era a janela certa, as luzes do apartamento se apagaram.

O caçador saiu da caminhonete, trancou-a e atravessou a rua apressadamente. Tinha tempo, inteligência e a ferramenta correta em sua bolsa para cumprir a tarefa.

Ao se aproximar da fachada do edifício, percebeu que a porta de entrada estava trancada. Porém, antes que pudesse chegar até ela, um casal de vinte e poucos anos bastante alcoolizado surgiu e, rindo sem parar da própria falta de capacidade de segurar a chave, demorou um conveniente minuto para conseguir abrir a porta.

O caçador entrou atrás deles com a chave da van, o metal protuberante, nas mãos, de cabeça baixa e cambaleando.

– Obrigado. Vocês me pouparam de tentar sozinho.

O casal riu. Estavam agarrados demais um ao outro para sequer prestar atenção ao rosto do caçador enquanto seguiam para o elevador. O caçador saiu rapidamente do ângulo de visão deles, pegando as escadas pela porta de incêndio.

No andar de Tallow, ele esperou atrás da porta de incêndio que dava para o corredor durante um ou dois minutos. Abriu-a e a escorou com o pé, criando um espaço pelo qual poderia escutar. Procurou ouvir o som de alguém prestes a sair do apartamento, tentando filtrar passos e conversas do ruído de televisão e do que imaginava ser algum tipo de videogame. Os mesmos sons que lhe faziam tão mal quando permanecia no prédio da Pearl Street por muito tempo. Apenas quando as paredes foram suficientemente cobertas pelo metal das armas o barulho diminuiu.

Chegara a hora.

O caçador viu o apartamento de Tallow. Tinha duas opções naquele momento: entrar silenciosamente ou trazer Tallow até a porta. A entrada silenciosa era sempre preferível, mas, às vezes, era traída por equipamentos de segurança.

O caçador pegou o cartão que abria a garagem da Spearpoint, dobrou-o, esfregou um pouco de saliva com o polegar na pequena extremidade do objeto e o inseriu no espaço entre a porta e o batente. Trabalhou calma, paciente e silenciosamente até sentir a lingueta começar a levantar. Com vagarosas e precisas aplicações de força, moveu a lingueta para dentro do orifício do batente, mantendo o máximo de pressão que conseguia e abriu a porta. Não havia correntes nem trincos. John Tallow era evidentemente um homem bastante relaxado e despreocupado.

O caçador retirou a Colt Official Police da bolsa. A empunhadura encaixou-se em sua mão indescritivelmente bem. Tudo estava perfeito.

# TRINTA E TRÊS

JASON WESTOVER, ao abrir a porta de seu apartamento, descobriu que tinha visitas. Tallow viu quando o anfitrião o reconheceu. Viu também quando reconheceu a Glock que estava apontada para ele.

– Boa noite, Sr. Westover. Se o senhor não se importar em colocar no chão, devagar, sua pistola e todas as outras armas que possua, eu ficarei agradecido.

Tallow observou os olhos de Westover tremerem na direção de Emily, que estava sentada em um sofá, tendo outro ataque de choro, com Scarly em pé ao seu lado e Bat atrás com uma arma na mão.

– Não há como brincar, Sr. Westover. Por favor, faça o que eu disse.

Westover encarou o detetive. Ele era o tipo de homem que usa o orgulho como carcaça. Orgulho por sua disciplina, determinação e praticidade. Tudo isso estava contido em seu olhar.

Tallow apenas olhava para ele.

Westover ficou pálido e lentamente tirou uma pistola e uma faca dos bolsos, e as colocou sobre o brilhante piso cor de noz.

– Muito bom – disse Tallow. – Agora, por que não se senta com sua esposa no sofá e nos conta onde esteve hoje à noite?

– Prefiro ficar em pé – disse Westover num tom levemente venenoso.

– Está bem. Conte-nos onde esteve hoje à noite.

– Por que o senhor não vai para casa, Detetive Tallow? – indagou Westover com um sorriso sutil.

– Eu pareço cansado? – retorquiu Tallow, centralizando a Glock no coração do homem. – Deixe-me ajudá-lo a começar. O senhor foi se encontrar com Andrew Machen, Al Turkel e um certo cara que Turkel apresentou a vocês há uns vinte anos.

O sorriso de Westover ficou mais largo, transformando-se em algo entre arrogante e infantil. Ele firmou os pés no chão e colocou as mãos atrás das costas como um soldado em posição de descanso.

– Coloque as mãos para frente, por favor – pediu Tallow. – Não tente me testar, Sr. Westover. Ninguém que tentou fazer isso nessa última semana se saiu bem. E isso inclui o assistente-chefe Turkel.

Westover levantou uma sobrancelha.

– Oh – Tallow fingiu espanto. – Ele não lhe contou? Ele tentou fechar esse caso. Mas não contava com o fato de que essa investigação acabou se tornando a única coisa que realmente me interessa. Por isso, dei um jeito de a primeira comissária adjunta descer o pau nele, de leve. A carreira de Al Turkel está estática. Já pendurei coisas demais sobre esse caso no pescoço dele. Ele deve sobreviver, mas ficará totalmente comprometido. Amanhã, ele estará sentado em uma salinha minúscula, conversando com pessoas bem espertas e um pouco violentas. Ele não mencionou nada disso, não é mesmo?

Westover nem se mexia. Processava as informações.

– Estou aqui hoje, senhor, porque sua esposa me chamou. Ela me ligou e implorou para que eu o salvasse.

– É verdade – disse Emily Westover, com a voz esganiçada, a garganta raspando por causa do choro.

– O senhor não pode me salvar – disse Westover a Tallow. – O senhor não pode salvar nem a si mesmo. Certamente, não poderá me salvar.

– Claro que posso – afirmou Tallow. – Acho que o senhor não escutou. O NYPD tem um policial desonesto comandando um distrito inteiro. Ele fez com que outros policiais fossem mortos. O senhor estava abrindo sua empresa de segurança quando tudo isso começou e tinha parte do dinheiro e dos materiais de que Turkel precisava para o seu esquema funcionar, mas o senhor não tinha como se defender de um cara como ele.

Westover arregalou os olhos.

– O pescoço de Turkel é bem largo – disse Tallow. – Há muito espaço para pendurar coisas ali. Com certeza, não terei nenhuma dificuldade em convencer as pessoas de que o senhor foi forçado a participar.

– Por quê?

– Ela me pediu para salvá-lo. Olhe para ela. Sua esposa é uma das pessoas que se machucaram desde que o senhor decidiu lhe contar como havia construído sua bela vidinha. Ela é mais esperta que o senhor. Tem mais imaginação que o senhor. Por isso, ela sente medo e culpa com mais intensidade que o senhor. E acho que o senhor sabia disso. Sabia e mesmo assim fez isso. E ela ainda me implora para salvá-lo. Consegue ver quanto isso depõe contra o senhor? Pelo menos um pouco?

Jason Westover não conseguia se controlar e desviar os olhos de Emily Westover. Esta, por sua vez, só conseguia olhar para o marido.

Westover sussurrou:

– O que o senhor quer?

Tallow tirou o celular do bolso da camisa e olhou a hora na tela.

– Nosso tempo está acabando.

Ele usou o nome verdadeiro do criminoso e completou:

– Onde ele está agora?

Westover baixou os olhos e virou o pescoço para o outro lado.

– Está indo para o centro da cidade de carro.

*Então é isso*, pensou Tallow.

– Dirigindo ou tem alguém fazendo isso por ele?

– Dirigindo. Coloquei-o dentro de um veículo.

– O que há de interessante para ele no centro?

– Eu não sei. Disse que tinha um lugar para se esconder. Não nos disse onde.

– Em algum lugar perto de Collect Pond?

Westover fez uma careta.

– Ele não iria para lá.

– É mesmo? Mas o senhor disse à sua esposa para evitar aquela região.

– Às vezes, ele dorme por ali. É tudo o que eu sei.

– Então, o encontro foi para providenciar um carro para ele e...?

– Dinheiro. E para convencê-lo a aceitar nossa ajuda para sair de NYC e região.

– Entendo – disse Tallow, que percebia o ar pesado e perturbador do ambiente com o emaranhado de mentiras que ambos soltavam.

Westover não diria uma palavra confiável a ele. Ou, pior, misturaria fatos incorretos em meio a pequenos grãos de verdade e Tallow teria de coar tudo com a peneira imperfeita do que sabia ser real. Teria de conseguir ao menos uma informação útil com Westover.

– Conte-me um pouco sobre essa sua Segurança Ambiente. Ela funciona para aparelhos móveis?

Westover franziu o cenho, genuinamente desconcertado pelo novo rumo da conversa.

– Claro. Por quê?

– Quero doze horas de acesso a ela.

– Deixe-me ver seu telefone – disse Westover.

Tallow mostrou-lhe o aparelho. Westover analisou-o.

– Não é meio caro para um policial?

– Não compro muita roupa – justificou Tallow.

– Não. Não, imagino que não. Espere um pouco, deixe-me pegar o meu.

Westover foi até uma cômoda feita habilmente de madeira rústica. Ou, pensou Tallow, talvez madeira autêntica retirada de um navio naufragado. Tallow levantou os olhos com o som de um clique.

Scarly estava com a arma apontada para Westover.

– Se alguma outra coisa sair dessa gaveta, senhor, vão ser duas balas bem na frente de sua esposa.

– Está tudo bem – disse Tallow. – O Sr. Westover está do nosso lado agora. Não é mesmo?

– É – respondeu Westover, afastando-se da cômoda com um telefone em mãos, para a alegria de Scarly. – Ative seu Bluetooth, Tallow.

Depois de alguns segundos mexendo e digitando, um aplicativo foi copiado no aparelho do detetive, e um código de registro e senha foram inseridos.

– Aí está – disse Westover. – Na configuração padrão, ele lhe dará informações ao vivo a respeito de quaisquer câmeras de Segurança Ambiente em torno do seu localizador GPS. Ao tocar nessa tela, poderá ir para as configurações avançadas, obtendo dados sobre câmeras existentes a dez ou vinte metros de distância.

– Para que serve isso?

– Perseguição – respondeu Westover olhando para Tallow como se ele fosse um idiota. – O senhor não entende o que minha empresa faz? Vamos tirar o emprego de vocês, Tallow.

– Acredito que já ouvi falar uma ou duas vezes a respeito disso – murmurou Tallow.

– Então. Com a Segurança Ambiente, posso terceirizar e até colocar em domínio coletivo o próprio conceito de perseguição criminal nessa cidade. O botão vermelho inicia uma chamada telefônica para um operador de nosso OPS. Não preciso de um monte de policiais e viaturas espalhados por aí. Posso seguir um carro em alta velocidade e fazê-lo diminuir com um dos operadores usando as configurações avançadas e um pequeno avião controlado remotamente.

– Muito inteligente. Vou me certificar de falar isso à primeira comissária adjunta amanhã. Afinal, o senhor precisará de outra pessoa do seu lado no departamento depois que Turkel dançar.

– Humm... – disse Westover subitamente surpreso. – Não tinha pensado nisso.

– É.

– É. O senhor está certo. Obrigado. Para que precisa de acesso à Segurança Ambiente?

– Bem – respondeu Tallow –, quero dar uma passada por Collect Pond antes de ir para casa para dar uma olhada e pensei que, com isso, não teria de descer do carro.

Lançou ao dono da casa um sorriso malandro e simpático, deixando-o um pouco mais relaxado.

– Além disso, quis ter certeza de que o senhor cooperaria. Certificar-me de que o senhor está conosco nessa.

– E aí está, em seu celular.

– E aqui está, em meu celular. Se anular meu acesso só depois de doze horas, entenderei sua atitude como um sinal de que tudo está correndo bem.

– Está bem.

– Certo – disse Tallow. – Hora de irmos para casa. Oficiais.

Referia-se a Bat e a Scarly, que responderam prontamente, marchando até a porta.

– Sra. Westover – Tallow sorriu da maneira mais bondosa e amigável que pôde.

– Obrigada – disse ela com a voz enfraquecida e, em seguida, olhou para as mãos.

– Nos vemos por aí – disse Tallow, antes de sair.

No elevador, Tallow jogou o celular para Bat.

– Westover colocou uma senha nesse aplicativo. Mude-a.

– Por quê? – quis saber Bat, manuseando o aparelho desajeitadamente.

– Porque se souber a senha poderá anular meu acesso à Segurança Ambiente.

– Ele pode simplesmente desativar o código de registro.

– Pode, mas isso demoraria mais tempo porque seu próprio acesso à Segurança Ambiente está nesse código.

– Isso – comentou Scarly – não foi tão bom quanto esperávamos. Foi?

– Não – admitiu Tallow. – Não, ele decidiu que teremos de jogar o jogo até o fim. Idiota. Sinto pena da esposa dele.

– Eu não tenho certeza se eu também – disse a perita. – Exceto pelo fato de ela apresentar todos os sintomas de um surto psicótico não tratado. Disso tenho pena. Do resto, nem tanto.

– Nada disso é culpa dela, Scarly.

– Você acha? A meu ver, ela não se levantar e o deixar no minuto seguinte às explicações dele a torna culpada.

– Você está se esquecendo de uma coisa – resmungou Bat, batendo sem parar no telefone. – Se ela tivesse feito isso, o que aconteceria a seguir, imediatamente a seguir, seria o marido entregar o nome e uma descrição geral dela ao DDP. Qual seria a arma que o DDP usaria para matá-la?

Scarly respirou para soltar um de seus acessos de raiva, o que Tallow esperaria vir acompanhado de comentários sobre julgamento e autismo, mas ela apenas se apoiou na parede do elevador e murchou.

– É.

– É, bem – disse Tallow quando o elevador abriu as portas no andar térreo do Aer Keep –, está ficando tarde. Acho que é hora de ir para casa.

# TRINTA E QUATRO

O CAÇADOR ABRIU um pouco mais a porta e entrou na sala escura.

Uma voz inumana guinchou:

– Diga oi para o meu amiguinho.

Uma rajada de *flashes* foi disparada e o caçador sentiu o impacto no peito e no rosto. As luzes atingiam-no, fortes e brilhantes, cegando-o. Ele atirou para frente com a Colt, mas o terrível barulho metálico não parou e passou a gritar:

– Vá se foder, vá se foder, vá se foder.

O caçador voltou ao corredor cambaleando e secando o rosto. A visão que tivera fora horrível e nebulosa, e as pontas de seus dedos tinham manchas alaranjadas. Os gritos metálicos não cessavam. O caçador correu para a porta de incêndio, temendo que os vizinhos saíssem de seus apartamentos por causa do barulho. O corredor tremia e oscilava em sua visão, tornando-se um túnel escuro. De repente, conseguia ver os sons como tentáculos de metal seguindo em sua direção através das paredes e do chão.

Ele se arremessou pela porta de incêndio e desceu as escadas. Teve de parar no lance seguinte para vomitar. O líquido espalhou-se pelo chão e pelas paredes, transformando a escadaria em um ambiente digestivo avermelhado. Continuou a descer os degraus quase escorregando duas vezes em seu próprio vômito nos locais em que ele cobria a sola de seus sapatos.

O caçador invadiu o corredor ainda parcialmente cego e tentando não gritar. Sentia os locais onde fora atacado pela coisa latejarem e endurecerem sua carne. Através do vidro da porta de entrada viu uma criatura grande e agitada, uma coisa meio humana de asas negras, movendo suas pernas longas e estranhas, que vociferava palavras que ele não conseguia decifrar.

Na fuga, atirou duas vezes contra o vidro e no peito da coisa, passou quebrando a porta com toda a força de seu impulso e nem mesmo diminuiu o passo ao ver o corpo no chão, disparando a toda velocidade pela noite escura.

# TRINTA E CINCO

APERTADOS NO CARRO de Tallow, ele e os peritos estavam a cinco minutos de seu apartamento quando o detetive falou:

– Apague as luzes.

Bat tirou o celular do bolso e digitou algo.

– Foi isso o que você fez com o meu Twine – queixou-se Scarly amuada. – Ele me custou cem dólares.

– O quê? – perguntou Tallow.

– Aquela coisa que eu instalei no circuito de iluminação da sua casa. Ele permite que eu desligue as luzes via internet.

– Aquilo custa cem dólares?

– Custa. E eu tive de esperar um tempo por ele.

– Droga – praguejou Tallow –, espero que ele não atire no aparelho.

– Não tem graça. E não estou nem um pouco feliz por usarem meu equipamento de *paintball* nesse truque idiota.

– Ei. Seu escritório é cheio de tralhas perigosas. *Paintballs*, tintas corantes, cápsulas detonadoras e Deus sabe mais o quê. Você planejava usar tudo isso algum dia?

– Bem – disse Scarly –, na verdade, algumas dessas tralhas são coisas que Talia não me deixa ter em casa.

Tallow soltou o ar dos pulmões, baixou o vidro da janela e tentou encher o peito com algo mais fresco.

– Nosso suspeito faz duas coisas. Mata pessoas e se esconde atrás de uma camuflagem. Quero-o marcado. Sem se esconder, ele perde forças. Se conseguirmos tirar isso dele, finalmente, finalmente teremos alguma vantagem. Só temos de ter paciência essa noite.

– E sorte – completou Bat.

– Também – concordou Tallow. – Mas tanto Turkel quanto Westover têm certeza absoluta de que serei morto hoje. Gostaria de saber onde está Machen.

– Masturbando-se dentro de seu cofre – opinou Scarly.

Tallow encontrou uma vaga na rua que dava de frente para seu prédio. As luzes de seu apartamento estavam apagadas. Ele parou o carro e desligou o motor.

– Certo. Eu vou pela saída dos fundos. Scarly, pela lateral. Bat pode ir pela entrada.

– Por que eu vou pela entrada? – resmungou Bat.

– Sinceramente? Porque estamos falando do nosso cara, e nosso cara não me parece do tipo que usa a porta da frente. Ele é um caçador. Acredito que ele entre e saia pelos fundos, usando a saída de incêndio como plano B.

– Então, agora está me dizendo que não posso com o DDP?

– Decida-se, Bat. Ou fique irritado por ter de ir pela frente ou com o fato de eu achar Scarly mais preparada do que você.

– Fico puto com as duas coisas. Sou muito esperto e um ótimo multitarefas.

– Saia do carro e verifique sua arma, Bat.

– Já verifiquei.

– Verifique de novo.

Tallow ficou bravo consigo mesmo por causa da irritação em sua voz. Bat não o olhou nos olhos.

Saíram do carro. Tallow trancou-o, pegou sua Glock e a recolocou no coldre, e os três se dirigiram para o prédio.

– Nossa – disse Scarly. – Você mora num buraco.

– Vá pela lateral – pediu Tallow no exato momento em que o vidro da janela de seu apartamento se estilhaçou e um tiro ecoou no ar. – Vamos.

Tallow disparou para os fundos. Estava apavorado de verdade. Tentava fazer uma contagem regressiva mentalmente. Estava confiante de que o sensor de movimento colocado no Robô Fornicador havia ativado as cápsulas explosivas atrás das bolas de *paintball* cheias de corante e que o tiro que escutara significava que o caçador puxara instintivamente o gatilho assim que o líquido o atingiu. O cara perceberia que Tallow não estava no apartamento e rapidamente desceria as escadas. Tallow arriscou alguns cálculos: em quanto tempo alguém conseguiria descer aquela escadaria estreita? Ele tentaria o elevador? Provavelmente não se estivesse coberto por tinta laranja, mas se tivesse conseguido chegar ao elevador antes que o barulho tivesse chamado a atenção de alguém – mas fora um tiro, e as pessoas tendem a não sair de suas casas para procurar armas de fogo...

Tallow chegou à saída dos fundos do prédio, que era iluminada por uma única lâmpada e cercada dos dois lados por redes baratas. Quem tomasse aquela saída só poderia seguir por um caminho – naquele momento, bem em direção a Tallow. O detetive encostou o corpo na parede ao lado da porta, pegou a Glock e esperou.

Contou um minuto. Apurou os ouvidos para escutar o som de alguma outra saída sendo usada, mas sua própria pulsação estava encobrindo qualquer outro ruído.

Tallow foi surpreendido pelo som de dois tiros e de um vidro estilhaçando.

– Ah, não – suspirou ele antes de sair correndo. Tinha certeza de que o estardalhaço vinha da porta da frente do prédio.

Tallow tinha a sensação de caminhar sobre melaço, como naqueles pesadelos em que a pessoa mal consegue se mover embora algo de muito terrível esteja acontecendo. Quando chegou à frente do prédio, Scarly já estava perto da porta da entrada. Bat estava caído de costas com dois buracos chamuscados na camisa.

Tallow olhou em volta. Alguém descia a rua correndo na direção oposta, passando pelo carro do detetive. Quando o homem chegou perto da luz de um poste, Tallow conseguiu ver uma fina camada de pó laranja sobre sua cabeça.

Scarly abria a camisa de Bat.

– Seu imbecil energúmeno – gritava ela. – Seu imbecil energúmeno.

Os dois furos estavam cravados em um colete à prova de balas sob a roupa de Bat, um dos que, mais cedo, Tallow insistira para que pegassem do carro de Scarly.

Bat tossiu sangue e gemeu. O gemido causou-lhe convulsão. Tallow imaginou que ele estaria com algumas costelas quebradas. Scarly pegou o telefone.

– Eu já estou ligando. Vá e mate aquele filho da puta, John.

Tallow disparou atrás do caçador. Ao se aproximar de seu carro, procurou ver para onde o homem corria. O detetive destravou o carro e entrou, prendeu o celular no painel depois de acionar a Segurança Ambiente e girou a ignição. O veículo retornou em um largo balão, tremendo com a força da virada e, em seguida, Tallow pisou fundo no acelerador.

# TRINTA E SEIS

O CAÇADOR NÃO SABIA o que estava acontecendo. Sabia apenas que teria de se esconder.

Correu pelo meio da rua, ziguezagueando ao se aproximar de semáforos, pois sua experiência lhe dizia que eles significavam câmeras de segurança. Conseguia avistá-los por causa de seus três olhos verticalmente distribuídos e de seus longos corpos negros prontos para dar o bote, como najas. Um passo no asfalto, outro na poeira. Tudo estava dando errado.

Sabia para onde estava indo.

Ainda havia pessoas nas ruas e elas olhavam para ele. A tinta estava em todos os lugares, por todo o seu corpo, penetrando em suas roupas, grudando as pálpebras de seus olhos. Notou um pequeno facho luminoso, uma luz vermelha, no canto dos olhos e apontou a arma para ela. Não havia ninguém: o espaço entre duas árvores revelaram a fachada de uma loja. Ele se aproximou. A luz vermelha piscou novamente. Uma caixa com vidro preto – um computador, presumiu – com uma lente em cima. Ao se afastar, a luz apagou novamente, bem debaixo de seus olhos.

O caçador correu. Três lojas abaixo, viu a mesma luz piscar.

Havia olhos em todas as vitrines.

Estava preso ao futuro e todos o observavam. Atravessou a rua. Um bisão gigante e escuro com os pelos ensopados pela água da lagoa o fez correr pela trilha. Enquanto fugia, atirou no meio dos olhos do bicho, que fez uma curva estranha e bateu em um bordo negro, dobrando-se em volta do tronco e fumegando ao se entregar à morte. O caçador já havia partido.

Tallow trocou para a configuração avançada da Segurança Ambiente. O sistema passou a reunir imagens tiradas de câmeras acionadas por movimento instaladas nas ruas próximas. Uma das impressionantes imagens era a de um homem aterrorizado e coberto com tinta laranja notando que estava sendo filmado ao olhar para a câmera. Vinha de três quarteirões adiante. *O desgraçado é rápido*, pensou Tallow, satisfeito por ter pegado o carro. Não teria chances se tentasse persegui-lo a pé, já que, para ser honesto, nem com o veículo estava indo bem. Comparou a localização da foto com o mapa, analisou o sistema de tráfego e virou em uma rua, torcendo para que tivesse feito a escolha certa.

Viu um carro incrustado em um poste, o para-brisa estourado.

Um lince passou rasgando pelo caçador, fazendo o barulho de uma tempestade às margens de um rio. Um humano com o rosto de vidro o conduzia.

O caçador tentava freneticamente reconhecer pontos de referência pela memória, mas tudo mudava de lugar. Observou uma placa de trânsito para organizar o caos de suas visões, recuperou o senso de orientação e correu por uma viela.

Tallow viu uma foto embaçada no telefone, correu os olhos pelo mapa e descobriu para onde o caçador seguia. Conhecia aquela viela, sabia onde ela saía e, naquele momento, compreendeu para onde o caçador pretendia ir. Tallow percebeu que, na verdade, estavam extremamente perto dali.

O caçador surgiu da viela e avistou uma matilha de cães dobrar a esquina da rua à sua esquerda com um ganido horrível. Balançou a cabeça, segurando a arma com mais força. A matilha transformou-se em um veículo motorizado que ele conhecia.

O carro subiu na calçada. O caçador não poderia ficar e lutar. Atirou em direção ao automóvel, virou-se e correu para se salvar.

Foi um bom tiro e um bom lembrete a Tallow de que o lunático coberto de tinta era o assassino mais prolífico e eficiente de que ouvira falar. O para-brisa rachou e o canto direito de seu banco explodiu em uma mistura de vinil barato e espuma amarelada. Não tinha visão alguma e, portanto, não teve escolha além de pisar no freio. Seu ombro direito queimava. Olhou rapidamente para ele e viu um entalhe perfeito no ombro do paletó. Nada demais. Tallow abriu um buraco no vidro do para-brisa com o cotovelo e tentou convencer o carro a pegar novamente, mas o veículo não parecia muito interessado, soando como um cachorro doente roendo um galho.

O caçador já havia se afastado uns vinte ou trinta passos quando percebeu que não ouvia mais o barulho do carro. Estava parado no meio da calçada.

Ele sabia que devia seguir em frente. Meio minuto de corrida forte o deixaria completamente fora da vista de Tallow. Mas o carro não ligava. Talvez tivesse ferido o detetive. Talvez tivesse atingido o veículo em um lugar que impedia seu funcionamento. Precisava correr. Mas Tallow estava pronto para morrer. E ele queria tanto matá-lo. Um caçador não deixa sua presa caída no chão. Ir embora não teria o mesmo sabor.

O caçador caminhou apressadamente em direção ao carro.

O motor estragado não dava sinal de vida. Tallow não conseguia entender por quê. Não era muito bom com automóveis.

Jim Rosato sempre dizia que Tallow não era bom com automóveis. Por isso, era sempre ele quem dirigia. Jim Rosato sempre dizia que Tallow não era um policial de rua como ele e, por isso, era ele quem deveria tomar a frente das situações.

– Jim está morto – disse Tallow ao girar a ignição e pisar com força nos pedais.

O carro deu um salto para frente como um animal, cuspindo uma das calotas ao pegar a rua.

O caçador atirou. Não conseguia confiar em sua visão para tentar a cabeça, portanto mirou na grande massa em que pôde se concentrar.

A bala bateu no colete de Tallow, bem acima do coração. Era como se perdesse o ar dos pulmões ao ser atingido por um bastão de beisebol. Seu coração acelerou e o mundo ficou preto e vermelho nas extremidades. O carro avançou, subiu na calçada oposta e derrubou uma máquina de vender jornais antes que Tallow recuperasse o controle do veículo e de si mesmo.

Outro tiro atravessou o capô. Fragmentos de metal quente arrancados com a força da bala voaram para dentro do carro em direção ao rosto de Tallow. Um som parecido com um urro saiu de sua boca quando apontou o carro para a rua com ódio.

O caçador não teve escolha. Virou-se e fugiu.

Tallow tentou manter o bico do carro na direção do caçador, mas o desgraçado costurava entre semáforos e caixas de correio ou qualquer outra coisa que pudesse atrapalhar a perseguição, correndo como uma gazela. Tallow afastou-se com o carro. Tinha um palpite. Sentia pequenos espasmos de dor no peito toda vez que respirava.

O caçador entrou à esquerda na intersecção seguinte, atirando mais uma vez sem olhar. O projétil chocou-se com a frente do carro, ricocheteou pelas partes do motor e saiu por baixo do banco do motorista. Tallow berrou ao sentir que um pedaço de sua panturrilha fora arrancado. Ele xingou e chutou com a perna para espantar a dor. Seu rosto estava molhado. Ele secou o suor da testa o mais rápido que pôde, antes que chegasse a seus olhos e viu sangue em seus dedos ao colocar as mãos de volta ao volante. Xingou mais uma vez. O sangue tornava o volante escorregadio e difícil de segurar. Sua perna latejava e queimava e havia fumaça saindo pelo capô.

Tallow teve de voltar ao trânsito para se manter na perseguição. Por questão de centímetros não bateu na lateral de um carro e foi forçado a subir na calçada novamente, arrancando algumas placas ao chegar pela contramão na rua ao lado, rezando para que ninguém viesse em sua direção.

As atualizações da Segurança Ambiente foram ficando escassas. Já não havia tantas lojas. O caçador estava fora do seu campo de visão. Tallow teve de apostar em seu conhecimento sobre a cidade, em tudo o que aprendera nos últimos dias e em seu instinto. Não lhe restava mais nada.

O caçador conseguira. Sabia que estava a apenas alguns segundos de Tallow. Vasculhou a bolsa em busca da chave e verificou uma abertura na costura do fundo da bolsa. Não havia ninguém por perto: aquela parte do prédio, os fundos, era sempre muito silenciosa àquela hora da noite e, ainda que alguém tentasse impedi-lo, tinha meios de entrar. Mas precisava da chave. Carregava duas. Uma para Pearl Street e outra para aquele lugar. Ganhara as duas. Guardava ambas sempre por perto e com muito cuidado. Conseguiu soltá-la.

Tallow levou a viatura deplorável para os fundos do Complexo de Detenção de Manhattan. Havia três entradas, cada uma grande o bastante para receber um caminhão do Departamento Correcional todo cercado de persianas verdes. Na extrema esquerda dos portões, havia uma passagem coberta que dava para uma única porta. Não havia policiais por perto. Via de regra, nenhum carro passava por ali à noite e um homem paciente esperaria o pequeno movimento acabar antes de se dirigir para aquela porta.

O caçador estava ali, pegando a chave para a porta. Se Tallow parasse, teria uma visão clara. Mas só conseguiria atirar a uma grande distância, com a vista e a empunhadura comprometidas. Teria de mirar o peito se quisesse garantir o tiro.

Tallow queria matá-lo.

Por um segundo, viu-se no topo das escadas do prédio da Pearl Street olhando para o homem que matara seu parceiro e agindo sem pensar, tornando-se um cara com uma arma para matar.

A passagem era estreita.

Mesmo assim, Tallow embicou o carro com tudo.

O caçador virou-se e viu uma figura negra de olhos brilhantes e soltando fumaça conduzida por algo coberto de sangue correndo em sua direção. Gritou para os céus.

O carro atravessou a passagem a toda velocidade, batendo os dois faróis, quebrando a grade do radiador, arrancando enormes pedaços do paralama dianteiro e batendo violentamente no caçador, esmagando-o contra a porta.

O *airbag* envolveu Tallow em uma nuvem plástica.

Tallow queria ficar ali para sempre. Mas não podia. O caçador tinha uma arma. Só conseguia pensar que o caçador tinha uma arma. Recolheu o *airbag* e abriu a porta do motorista. Precisou de um pouco de força, exigindo que usasse o ombro dolorido. Saiu do carro e caiu. A panturrilha não lhe dava firmeza para se manter em pé. Tallow agarrou-se na porta da viatura, apoiando-se para levantar e procurou se equilibrar antes de pegar a Glock.

O caçador estava caído de costas sobre os entulhos da porta, imóvel.

– Não – disse Tallow.

Tallow subiu no que restava da frente do carro, cortando a coxa em um pedaço da carroceria sem dar muita importância ao machucado. Não estava mais preocupado com a arma do caçador. Só conseguia pensar, *Não ouse morrer*.

O caçador não estava se mexendo. Então, respirou trêmulo e de forma dolorosa. Depois, mais uma respiração.

Tallow ouviu sirenes. Instantes depois, pôde ouvir vozes e cliques de armas. Levantou o distintivo, disse-lhes quem era e que precisava de médicos ali para ontem.

– Esse cara não pode morrer. Ele não vai escapar.

Tallow afastou-se. A arma do caçador estava à vista, o que o tranquilizou. Assim como a bolsa. Tallow pegou-a do chão e olhou seu conteúdo.

Dobrada no fundo da bolsa, havia uma carteira preta contendo um distintivo de detetive do Departamento de Polícia de Nova York.

# TRINTA E SETE

AINDA NÃO ERA muito para um caso, mas o mantiveram, de qualquer maneira.

Bat insistia que havia recebido mais curativos do que Tallow, pois se machucara mais seriamente. Quando informado, sem muita gentileza, de que o detetive também estava com a panturrilha ferida e enfaixada, que suas mãos haviam sido atingidas por sabe-se lá o quê, que metade de seu ombro estava preto, machucado e queimado e que parecia que alguém esvaziara uma pistola de pregos em seu rosto, Bat parou de reclamar por terem roubado seu Robô Fornicador do apartamento de Tallow. Ainda mais irritado, Bat percebeu, mais tarde, que o Robô Fornicador era o único item de valor daquele apartamento já que nada mais fora levado.

– Você é o que, um autista? – perguntou Tallow.

Scarly riu e Bat falou para ele nunca mais jogar aquela merda toda na porta deles.

O assistente-chefe Turkel, nos cinco dias seguintes ao episódio no Tombs, pegou licença administrativa. Oficialmente, o motivo foi a perda de um de seus amigos mais antigos e queridos, Jason Westover, e da esposa Emily. As circunstâncias haviam sido tão trágicas – um pacto suicida/de morte entre pessoas como eles e em um lugar como Aer Keep! – que Turkel declarou-se incapaz de trabalhar enquanto sofresse com tamanha dor.

Extraoficialmente, Turkel manteve-se firme durante dois dias extremamente inquietantes. Ele não sabia que Tallow havia levado o caçador até o hospital Beth Israel, aplicando nele seu próprio tratamento até conseguir convencer um médico a receitar antipsicóticos para o desgraçado. Dois dias depois, o caçador começou a demonstrar certo bom senso e a explicar aos policiais que a chave e o distintivo haviam sido presente de seu grande amigo Al Turkel.

Tallow infiltrou-se na equipe enviada para examinar as regiões dos calabouços menos utilizados no complexo de detenção. Descobriram que havia um sistema informal no qual era permitido que os guardas que se cansavam depois de longos turnos dormissem em celas desativadas, afastados das partes mais movimentadas do presídio. Tallow sentiu-se levemente lesado por nunca ter tido essa informação.

Três horas de busca (o que foi infernal para a perna de Tallow) revelaram uma cela nas entranhas do prédio que mostrava indícios de ter sido usada com mais frequência. Alguém vinha fazendo pinturas com os dedos nas paredes. Espirais. Scarly comparou a pintura com o que haviam recuperado da Pearl Street e todos se animaram.

A essa altura, Turkel já tentava salvar sua pele, dizendo ter sido ameaçado e forçado a roubar o distintivo de um detetive morto e sem família e entregá-lo junto com a chave ao caçador para que este pudesse usar uma cela no Tombs como esconderijo. Tallow pensou em como teria sido agradável para o caçador poder se esconder tão perto da superfície enterrada de Werpoes. Poderia até fingir que se sentava em uma tenda ou algo do tipo na vila à noite.

Machen, que acidentalmente começou com a história toda, já estava longe. Pegara um avião para o México cerca de uma hora depois da reunião no Central Park e, naquele momento, ninguém sabia de seu paradeiro. Também estava em questão o paradeiro de uma enorme quantia em dinheiro da Vivicy. Tallow duvidava muito que veria Andrew Machen de novo.

A versão de Turkel foi desmoronando na medida em que o caçador contava a sua história. Ele falava como uma pessoa que não conversava com ninguém havia anos e estava determinado a diminuir seu tempo de reclusão para o mínimo possível. Tallow, Scarly e Bat puderam levantar provas para sustentar seus argumentos, acabando com a licença administrativa de Turkel e basicamente mantendo-o em prisão domiciliar.

Depois, o caso ascendeu das mãos de Tallow para as alturas rarefeitas do Olimpo do One PP, onde os deuses policiais decidiriam como lidar corretamente com os problemas de tolos mortais e detetives mancos.

Tallow tinha de cumprir a obrigação de comparecer ao escritório de sua tenente em Ericsson Place para assinar oficialmente uma licença de sete dias. Uma licença da qual, conforme lhe garantiram, poderia retornar. Mas ele estava na Baxter Street, estacionando seu carro novo – novo para ele, porque a tralha andava como um veículo tirado dos Flintstones – e seguindo para o Tombs.

– Babaca – murmurou um sargento quando Tallow entrou.

– Onde ele está? – quis saber Tallow. – No mesmo lugar?

– Não sei de quem está falando, amigo – disse o sargento.

Tallow suspirou e leu o nome do sargento na tarjeta.

– Está bem. Não vou me esquecer de mencionar seu nome à primeira comissária adjunta quando ela me perguntar sobre como está o Tombs hoje.

– Vá se foder – respondeu o sargento. – Ele está no mesmo lugar. Acabou de voltar do tribunal. Babaca.

– Obrigado, Sargento – disse Tallow sorrindo e saiu puxando a perna.

O caçador estava sozinho na cela lendo um livro. Não tinha muita escolha quanto à posição para se deitar. As muletas estavam escoradas no beliche, as pernas quase completamente engessadas, e usava um colete para as costas e um colar cervical. A equipe de traumatologia explicou a Tallow que o caçador havia sido atingido de leve, considerando a situação, pois o dano maior fora causado por ter sido jogado porta adentro e não pelo choque com o automóvel. Isso porque as paredes absorveram a maior parte da energia cinética do impacto. Alguém vestira o caçador com um terno barato. Ele estava sem os sapatos.

– Oi, Detetive – disse o caçador. – Desculpe eu não me levantar. Preciso de mais duas pessoas para me ajudar nesse momento.

– Olá. – Tallow ainda não se acostumara a usar o verdadeiro nome do caçador. De alguma maneira, ele o diminuía, e o detetive não queria que ele fosse diminuído.

– Acabei de voltar do tribunal – disse ele, sem tirar os olhos do livro. – Parece que terei uma vida longa e produtiva.

– Eu soube – respondeu Tallow.

O acordo já estava funcionando. Em troca de cooperação e para poupar que se fizessem perguntas inoportunas sobre se um esquizofrênico sem tratamento poderia responder por seus atos durante vinte anos, o caçador seria mantido recluso sem possibilidade de condicional em um presídio de segurança máxima, provavelmente Sing Sing.

– Então – disse o caçador, ainda com os olhos no livro –, vou responder a mais perguntas hoje?

– Só uma – retorquiu o detetive. – Para que serviam as armas na parede? O que é *wampum*?

Os olhos do caçador encontraram os de Tallow com deleite.

– *Wampum*! Você sabia!

– Um cinto *wampum* cobrindo todo um apartamento?

– Quase isso, Detetive, quase isso. Era um *wampum*. E *wampum* é informação. Da mesma maneira que a arte é informação, e uma canção é informação, a música, a dança. Pode imaginá-lo, e, caramba, agora posso imaginá-lo com toda essa medicação correndo dentro de mim, como uma grande máquina. Uma enorme máquina em forma de apartamento, como os primeiros computadores que enchiam uma sala, rodando seus próprios códigos.

– Mas ainda não estava terminada, estava? – indagou Tallow. – Quando andei lá dentro, notei espaços em branco. Elementos que faltavam.

– É verdade. Ainda não tinha terminado. Cada peça devia estar no seu lugar exato. Cada peça devia ter sua própria carga de magia, seu próprio código.

– Para quê?

– O que sabe sobre a Dança dos Fantasmas, Detetive?

Tallow franziu o cenho.

– É uma parte antiga da história a que normalmente não me atenho. Sei que se trata de uma coisa dos americanos nativos. Algum tipo de magia para matar todos os brancos.

– Essa é uma das interpretações. A história é bem mais complexa do que tenho forças para falar. Mas, essencialmente, a Dança dos Fantasmas era um complicado ritual de dança, repleto de informações, que, se completado corretamente, levaria a diversas conquistas. Ao desaparecimento do homem branco e de todo o seu mal da América do Norte. À ressurreição de nativos mortos. E à renovação e reabastecimento das terras, livre de todas as estruturas impostas pelo homem branco. Consegue ver aonde eu queria chegar, Detetive?

– Não – disse Tallow, devagar.

– Eu estava construindo uma máquina ritual que, quando terminada, faria o papel da Dança dos Fantasmas. Quando fosse concluída e se movesse, ou dançasse, Manhattan voltaria a ser a antiga Mannahatta, a ilha de muitos montes, e meu povo retornaria.

– Você não é de fato um americano nativo, é? – perguntou Tallow.

– Nem um pouco – concordou o caçador.

– E construiu uma máquina feita de armas para destruir Nova York e substituí-la pelo "Campo de Caça Feliz".

– Em minha defesa, eu estava totalmente fora de mim. – O caçador sorriu.

– Pois é. Fiquei sabendo – disse Tallow. – Será em Sing Sing?

– Sim – disse o caçador, remexendo-se um pouco no beliche. – Terei minha própria cela. Com muitos livros e tintas. Provavelmente, a interação será limitada com os outros hóspedes do estado, o que acredito que vá se afrouxando com o decorrer dos anos. Sabe de onde vem o nome Sing Sing, Detetive?

Tallow sabia, mas mesmo assim balançou a cabeça negativamente.

– Vem do termo sint sinck. Os sint sincks eram uma tribo de mohegans que vivia na costa dessa cidade. Vizinhos dos lenapes. Sing

Sing foi, na verdade, levantada em solo nativo.

O caçador deu um largo sorriso para mostrar os dentes.

Quinze minutos mais tarde, Tallow estava do lado de fora do carro, cutucando os bolsos em busca das chaves. Ouviu um barulho de papel amassando no paletó e retirou um pacote de cigarros enrugado, intocado por uma semana. Olhou para eles e pensou por um minuto. Escolheu um cigarro e jogou o maço na valeta. Arrancou o filtro e acendeu o cigarro.

John Tallow, com seus dedos cheios de feridas, soprou uma corrente de fumaça em direção ao céu por Emily Westover e, em seguida, outra para Jim Rosato.

John Tallow soprou uma nuvem para o céu de outra pessoa para ele mesmo, amassou o cigarro e seguiu para o 1º Distrito.

## *Sobre o Autor*

Warren Ellis é criador premiado de romances gráficos como *Fell, Ministry of Space, Planetary* e *Transmetropolitan*, e autor do romance *Crooked Little Vein*. Seu livro *RED* foi adaptado para o cinema em filme homônimo. Ele mora atualmente em Londres.